Kunst an der Aurach

Matthias Görtz

*Kunst an der Aurach –
der zweite Frauenaurach-Krimi*

*Frauenaurach 2019 – V1 (10.Okt.19)
erschienen bei epubli.de
Titelbild:
Birken im Aurachgrund an der Schiedermühle (Ausschnitt)
Matthias Görtz*

11.- Euronen

Prolog

Île-de-France, Juni 1888

Seine Hand führte den Bleistift geübt über das Papier. Er liebte diese großen, dicken Bögen mit der rauhen Textur. Mit wenigen Strichen übertrug er das Bild, das in seinem Kopf bereits fertig war, auf den Skizzenblock. Marie, das Dienstmädchen, brachte ein Kännchen mit frischem Kaffee heraus und lud das benutzte Geschirr auf das Tablett.

Wenn es das Wetter erlaubte, saß er sonntags nach dem Frühstück immer im Garten und genoss seinen kleinen, privaten Park. Oft zog er dann beim zweiten Kaffee den Stift hervor und ließ seiner Inspiration freien Lauf.

Alleine für diese Stunden tiefen Friedens, hatte er neulich seinem Freund Renaud bei einem pichet blanc *im „Croix d'Or" vorgeschwärmt, habe es sich schon gelohnt, dieses Haus vor den Toren von Paris zu kaufen. Damals war das, kurz nach dem Krieg, als der anmaßende Preuße sich selber zum Kaiser aufgeschwungen hatte.*

Marie riskierte einen vorsichtigen Blick über die Schulter des gnädigen Herrn auf die Skizze und musste lächeln. Sie erkannte das hübsche Gesicht schon an den wenigen ersten Strichen. Monsieur, das wusste sie auch so, liebte seine Tochter über alles. Viele Bilder von ihr hingen im Salon. Nur manchmal legte sich ein Schatten der Sorge über seine väterliche Seele, wenn dieser blonde Ausländer ihr allzu offen Avancen machte. Ein Genie war er schon, gewiss, aber eben ein Trinker.

Monsieurs Stift glitt routiniert über das Papier. Neben dem Mädchen wurden die Konturen eines Pferdes erkennbar. Eine dünne Linie – ein Zügel in ihrer Hand. Marie entfuhr ein hörbarer Seufzer, was ihr einen tadelnden Blick ihres Arbeitgebers einbrachte. Schnell nahm sie das Tablett und enteilte gesenkten Blickes in Richtung Haus. Träume von Pferden standen ihr nicht zu.

Weder Marie noch der gnädige Herr konnten an diesem sonnigen Vormittag auch nur entfernt ahnen, welche Geschichte sich aus der einfachen Skizze von einer jungen Frau mit Pferd noch entwickeln sollte. Doch selbst das Wissen um deren mörderischen Ausgang hätte sie vermutlich nicht sehr umgetrieben, denn bis zu jenem fernen Tage sollte die Oise noch weit über hundert Jahre ihr Wasser flussabwärts fließen lassen.

1. Kapitel

Karsamstag 2007

Thomas Häusinger, der wie jedes Jahr in Frauenaurach die Ausstellung der Hobbykünstler organisierte, sandte über den silbernen Rand seiner Lesebrille hinweg einen prüfenden Blick zum blauen Himmel und war erleichtert. Die Vorhersage des Wetterdienstes, die für den heutigen Karsamstag Mittag vor einer Gewitterfront warnte, war offenbar eine Fehlinformation. Richtig frühlingshaft war es. Die in den letzten Tagen hereingebrochene Wärme hatte hier im Tal auch noch die letzten Reste des spät gefallenen Schnees in die Aurach schmelzen lassen, die, dadurch fett geworden, schon ein wenig über die Ufer getreten war.

Ein frischer Windstoß fuhr ihm durch die Haare und ließ die weiß-blaue Papierdecke auf dem Biertisch wie eine Fahne wehen. Gesichert wurde sie von ein paar Schalen mit Blätterteigkäsestangen, die sorgfältig daneben aufgereihten Gläser wurden gerade mit Sekt und Orangensaft befüllt. Eine bunte Gruppe von plaudernden Menschen stand auf dem katzenkopfgepflasterten Hof vor der Schiedermühle, deren Ursprünge bis in die Klosterzeit zurückreichten.

Häusinger hüstelte sich kurz die Stimme frei und begrüßte dann die Anwesenden, die lieben Kunstfreunde, den Posaunenchor, die Frauenauracher Bürgerinnen und Bürger, ... ja, sogar von weither angereiste Gäste aus Fürth und Obermichelbach hatte er in der kleinen Schar ausgemacht. Und so weiter. Was man eben so sagt.

Und nicht zuletzt die Künstlerinnen und Künstler – er neigte den Kopf grüßend zur Seite, wo ein Dutzend Hobbymaler darauf wartete, nachher auch ein paar Worte über sich zu sagen.

Katja Kolanczyk stand am Ende der Reihe. Das ganze Theater war ihr unangenehm. Hätte sie sich nur nicht von ihrer Freundin überreden lassen, auch ein paar ihrer Bilder mit auszustellen. Als „Künstlerin" sah sie sich nun wirklich nicht. Die Freundin stand neben ihr, nervös einen Zettel in den Fingern zwirbelnd. Anne Brick. Im Gegensatz zu Katja hatte sie eine Botschaft zu verkünden.

Katja kannte die meisten nur vom Vorbereitungstreffen. Immerhin hatte sie sich den Namen von Wolfgang Renzel gemerkt. Biolehrer. Auch in Erlangen, aber an einem anderen Gymnasium als dem, wo sie selbst erst im letzten Jahr Abitur gemacht hatte.

Der Posaunenchor spielte. Im gelben Blech der blankpolierten Instrumente blinkte immer wieder die Frühlingssonne. Hans Siebener dirigierte routiniert die festlichen Fanfarenklänge, und kaum jemand bemerkte das leise Grollen, das nicht aus der Tuba kam.

Die Künstler stellten sich vor. Zuerst Burkhard Wies, ein älterer Herr, der schon seit der ersten Ausstellung dabei war und bereits seit seiner Jugend die ländlichen Szenen seiner Heimat im Aquarell festgehalten hatte.

Nach ihm kam Hedwig Sauermann, eine Frau mittleren Alters, die über den Rand ihrer schmalen Brille hinweg mit dem Blick eines Bussards in die Runde schaute und sich erfreulich kurz fasste.

Eine kleine rundliche Frau folgte, die ziemlich weitschweifig ihre Lebensgeschichte ausbreitete und es offenbar genoss, ein Publikum dafür zu haben. Noch bevor sie zum Schluss gekommen war, hatte Katja ihren Namen wieder vergessen.

Der Biolehrer holte die Zeit wieder auf.

Marlene Koch war Kunstlehrerin an der Volkshochschule. Schon ihre Eltern und Großeltern hatten gemalt, weshalb sie neben ihren eigenen Bildern auch von jenen ein paar Werke aufgehängt hatte.

Anne war die vorletzte. Als sie nach ein paar nervösen Sätzen ihren höflichen Applaus bekam, hatte sie zwar längst nicht alles gesagt, was sie sich notiert hatte, war dann aber doch froh, es glücklich über die Runden gebracht zu haben. Die letzte Sprechpause war vom Publikum als Schlusspunkt interpretiert worden.

Einer plötzlichen Eingebung folgend trat Katja einen halben Schritt zurück und schaute betont gleichgültig auf die gegenüberliegende Scheune. Dahinter zogen plötzlich dunkle Wolken auf. Und noch bevor jemand bemerkte, dass die letzte Künstlerin gar nichts gesagt hatte, setzte der Posaunenchor auf ihres Leiters geflüstertes „einszweidreivier!" mit schmissigem Jazz ein. Katja grinste innerlich und war Hans Siebener dankbar.

Nach der Musik durfte man zu Sekt und Knabberzeug greifen, es wurde angestoßen, die Ausstellung war eröffnet, und die kleine Gesellschaft betrat das Gebäude der Schiedermühle, zwischen deren uralten Mauern und Balken die Hobbykunst ausgestellt war.

Katja hatte sich Orangensaft statt Sekt geben lassen und verzog sich damit in den oberen Stock, wo sie in einer Ecke ihre Bilder aufgehängt hatte. Vielleicht war es ganz gut, dass bisher noch niemand von ihr Notiz genommen hatte, so konnte sie ein wenig lauschen, was die Besucher zu ihren Werken sagen würden. Ein wenig neugierig und auch aufgeregt war sie schon.

Ein Pärchen stand bereits dort und schaute sich um. Dass die Bilder abstrakt waren, schien sie nicht zu stören. Die blonde Frau neigte eben den Kopf zur Seite und zeigte auf eine kleine Leinwand mit bunten, verschmierten Farbklecksen.

„Das hier ist mein Favorit! Das würde ich mir auch in die Küche hängen. Frisch, leuchtende Farben, wenige Striche, und trotzdem ein harmonisches Ganzes."

Katja freute sich. Der Mann überlegte kurz, schaute ein paarmal zwischen dem genannten und einem weiteren Bild hin und her und nickte dann.

„Das ganz rechts ist auch nicht schlecht. Aber du hast Recht, das gefällt mir auch am besten."

„Recht gibt es da nicht, das ist nur eine Geschmacksfrage."

Der Mann wandte sich in freundlich lächelndem Konversationston an Katja: „Welches finden Sie denn von denen hier am schönsten?"

Katja war etwas irritiert, offenbar sahen die beiden in ihr eine Besucherin.

„Dieses hier!", entschied sie mutig und zeigte auf eine grelle Kombination von Streifen in gelborangen Tönen auf dunkelgrünem Untergrund, links mit grauen kleinen Ornamenten. Ihr Lieblingsbild.

Die blonde Frau zögerte erst und wiegte dann den Kopf. Dann sagte sie etwas über Proportionen, die Wirkung von Farben und Kontrasten, und warum das eine ganz nett wirkt und das andere etwas Besonderes ist.

Katja hatte den Eindruck, ihre eigenen Bilder plötzlich ganz neu zu entdecken. Vorsichtig fragte sie: „Verstehen Sie etwas von Malerei?"

Ein älterer Herr schaute kurz um die Ecke und ging gleich wieder. Der Holzboden knarrte unablässig in allen Ecken des Raumes unter den leisen Schritten der Gäste. Der Geruch von altem Staub erfüllte die Luft in der Mühle.

„Ach, darauf kommt es gar nicht so an ..."

Der Mann sekundierte: „Sie ist Kunsthistorikerin."

Katja schaute fast ehrfürchtig: „Oh, dann ist das alles hier für Sie doch eher ... wie soll ich sagen ..."

Die Frau schüttelte lachend den Kopf.

„Sagen Sie es nicht! Das sollten Sie sich ganz schnell aus dem Kopf schlagen. Kunst beginnt nicht erst mit Leonardo oder Pollock. Ein Bild muss nicht Beachtung in der Kunstszene finden und hoch gehandelt werden, um gut zu sein. Und am wichtigsten ist, es gefällt denen, die es betrachten."

Eine junge Familie trat dazu. Die Tochter rief spontan: „Das da gefällt mir!"

Die Mutter zuckte bei ihrem Ausbruch etwas zusammen.

„Scht ... nicht ganz so laut! Aha ... das in der Mitte? Und warum findest du gerade dieses schön?"

Das Mädchen zuckte die Schultern.

„Ich weiß nicht. Das ist einfach schön bunt. Das ist einfach ... so lustig hingekleckst."

„Sehen Sie?" lachte die blonde Frau.

Marlene Koch stand eine Etage tiefer in einer Gruppe von Zuhörern und erzählte weitschweifig von der Entstehungsgeschichte ihrer Bilder und den Lebensgeschichten ihrer Familie, als ein gewaltiger Donnerschlag die Scheiben erzittern und die Gespräche einen Moment aussetzen ließ. Aus dem Erdgeschoss hörte man eilige

Stimmen derer, die schnell die Gläser und Tische nach innen trugen. Der Kopf des Posaunenchorleiters grinste am Treppenaufgang nach oben: *„Bleibds no a weng doo, hier innä is gråd schenner wie drausn!"*

Der ältere Herr, der gerade von oben herunterkam, schaute besorgt aus dem Fenster, wo tatsächlich eine finstere Wolkendecke die Frühlingsstimmung weggedrückt hatte. Die ersten dicken Tropfen klatschten an die Scheiben, und niemand hätte daran gezweifelt, dass es im nächsten Augenblick einen diluvialen Platzregen geben würde.

Auch das Pärchen schob sich nun auf der engen Treppe entgegen dem Besucherstrom nach unten.

„Haben wir eigentlich das Fenster im Schlafzimmer geschlossen?", fragte sie ihn eben, wenn auch ohne echte Sorge im Blick. Er zuckte die Schultern: „Es verlockt mich gerade nicht, nachzusehen."

An den Wänden des Treppenaufgangs hingen ein paar düstere Kompositionen, die auch bei Sonnenschein durch das hereinfallende Tageslicht nicht freundlicher wurden.

Im vorderen Teil dieses Stockwerks wurden die Aquarelle von Burkhard Wies gezeigt. Ein weißhaariger Herr, dessen dunkelblauer Anzug offenbar bereits mehrfach mit dem staubigen Interieur der Mühle Bekanntschaft gemacht hatte, fragte den Künstler mit Entdeckerstolz nach einem der Bilder: „Das kenne ich doch! Das ist die Kirche von Tennenlohe?"

Wies nickte huldvoll bestätigend und erklärte in gedämpfter Galerielautstärke: „Richtig. Vom Fenster meiner Schwägerin aus, ... die wohnt nämlich gleich daneben."

Sie tauschten Erinnerungen aus. Der weißhaarige Herr hatte früher in Großgründlach gelebt und war auf dem Weg nach Erlangen oft an der kleinen gotischen Dorfkirche vorbeigekommen.

Weiter hinten sah man drei ausgesprochen originell gestaltete Leinwände, offenbar hatte die Künstlerin mutig in die Speisekammer gegriffen und Kaffeebohnen und Hörnchennudeln mit Hilfe einer feinen Modelliermasse arrangiert.

Ein gewaltiger Donner ließ das Gebäude erzittern, kurz darauf öffneten sich die Schleusen des Himmels vollends.

Die erste Gruppe um Frau Koch hatte sich inzwischen aufgelöst, das Pärchen von oben trat heran und betrachtete die zahlreichen, viel zu dicht gehängten Werke. Frau Koch wartete einen Moment, bevor sie auch ihren neuen Gästen einen Überblick über die familiäre Kunstgeschichte lieferte.

In einem Nebenraum hingen Bilder, die die Kinder der örtlichen Grundschule gemalt hatten. Die teilnehmenden Klassen hatten verschiedene Themen bearbeitet und die ausgewählten Arbeiten hier ausgestellt. Jeder Besucher hatte am Eingang einen Stimmzettel bekommen und konnte nun ankreuzen, welches Bild ihm am besten gefiel. Auf dem Dachfenster zwischen den Kinderbildern war das Prasseln des Regens noch viel lauter zu hören als in den anderen Räumen der Mühle. Zwei Familien ließen sich von ihren aufgeregten Kindern instruieren, für welche Bilder sie abstimmen müssten. Ein junger Mann mit dicker Kameraausrüstung schaute schnell herein, bat zwei Kinder, sich vor die Bilder zu stellen und blitzte ein paar Aufnahmen für die Regnitzpost. Das eine Mädchen versuchte noch, ihm klarzumachen, welches ihr Bild war, doch da war der Mann schon wieder im nächsten Raum.

Als das Pärchen eine halbe Stunde und eine Tasse Kaffee später die Mühle wieder verließ, hatte der Regen fast aufgehört und den ersten Wolkenlöchern Platz gemacht. Im Eingang trafen sie auf einen älteren Herren mit freundlichen Lachfalten, der eben erst kam:
„Ja schau amål heer, is des ned unser Lidderadurnobelbreisdräächer? Grüß Godd, Herr Dormann!"
Martin Thormann erkannte in ihm sofort Erwin Roth, den Ortschronisten, der ihm bei der Recherche seiner Familiengeschichte im letzten Jahr geholfen hatte. Er begrüßte ihn erfreut und stellte ihm seine Freundin Clara Rienecker vor. Ebenso wie er selber stammte sie ursprünglich aus Friesland, arbeitete aber seit einiger Zeit als Restauratorin am Germanischen Nationalmuseum in Nürnberg.

„Danke für den Literaturnobelpreis, aber im Moment bin ich schon ganz zufrieden, wenn ich einen Verleger finde und meine Bücher ein paar Leser."
Thormann war seit einer Lesung in der örtlichen Buchhandlung kurz vor Weihnachten im Dorf als Krimiautor bekannt geworden.

Sie tauschten noch ein paar allgemeine Worte über das Wetter aus und wünschten einander schöne Ostertage.

Als sie über die Brücke gingen, sahen Martin und Clara, wie eindrucksvoll die Aurach durch den starken Regen über dem im Untergrund noch gefrorenen Boden angeschwollen war. Die Schneeschmelze in den höheren Lagen steuerte weitere Wassermassen bei, und man konnte den Eindruck bekommen, dem Pegel beim Steigen zuschauen zu können. Schon jetzt standen die Erlen und Weiden an der Uferböschung gänzlich im Wasser, und die ersten Rinnsale mäanderten neben dem Flussbett über den angrenzenden Wiesengrund.

Martins Häuschen, das Erbstück seiner Urgroßtante, lag etwas oberhalb des Tals und bot eine schöne Aussicht auf den alten Ortskern auf der anderen Seite.

Er schloss auf und steuerte gleich in die Küche, um den antiken Wasserkessel in Gang zu setzen.

„Du hast doch noch Zeit für einen Tee?" fragte er ins Wohnzimmer, wo Clara ihren Mantel über die Sessellehne gehängt und es sich bequem gemacht hatte. Sie sah auf die Uhr.

„Halbe Stunde? Ich muss noch etwas fertig tippen und möchte die Bügelwäsche nicht bis nach Ostern aufschieben."

„Tee zieht gleich!" vermeldete Martin. Als Zugeständnis an die knappe Zeit verzichtete er auf Vorwärmen und Vorbrühen, was er ansonsten sehr ernst nahm. Kurze Zeit später balancierte er Kanne, Tassen, Kluntjes, Sahnekännchen und ein Tellerchen mit Gebäck auf einem Tablett zum Tisch.

2. Kapitel

„Schau dir das an: das Internet macht's möglich!"
Der hellblonde Mann lehnte sich triumphierend in seinem Schreibtischstuhl zurück und drehte den Bildschirm etwas, so dass die Frau mit den pechschwarzen, dichten Haaren die Seite mit dem facebook-Profil auch sehen konnte. Etwas skeptisch gab sie zu bedenken: „Kann sein, muss aber ja nicht ... gibt es den Namen nicht öfter in Deutschland?"

„Ihren jetzigen Namen schon, aber schau mal hier: geborene Weedemeyer. In der Schreibung ist der Name fast so etwas wie ein Fingerabdruck. Mette! Wir haben endlich eine konkrete Spur!"

Die Schwarzhaarige wiegte noch immer nicht restlos überzeugt ihr Haupt: „Vielleicht hast du recht. Hier, das ist übrigens eben mit der Post gekommen."

Sie gab ihrem Bruder einen großen, braunen Umschlag, der an die Galerie Hendrik van de Bilt adressiert war. *Meeuwenlaan 92, Enkhuizen, Niederlande.* Dass die beiden Geschwister waren, hätte ein Außenstehender nie vermutet.

*

Einerseits war Martin ärgerlich, dass Clara schon wieder gehen musste. Natürlich, auch sie hatte ihre Arbeit, und bisweilen verfolgte sie die sogar am Karsamstag. Aber Martin hatte auch manchmal das Gefühl, sie wich ihm unter diesem Vorwand aus. Auf der anderen Seite musste er zugeben, dass auch er dringend Zeit für seinen fünften Band um Kommissar Johansen benötigte. Und dass sich sein Verleger immer wieder angelegentlich nach dem Stand der Dinge erkundigte, machte ihn zusätzlich nervös. Als habe sie seine Gedanken erraten, fragte Clara: „Sitzt dir der Verlag im Nacken?"

Martin nickte.

„Die Buchmann deckt mich mit Manuskripten ein, die mich schon alleine Vollzeit beschäftigen könnten. Und Bruchmüller will wissen, ob er zur Feriensaison mit Band fünf rechnen kann."

„Hast du nicht gerade erst das ‚Requiem an der Aurach' abgegeben? Bruchmüller muss doch wissen, dass eine gute Story ihre Zeit braucht."

Martin schaute in seine Teetasse und murmelte: „Bruchmüller weiß gar nichts von dem ‚Requiem'. Ich habe die Geschichte unter anderem Namen bei einem anderen Verlag eingereicht."

Clara pfiff anerkennend.

„Ach daher ... Du führst ein schriftstellerisches Doppelleben. Lässt sich das mit deinem Vertrag vereinbaren?"

„Wahrscheinlich nicht. Ich habe da offen gestanden nicht groß drüber nachgedacht. Aber so einen Mittelfrankenkrimi hätten die bei uns doch niemals genommen. Das kauft im Norden doch keiner."

Clara nickte. Sie sah auf die Uhr und trank ihre Tasse aus.

„Tut mir leid, aber ich muss los. Sehen wir uns nächste Woche?"

Martin nickte. Er wusste, dass er keine Zeit haben würde. Er wusste aber auch, dass er sie sich nehmen würde. Für Clara immer.

Einen Moment schien es Martin so, als wollte sie noch etwas sagen. Dann schüttelte sie kurz den Kopf und gab ihm einen Kuss.

„War noch etwas?" Ihr Zögern war ihm nicht entgangen. Sie schüttelte abermals den Kopf.

„Nächstes Mal. Wenn wir etwas mehr Zeit haben. Danke für das Mittagessen und den Ausflug in die Kunstszene!"

Als sich die Tür hinter Clara geschlossen hatte, stand Martin einen Moment nachdenklich im Flur und schaute gedankenverloren auf den Teppich. Der müsste mal wieder gesaugt werden. Dringend. Und das würde ihn auf andere Ideen bringen.

Mit der Entschlossenheit von jemandem, der unangenehme Tätigkeiten lieber schnell hinter sich bringt, holte er den Staubsauger aus dem kleinen Raum unterhalb der Treppe. Als er dessen Tür wieder schloss, fiel sein Blick auf die grüne Haftnotiz: „Willi Blumen gießen".

Hatte er völlig vergessen.

Seine Nachbarn, Rosemarie und Wilhelm Horn, verbrachten die Osterferien auf einer Kreuzfahrt nach Sainte Marie in der Karibik und hatten Martin gebeten, währenddessen nach dem Rechten zu schauen. Horn hatte Martin gleich bei dessen Einzug leut- und redselig das Du angeboten, doch bis heute war Martin nicht ganz wohl bei so viel Vertraulichkeit. Hier schlug wahrscheinlich seine norddeutsche Zurückhaltung durch. Willi hatte ihm beim Schreiben des Zettels über die Schulter geschaut, da wagte es Martin nicht, dessen Nachnamen zu verwenden.

Blumen gießen. Dringend. Gleich nach dem Staubsaugen.

Das Ausklopfen des dünnen Teppichs über dem Geländer neben der Haustür erzeugte weniger Staubwolken, als Martin zunächst befürchtet hatte, doch das verräterische Klappern vieler Krümel im Staubsaugerrohr zeigte, dass es durchaus an der Zeit war.

Erst jetzt sah Martin, was ihm bisher noch nie aufgefallen war: eine schmale Fuge begrenzte eine rechteckige Fläche von etwa siebzig auf hundert Zentimeter im Holzboden. Bei der mageren Beleuchtung, ohnehin meist vom Teppich verdeckt, hatte er sie noch nie gesehen. Ob hier eine Klappe einen Abgang in einen Keller verdeckte? Aber dann müsste es noch einen Griff oder eine andere Vorrichtung geben, um sie auch öffnen zu können.

Er stellte den Staubsauger ab und kniete sich auf den Boden. Fehlanzeige. Nicht nur, dass er kaum seine Fingernägel in die schmale Fuge gekrallt bekam, die Platte ließ sich auch nur einen Millimeter bewegen.

Quatsch. Wahrscheinlich wurde hier nur mal ein Stück Fußboden ausgetauscht. Was auch nur natürlich war, denn hier im Eingangsbereich war die Abnutzung der Dielen schließlich am stärksten. Außerdem, so fiel ihm erst jetzt auf, hatte der Keller ja bereits einen ganz normalen Zugang von der Treppe aus.

Schulterzuckend stand Martin wieder auf und fuhr mit der Reinigung fort. Währenddessen geisterten seine Gedanken weiter durch das Haus, und ihm wurde bewusst, dass es noch immer Winkel des Gebäudes gab, in die er noch nie richtig geschaut hatte, zum Beispiel den Dachboden. Mit einem kurzen Blick hatte er beim Umzug festgestellt, dass er schlecht zugänglich, staubig und finster war, weshalb er darauf verzichtet hatte, ihn als Lagerraum zu nutzen.

Nach dem Flur – wo er schon mal dabei war – machte er sich gleich noch über die Böden in Küche und Wohnzimmer her, die auch noch etwas zur Füllung des Staubsaugerbeutels beizutragen hatten.

Die nächsten Tage verbrachte Martin am Bildschirm und arbeitete am fünften Band um Kommissar Johansen. Die Geschichte begann sich jetzt immerhin zu entwickeln, und Martin hatte eine klare Vorstellung davon, wer das Opfer kopflos am Mast der Windkraftanlage aufgehängt hatte und wie man dem Täter in einer dramatischen Aktion auf den letzten Seiten doch noch auf die Spur kommen konnte. Martin war im Stillen dafür dankbar, dass es fast ständig regnete, so brachte ihn die Alternative, etwas mit Clara zu unternehmen, nicht so sehr in Gewissensnöte. Leid taten ihm nur die Kinder, die am Sonntag sicher nicht in den Gärten nach Ostereiern suchen konnten.

Am Mittwoch zwang ihn die gähnende Leere im Kühlschrank dazu, sich in den Ort aufzumachen. Schirm und Mantel hielten das Gröbste von ihm fern, aber auch ohne die Wölkchen vor seinem Gesicht wäre ihm klar gewesen, dass sich die Luft deutlich abgekühlt hatte. Bei Backstein nahm er ein halbes Bauernbrot und eine Apfeltasche mit. Während er die Tüten einpackte, rang neben ihm eine Frau mit einem leuchtend roten Mantel und zu einem dicken Zopf geflochtenen schwarzen Haaren nach Worten. Martin glaubte, einen französischen Akzent zu erkennen und bot spontan an, ihre Frage zu übersetzen. Im ersten Moment etwas zurückhaltend, dann aber freundlich lächelnd nahm sie das Angebot an. Die Frau hatte hinter einer ziemlich modernen Brille leuchtend blaue Augen, was Martin etwas irritierte, weil es so gar nicht zu ihrer Haarfarbe passte. Aber irgendwie auch sehr interessant. Er schätzte sie auf Mitte dreißig.

Während sie zögerten, wieder in den Regen hinauszutreten, versuchte er sich noch an ein paar Worten freundlicher Konversation, doch die Dame schien es eilig zu haben und verschwand schnell in Richtung des Hotels „Roter Ochse" nebenan.

Martin spannte seinen Schirm wieder auf und machte sich ebenfalls auf den Weg. Die Metzgerei lag auf der anderen Seite des Tals. Vom Fußgängersteg über die Aurach aus sah er, wie die Wassermassen bereits einen breiten, schlammigen Strom bildeten, der nur noch anhand der alten, normalerweise den Rand säumenden Weiden und Erlen erkennen ließ, wo das eigentliche Flussbett war. So

14

eindrucksvoll das auch aussah, das Wasser war noch weit unterhalb des Steges und noch viel weiter unterhalb der Flutmarke, die an der Mühle an den Wasserstand vom Sommer 1941 erinnerte. Damals musste das gesamte alte Dorf überschwemmt gewesen sein.

Beim Metzger kannte und begrüßte man ihn schon als Stammkunden. Mit einer gewissen Genugtuung stellte er fest, dass er auch mehr und mehr die Gesichter der Kunden erkannte. Neulich war er sogar von einer älteren Dame mit Namen begrüßt worden, nur wusste Martin beim besten Willen nicht, woher sie ihn kannte.

Heute war es umgekehrt. Herr Renzel erkannte ihn nicht. Martin nutzte die Gelegenheit, die Bilder zu loben, die er von ihm in der Mühle gesehen hatte. Erstens hatte er sie wirklich schön gefunden, zweitens bemühte er sich immer, Kontakte im Dorf zu knüpfen. Nach etwas Smalltalk über das Wetter erfuhr Martin dann noch, dass Renzels Kinder am Sonntag durchaus im Garten nach Ostereiern hatten suchen können, da die Familie schon früh morgens vom Osternachtsgottesdienst gekommen war und es erst später am Vormittag zu regnen begonnen hatte.

Sie wurden unterbrochen, als die Dame hinter der Ladentheke nach ihren Wünschen fragte. Wie gewohnt erlag Martin der Versuchung, weit über seinen eigentlichen Bedarf einzukaufen.

Wieder zuhause füllte er den Kühlschrank, schmierte sich gleich ein paar Brote, goss einen Tee auf und schaltete den Laptop wieder ein. Während der Tee zog, stand er in der Küche und musterte geistesabwesend die Schränke. Eine Postkarte von Clara klebte dort, sie hatte sie ihm im letzten Sommer aus Antwerpen geschrieben. Wie schön war es immer, wenn sie da war, dachte er unwillkürlich. Wie schön wäre es, wenn sie immer hier wäre. Platz für zwei wäre ja. Vielleicht auch für drei? Und da mischte sich etwas in seine Gedanken, das er bisher gar nicht gekannt hatte: Als Renzel von seinen Kindern erzählte, war ihm schon ganz anders geworden. Kinder! Er ertappte sich bei einem eigenartigen Gefühl, das irgendwo zwischen Neid und Sehnsucht lag.

Doch er war Realist genug, zu wissen, dass Kinder auch bedeuten würden, nicht mehr Souverän über seine Zeit zu sein. Arbeiten bis Mitternacht, ohne dass es jemanden störte, das schnelle Brot im

Stehen statt geregelter Mahlzeiten in kultiviertem Rahmen. Stundenlange Stille bei Rahmwölkchen im dunklen Ostfriesentee. Ausschlafen bis Mittag. Mit Clara wäre das schon nicht zu machen, mit Kindern erst recht nicht.

Aber was dachte er da für einen Quatsch? Wer sagte denn, dass Clara überhaupt mit ihm zusammenziehen würde, geschweige denn sich Kinder wünschte. Immerhin hatte sie einen Beruf, für den sie lebte, und der auch ihre Tage gut ausfüllte.

Der weiße Sand der Teeuhr war durchgelaufen. Martin versuchte, die Gedanken abzuschütteln, stellte Kanne, Tasse, Löffel, Sahne und Kandis auf ein Tablett und trug alles ins Wohnzimmer. Der Holzfußboden knackte in die Stille hinein. Er schätzte diese Ruhe, das Alleinsein, den zarten Geruch der Kiefernholzmöbel, diese kreative Atmosphäre ohne Ablenkung, in der er sogar stundenlange Arbeit entspannend finden konnte. Eine Tasse Tee, die bedächtig eine feine, gedrehte Säule Dampf in die unbewegte Stille aufsteigen ließ ...

Martin liebte diese Momente über alles.

Nur nicht heute.

Was war los mit ihm?

Clara ging ihm nicht aus dem Sinn.

Wie es wohl wäre, mit ihr für immer zusammenzuleben?

Und wie es wäre – fast versuchte er, sich diese Gedanken zu verbieten –, eine richtige ... Familie zu sein? Kinder zu haben? An Ostern Eier zu verstecken?

Martin starrte von seinem Sessel aus die Decke an und merkte nicht, dass der Tee in seiner Tasse immer kälter wurde. Der Bildschirm hatte sich längst in den Ruhemodus verabschiedet. Was war denn das jetzt? Er, Martin Thormann, Mitte 30, hatte noch nie einen Gedanken daran verschwendet, eine Familie zu gründen. Irgendwie überforderte ihn das. Warum kam das jetzt alles so plötzlich? Andererseits: Warum war das nicht schon früher gekommen? So jung war er schließlich auch nicht mehr. Ihm war, als habe das Gespräch mit Renzel eine Stütze weggetreten und jetzt bräche plötzlich ein ganzes Lebensgebäude über ihm zusammen.

Und nun?

Es wäre illusorisch gewesen, sich in dieser Stimmung in die Welt der Nordseemorde stürzen zu wollen. Er war einfach zu durcheinander. Ohne einen Plan, was er eigentlich sagen wollte, griff er zum Telefon und wählte Claras Nummer.

Ein Klingelzeichen nach dem anderen tutete aus dem Hörer und ließ die Hoffnung schwinden, dass sie doch noch abheben würde. Schlecht gelaunt drückte Martin den roten Knopf. Vielleicht sollte er froh sein, hätte er doch sowieso keine Ahnung gehabt, was er sagen sollte. War er aber nicht.

Das Telefon zeigte auf dem Display ein blinkendes Akkusymbol. Martin erhob sich mürrisch und brachte es zu seiner Ladestation im Flur. Dabei fiel sein Blick auf die Haftnotiz „Willi Blumen gießen".

Siedendheiß überkam ihn die Erkenntnis, dass er das seit Tagen vergessen hatte. Immerhin konnte er sich das Wässern der im Garten stehenden Töpfe sparen. Sich ob seiner Nachlässigkeit scheltend nahm er Willis Schlüsselbund vom Haken, sparte sich die Jacke und nahm nur schnell den Schirm mit.

Es regnete noch immer. Von seiner Haustür aus konnte er auf die Aurach hinunterblicken und sah auf die braune Brühe, die ihm schon wieder ein Stück gewaltiger schien als noch vorhin.

Der Schirm schützte nur Gesicht und Oberkörper, aber bis zum Nachbargrundstück war es nicht weit. Ein kalter Wind drückte dicke Tropfen gegen seine Hosenbeine. Der Briefkasten an Willis Gartentürchen quoll schon über. Fluchend fummelte Martin den kleinen Schlüssel ins Schloss und versuchte, den prallen Stapel von Briefen und vor allem Werbezeitungen heil herauszuziehen. Meine Güte! Konnte Willi nicht einen Werbungsaufkleber anbringen? Nein, konnte er nicht. Seine Rosi legte Wert darauf, über alle Sonderangebote informiert zu werden. Leider waren die Schüler und Russen, die sich die Austrägerjobs teilten, nicht mit hinreichend Hirn ausgestattet, um zu merken, dass es keinen Sinn hatte, in einen überlaufenden Briefkasten noch mehr Werbemüll zu stopfen. Außerdem, dass der Regen nun einen exzellenten Docht hatte, auch die ganze restliche Post zu durchweichen.

Martin popelte die zermatschten Fetzen des billigen Zeitungspapiers aus dem Briefkastenschlitz und ging ins Haus. Angesichts der abgestandenen Luft ließ er die Tür offen stehen, während er die Post auf dem Küchentisch zum Trocknen auslegte und dann mit der viel zu kleinen Gießkanne zwischen Rosis unzähligen Töpfen und dem Wasserhahn hin- und herpendelte. Im Großen und Ganzen hatte die grüne Hölle seine Vergesslichkeit gut überstanden, außer einem Basilikumtopf, dessen Blätter bröseltrocken herunterhingen.

Martin gab ihm pro forma etwas Wasser, beschloss aber, ihn vor der Rückkehr der Besitzer gegen einen neuen auszutauschen.

Als die Türen wieder ordentlich verschlossen waren, eilte er fröstelnd zu seinem eigenen Haus zurück und wünschte sich, dort angekommen, er hätte die Jacke doch mitgenommen.

Nicht nur der Kälte wegen.

In der Jackentasche steckte sein Hausschlüssel.

Bis zum Abend jenes Tages war nichts geschehen, was geeignet gewesen wäre, Martins Laune zu heben. Nach einigen vergeblichen Versuchen, sich zu seinem Anwesen Zutritt zu verschaffen (er hätte das Haus nicht für derartig einbruchsicher gehalten, allerdings konnte er auch keine einschlägige Erfahrung in dem Metier vorweisen), hatte er versucht, einen Schlüsseldienst zu rufen. Unglücklicherweise bewahrte er keine Gelben Seiten im Garten auf, und die Werbung für die Telefonauskunft hatte er so erfolgreich an sich abtropfen lassen, dass ihm jetzt keine Nummer einfiel. Gründlich wie er war, hatte er auch alle voreingestellten derartigen Einträge aus seinem Rufnummernspeicher gelöscht, als er das Handy gekauft hatte.

Fluchend machte er sich auf den Weg, um bei Backstein ein Telefonbuch zu erbitten. Die Operation gelang letztlich, nachdem Martin eine Stunde lang Kaffee trinkend gewartet hatte und feststellen musste, dass auch sein Geldbeutel in der Jackentasche steckte. Kurz vor achtzehn Uhr waren dann endlich die Schulden bei Backstein – „Ist doch kein Problem, wir kennen Sie doch!" – beglichen, die exorbitante Rechnung des Schlüsseldienstes bezahlt, Martins Adrenalinspiegel etwas gesenkt und eine Kanne Tee aufgegossen.

Zeit für einen zweiten Versuch bei Clara.

„Oh, hallo Martin!"

Seine Nummer war eingespeichert. Irgendwie klang sie reserviert, das brachte Martin aus dem bisschen Konzept, das er überhaupt hatte.

Nach einigen etwas ziellosen Worten fragte Martin, ob er dieser

Tage zum Tee kommen dürfe, und fügte hinzu: „Wenn du denn Zeit hast, bei all der Arbeit?"

Eigentlich sollte es verständnisvoll klingen, doch er hatte den Eindruck, es käme wie ein Vorwurf herüber. Entsprechend spitz antwortete sie: „Ich würde sie mir schon nehmen. Wirst du denn gerade nicht von deinen Mordgeschichten absorbiert?"

„Entschuldige, so war das gar nicht gemeint."

„Ist schon okay. Entschuldige du. Es war anstrengend heute."

„Ich freue mich, wenn wir uns sehen. Wie ist es mit morgen? Wir müssen etwas besprechen."

Bescheuerter ging es nicht. Was sollte dieser Satz jetzt?

„Ja, das denke ich auch."

Was meinte sie nun ihrerseits damit? Das Gespräch entgleiste unrettbar in Andeutungen, ohne dass Martin gewusst hätte, wie er gegensteuern sollte. Schließlich konnte er nicht einfach sagen: Ja, ich muss dich nämlich fragen, ob du nicht mit mir zusammenziehen und eine Familie gründen möchtest.

Vielleicht war das alles einfacher, wenn man sich in die Augen sah. Sie schwiegen einen Moment.

„Martin?"

„Ja?"

„Schaust du eigentlich manchmal in deinen Briefkasten?"

Eigentlich täglich. Aber erst jetzt wurde ihm bewusst, dass er ihn seit dem Osterwochenende nicht mehr geleert hatte.

„Schau mal wieder rein!" Und damit legte sie auf.

Im Briefkasten lag neben ein wenig Post der letzten Tage ein Umschlag mit einem kleinen Herz anstelle einer Adresse. Ohne Briefmarke. Logisch. Die knappe Anschrift hätte jeden Postzusteller überfordert. Clara musste ihn bei ihrem letzten Besuch am Karsamstag selber eingeworfen haben.

Scheiße. Martin überkam beim Öffnen das sichere Gefühl, dass er etwas verbockt hatte.

Im Umschlag steckte eine Karte mit Claras wunderschöner Handschrift.

Er sollte seinen Briefkasten zuverlässiger leeren.

3. Kapitel

Am nächsten Morgen radelte er ins Dorf. Es hatte endlich aufgehört zu regnen, war aber noch immer dicht bewölkt. Die Aurach hatte inzwischen den Hühnerstall des Mühlengebäudes erreicht und die Schrebergärten unterhalb von Martins Haus völlig überflutet. Ein Vogelhäuschen ragte aus dem Wasser, und die obere Querstange einer Kinderschaukel.

Martin fuhr zum Blumenladen. Er erstand einen Strauß Rosen und machte einen Umweg über die Mühle, wo die Kunstausstellung stattfand.

Er durchquerte die Ausstellung bis in die oberste Etage. Ganz hinten, erinnerte er sich, hingen die Bilder von Katja Kolanczyk. Besucher waren heute Morgen keine da. Die Künstlerin saß auf einem Stuhl und schaute freundlich lächelnd von ihrem dicken Buch auf.

„Guten Morgen, Frau Kolanczyk!"

„Katja, bitte," lachte sie

„Guten Morgen, Katja! Hatten Sie nicht am Samstag Postkarten von ihren Bildern?"

Ihre erfreute Überraschung ließ ahnen, dass die Karten noch nicht ausverkauft waren.

Martin ließ sich das mit den Farbklecksen geben, das Clara gefallen hatte und nahm gleich noch ein paar andere mit.

„Für Ihre Frau?" fragte Katja mit Blick auf den Rosenstrauß.

„Äh, ja … für meine Frau."

Martin fand, dass sich das schön sagt. *Meine Frau*.

Er verabschiedete sich und ging durch die Ausstellung wieder nach unten. Obgleich die Böden der Mühle über nur eine einzige Treppe miteinander in Verbindung standen und nicht durch Wände unterteilt waren, wirkte das gesamte Gebäude wie ein Labyrinth. Balken der Dachkonstruktion durchzogen die Räume, überall gab es Durchbrüche, die den Blick in die angrenzenden Etagen freigaben, Holzkonstruktionen der alten Mühlenmechanik, Rohre,

Treibriemen, Mehlbehälter und Getreideschächte. Und alles war mit den Werken der ausstellenden Hobbykünstler behängt. Bei den Bildern von Marlene Koch musste er schmunzeln, als er sich an ihren Vortrag über die Künstlertradition in der Familie erinnerte. Frau Koch schien sehr stolz darauf gewesen zu sein und es gerne ihrem Publikum zu erzählen. Heute wirkte alles viel leerer, so ohne Besucher, auch die Künstlerin selber war nicht anwesend. Sogar in der Reihe ihrer Bilder klaffte eine Lücke, und auch von den düsteren Leinwänden am Treppenabgang fehlten ein paar. Offenbar war schon das eine oder andere verkauft worden.

※

12. September 1944

Draußen heulten plötzlich die Sirenen. Jette Gravenstaad unterbrach sich in ihrer Erzählung und winkte ihren Gast in den Nebenraum. Mit fatalistischer Routine und ohne Hektik hob sie eine Bodenklappe an, unter der eine Kellertreppe sichtbar wurde. Frederik – sie nannte ihn immer Frederik, obwohl sie fließend deutsch sprach und keine Probleme mit der Aussprache seines Namens hatte – folgte ihr in das Untergeschoss und schloss hinter sich die Klappe. Jette riss ein Streichholz an und entzündete eine Kerze. Gebückt gingen sie an einigen Türen vorbei den Gang entlang, bis zu einem kleinen Raum mit ein paar Matratzen und einer umgedrehten Holzkiste in der Mitte, die als Ablage diente.

Jette schien die Frage ihres Gastes zu ahnen.

„Früher waren wir hier viele, aber jetzt sind alle weg. Zu gefährlich hier."

„Der Bahnhof?"

Sie nickte stumm. Der Bahnhof war ein Magnet für die Bomberpiloten. Zwei wichtige Linien kreuzten sich hier, eine davon direkt von der Munitionsfabrik. Solange auf diesen Gleisen ein Zug fahren konnte, würden sie ihre Last hier abwerfen. Und über kurz oder lang auch die Häuser daneben treffen. Vor vier Jahren waren es die Deutschen, aber die waren so schnell vorgerückt, dass der Bahnhof überlebt hatte. Jetzt nutzten ihn die Besatzer selber, und die Engländer kamen stattdessen angeflogen.

„Und du, hast du denn keine Angst?"

Jette verzog den Mund zu einem schmerzlichen, freudlosen Lachen:

„Natürlich habe ich Angst. Wenn ich aufhöre, Angst zu haben, höre ich auf, ein Mensch zu sein. Aber ich habe noch Hoffnung. Und solange es Hoffnung gibt, bleibt die Angst. Denn ich habe noch etwas zu verlieren."

Der Mann, den sie Frederik nannte, nickte stumm. Draußen hörte man jetzt die Flugzeuge. Die ersten Einschläge, aber ganz in der Ferne. Dann das Stakkato einer Flak. Und er saß hier im Keller, während draußen der Tod wütete.

Er fühlte sich schuldig, auch wenn er das alles nie gewollt hatte. Aber es nicht gewollt zu haben war in dieser Zeit zu wenig, um sich schuldlos zu fühlen. Auch er hatte schießen müssen. Und er hatte geschossen. Ob jemand durch ihn gestorben war, konnte er nicht sagen, aber was spielte das für eine Rolle? Längst war die Schuld kollektiv geworden.

Scheiße, wieviel einfacher musste es sein, wenn man sich über so etwas keinen Kopf machte? Gut, dass sie ihn schon bald für den Sonderauftrag abkommandiert hatten.

Jette unterbrach seine Gedanken:

„Eigentlich muss ich mich freuen, dass sie kommen." Er vermutete, dass sie vor allem redete, um ihm die drückende Stille leichter zu machen. In der Ferne ließen dumpfe Einschläge die Luft erzittern. Ihre Stimme hatte tatsächlich etwas Beruhigendes, egal, was sie sagte.

„Die Engländer treiben die Deutschen zurück. Durch sie wird das alles hier irgendwann ein Ende haben."

Ein dumpfer, ohrenbetäubender Schlag ließ den Keller erzittern, Putz rieselte von der Decke.

Jette blieb äußerlich ruhig, aber sie hatte jetzt die Hände gefaltet. Ihre Lippen bewegten sich lautlos. Frederik war kurz davor, seinen Arm um sie zu legen. Um ihrer und auch seiner Angst willen. Im letzten Moment bremste er sich. Er hatte kein Recht dazu. Auch er war einer von denen, die mit all dem hier begonnen hatten. Einer von denen, die die Engländer wieder vertreiben sollten.

Sein Blick wanderte durch den von der einen Flamme gespenstisch erhellten Raum. An der Wand lehnte der Marineseesack mit dem sperrigen Paket, das er schon seit seiner Flucht aus Brügge mit sich herumtrug und das er gleich nach seiner Ankunft hier unten in Sicherheit gebracht hatte.

✼

Clara hatte sich ehrlich über die Blumen und die Karte gefreut, und Martin war froh, dass sie offenbar nicht wirklich sauer war. Er hatte den Eindruck, dass sie ihrerseits erleichtert war. Das Leben konnte schon kompliziert sein.

Sie saßen in Claras Wohnzimmer, tranken Tee und aßen Backsteins Gewürzkuchen. Pieter, der dicke rote Kater, drückte sich abwechselnd an ihnen beiden vorbei und sammelte Streicheleinheiten ein. Er hatte Martin anscheinend als Familienmitglied akzeptiert.

Zwischen der ersten und zweiten Kanne Tee gelang es Martin, noch ein Extralächeln auf Claras Gesicht zu zaubern, indem er signalisierte, dass er den Tee erkannt hatte. Onnos Echter Ostfriesentee war hier im Süden praktisch nicht zu bekommen. Clara selbst begnügte sich ansonsten damit, dass der Tee schwarz und kräftig war. Schön, dass er das gemerkt hatte.

„Warst du denn mal wieder in der Heimat?" fragte Martin über den Rand der duftenden Tasse hinweg. Clara hatte auch so wunderbar dünne Porzellantassen.

„Wegen des Tees? Ich habe meine Eltern darauf angesetzt. Sie haben mir ein CARE-Paket geschickt, sich aber ein wenig gewundert, dass mir seit neuestem die Teesorte so wichtig ist", lächelte Clara.

„Irgendwie seltsam. Noch vor einem Jahr hatte ich heftige Zweifel, ob ich hier auf Dauer würde leben können, so fern der Küste … und als ich dann im Dezember auf Lesereise da oben war, habe ich nicht einmal zuhause vorbeigeschaut."

„So schlimm kann es also in Mittelfranken gar nicht sein."

Martin schwieg einen Moment, dann schaute er Clara an und fragte:

„Weißt Du, was das Schönste an Mittelfranken ist?"

Clara erwiderte seinen Blick erwartungsvoll, sagte aber nichts. Und Martin kam sich im selben Moment entsetzlich kitschig vor, was ihn völlig aus dem Konzept brachte. Und da ihm jeder Satz gleich dämlich vorkam, rutschte er – etwas ungelenk, in jedem Film hätte das ganz selbstverständlich ausgesehen – näher an Clara heran und gab ihr einen Kuss.

✼

5. Dezember 2006, 19.34 Uhr.

„Was, du bist ja immer noch da?"

Die Frage war freundlich, etwas erstaunt gestellt, doch der schlaksige junge Mann blickte erschrocken auf und stotterte ertappt:

„Ich will nur noch die ... diese Sachen hier vor dem Wochenende fertig machen ... ich geh dann auch gleich."

Er hob zur Erklärung den vor ihm liegenden Stapel Papiere an, die er zu scannen und wieder abzuheften hatte. Der andere zuckte die Schultern, wünschte ein schönes Wochenende und verabschiedete sich. Die Tür fiel ins Schloss, wenig später war auch neben dem Summen des Scanners die Tür am Ende des Ganges zu hören. Es dauerte noch eine gute Viertelstunde, bis die letzten Papiere digitalisiert und abgespeichert waren, dann formte der Mann wieder einen sauberen Stapel daraus, legte sie sorgfältig in die alte Sammelmappe, band diese zu und fuhr den Computer herunter. Er horchte einen Moment in das totenstille Gebäude und ging dann mit den Dokumenten zwischen den vielen Regalen hindurch in einen Nebenraum. Dort schaltete er das Licht ein, ging zielstrebig auf einen Karton in einem der Fächer zu, verstaute dann die Mappe darin und horchte abermals. Nichts zu hören, was am Freitag Abend auch nicht ungewöhnlich war. Er würde gleich ebenfalls die Räume verschließen, den Schlüssel in den dafür vorgesehenen Kasten werfen und das Gebäude über den Nebenausgang verlassen.

Gleich würde er das tun.

Vorher schlich er aber noch – leise, als könnte er sich in dem leeren Gebäude jemandem verraten – in einen weiteren Raum zu einem anderen Regal, zog einen Karton mit der Aufschrift *„verzet"* („Widerstand") hervor und entnahm ihm die oberste Mappe. Hastig brachte er sie zu einem Schreibtisch, schaltete die Arbeitslampe ein und begann, in ihrem Schein Blatt für Blatt mit einer kleinen Digitalkamera zu fotografieren. Plötzlich zuckte er zusammen. Irgendetwas hatte geknackt. War das im Nebenraum? Oder einfach ein Heizungsrohr? Konzentriert, nervös horchte er in die Finsternis, in der sich die Regalfluchten schon nach wenigen Metern auflösten. Nichts. Lächerlich, das gleiche Geräusch würde ihn am Tage nicht weiter beeindrucken. Aber am Tage gab es andererseits auch viele logische Erklärungen für Geräusche ... Er verharrte noch einen lauschenden Moment. Schließlich wandte er sich wieder seiner Tätigkeit zu. Eilig lichtete er die letzten Bögen ab, raffte die Papiere, wie sie gerade lagen, zitternd zusammen, schob das Bündel zurück in die Mappe und legte sie hastig wieder an ihren Platz.

*

Frauenaurach, 2007

Das Telefon klingelte.
„Komme schon", rief die Frau aus der Küche und stöckelte über den Marmorboden, der dem Raum das Aussehen einer repräsentativen Eingangshalle verlieh, zu einem etwas altmodisch wirkenden Fernsprecher, der auf einem dunklen Eichentischchen thronte.
„Halloo?"
Als früh verwitwete und somit alleinstehende Frau glaubte sie immer, es ihrer persönlichen Sicherheit zu schulden, sich nie mit Namen am Telefon zu melden.
Ihre Gesprächspartnerin am anderen Ende der Leitung fiel ihr sofort wegen ihres Akzents auf – war das französisch?
„Nein ... ja ... es freut mich, wenn Ihnen das Bild gefallen hat", versicherte sie ihrer Anruferin in etwas distanzierter Kühle, „aber es ist nicht zu verkaufen. Nein ... , ja, das ist viel Geld, sicher. Aber bemühen Sie sich trotzdem nicht weiter, ich danke Ihnen. Auf Wiederhören."
Die Frau legte auf und stand noch einen Moment nachdenklich neben dem Telefon.
Ihre unbekannte Anruferin beendete währenddessen per Tastendruck auf ihrem Handy das Gespräch. Auch in ihrem Kopf arbeitete es. Mit einer derartig kategorischen Absage hatte sie nicht gerechnet. Entschlossen steckte sie das Gerät in die Tasche ihres roten Mantels und verließ ihr Zimmer im Roten Ochsen.

*

Am nächsten Morgen traute Martin seinen Augen kaum, als er aus dem Fenster sah: Die Aurach war auf eine trübbraune Fläche angewachsen, die das Tal komplett ausfüllte und sich mit stiller, aber bedrohlicher Gewalt um die Pfeiler des Fußgängerstegs wälzte. Fast verloren markierten die Bäume das ehemalige Ufer, konnten den Wassermassen nur ein paar Schaumkrönchen abringen, ohne sie in ihrem Lauf auch nur im Mindesten aufzuhalten.

Die Füllung von Martins Brotkorb hätte noch problemlos für ein spätes Frühstück gereicht, aber er suchte einen Grund, sich bei einem Spaziergang zum Bäcker das Spektakel von nahem zu betrachten und das schwindelerregende Gefühl zu genießen, auf dem Fußgängersteg nur wenige Zentimeter über dem eilenden Wasser trockenen Fußes auf die andere Seite zu gelangen.

Unmittelbar hinter dem Steg lag rechter Hand die Klostermühle, an deren Mauer die in Sandstein gravierte Flutmarke von 1941 selbst jetzt noch spöttisch auf das aktuelle Hochwasser hinunterblickte.

Plötzlich hatte Martin eine Idee. Er betrat die Mühle, erklomm die Treppe zum zweiten Boden und ging bis zum Ende der Ausstellung. Katja war nicht da, aber Frau Koch, die mit einem Buch bei ihren Bildern saß und auf Besucher wartete, lächelte ihn grüßend an.

„Guten Morgen, Frau Koch. Sie wissen nicht zufällig, ob die junge Dame nebenan heute noch kommt?"

Frau Koch schien einen Moment lang enttäuscht, dass Martins Interesse nicht ihr selber galt, aber vielleicht irrte sich Martin auch. Hinter ihr erkannte er die trüb-expressionistischen Bilder von Kochs Großvater, gegen die sich die schlichte grüne Landschaft – Toskana? – daneben positiv abhob.

„Fräulein Katja? Oh, sie ist meist ab Mittag hier. Sie sollten es ab ..." – sie sah überflüssigerweise auf die Uhr – „... ab etwa 13 Uhr versuchen. Kann ich ihr etwas ausrichten?"

„Vielen Dank, ich schaue selber nochmal herein. Ich wollte sie fragen, ob sie mir eines ihrer Bilder verkauft."

„Nun, da kann ich Ihnen tatsächlich nicht weiterhelfen. Aber die meisten hier verkaufen durchaus."

„Ja, ich habe schon gesehen, dass im Laufe der Woche das eine oder andere Werk einen Liebhaber gefunden hat." Martin folgte einem Impuls und zeigte auf eines der Bilder hinter ihr: „Diese Landschaft mit den Weinbergen finde ich ganz hübsch. Darf ich neugierhalber fragen, was die kosten würde?"

Einen Moment hatte er den Eindruck, als sei durch Frau Kochs Gesicht ein Zucken gelaufen, dann erklärte sie verbindlich lächelnd:

„Tut mir leid, ich verkaufe nichts. Dieses hier hat meine Mutter 1976 im Piemont gemalt ... Schon an meinen Bildern hänge ich viel zu sehr, und von den Familienerbstücken würde ich mich natürlich erst recht nie trennen."

„Das kann ich verstehen. Mir würde es wohl ähnlich gehen, wenn ich malen könnte. Aber das lasse ich dann doch lieber andere machen."

Im Vorbeigehen grüßte er Wolfgang Renzel, der mit einem Krimi und einer Thermoskanne Kaffee bei seinen Bildern saß und ihm ein unverbindlich freundliches Nicken über den Rand seiner Lesebrille sandte. Burkhard Wies stand an einem Fenster zwischen seinen Aquarellen und schaute geistesabwesend nach draußen.

Hedwig Sauermann musste ein paar ihrer Bilder umdekoriert haben; Martin war sich sicher, dass er letzten Samstag hier fünf impressionistisch anmutende Landschaften gesehen hatte. Variationen einer Ansicht des Regnitztals mit der Industrieruine an der Neumühle, die Stile von van Gogh, Liebermann, Seurat und zwei anderen imitierend, die Martin nicht gleich zuordnen konnte. Er erinnerte sich, fasziniert die „falschen Meister" betrachtet zu haben. Besonders der van Gogh war unglaublich gut gelungen. Wenn er es nicht besser gewusst hätte, hätte er ihn für echt gehalten. Eben dieser fehlte nun. Eine Hommage an Joan Miró hing jetzt an der Stelle; sie zeigte die charakteristischen schwarzen Linien und reinfarbigen Flächen, die aber unverkennbar die Silhouette der Frauenauracher Kirche abbildeten.

Er erinnerte sich, dass Frau Sauermann sich als Kunstlehrerin vorgestellt hatte. Ihr Steckenpferd waren neue Bilder im Stil berühmter Maler, und Martin fand, dass sie das recht gut machte.

Vielleicht hatte das andere Bild einen Käufer gefunden. Fast schade eigentlich, aber Martin vermutete, er hätte es sich ohnehin nicht leisten können. Die Künstlerin selber war nicht zugegen, sonst hätte er sie gefragt.

Schließlich machte er sich auf den Weg zu Backstein, um seinen ursprünglich geplanten Brotkauf zu tätigen.

Eine Mutter mit blond bezopfter, rosa Tochter kaufte dort gerade ein Stück Torte – nicht irgendeines, sondern ganz genau das da hinten, nein, das daneben, ja! – während Hello Kitty an ihrer Jacke zerrte und versuchte, sich einen Amerikaner zu erquengeln. Die Mutter zischte kurz „Bist etz amal ruhich, Sammi" und orderte noch ein ganz helles Baguette. Aber nicht das da vorne. Von hinten eines. Martin fragte sich, ab welchem Alter man von Kindern erwarten konnte, dass sie den Satz „Mama, ich will" durch „Mama, ich hätte gerne" ersetzten. Aber als kinderloser Junggeselle hatte er da vielleicht völlig unrealistische Vorstellungen. Die Zwillinge seiner Cousine waren in dieser Hinsicht, das musste er zugeben, auch nicht besser. Die Verkäuferin reichte Sammi lächelnd „an Bombomm", den diese kommentarlos einstrich. „Daankee!" leierte Mama ihr vor, doch Sammi war gerade mit ihrer Beute beschäftigt.

Martin kaufte ein Tatarenbrot. Er hätte nicht sagen können, wie die Tataren ihr Brot buken, aber offenbar schafften sie es, dass es auch nach mehreren Tagen noch frisch schmeckte, weshalb es wie geschaffen für Martins Singlehaushalt war.

Vor der Bäckerei stand ein SUV mit auswärtigem Kennzeichen. Das „FO" stand für die Nachbarstadt Forchheim, soviel hatte er schon dazugelernt. Auf der Heckscheibe klebte die Karikatur eines beschnullerten Kleinkinds mit der Zeile „Samantha on board". Das rosa Bonbon hieß also Samantha und war trotz des Aufklebers gerade gar nicht an Bord – pardon: on board. Martin schüttelte innerlich den Kopf. Wie konnte man sein Kind nur Samantha nennen? Wahrscheinlich die weibliche Form von Kevin, ätzte er im Stillen.

Auf dem Rückweg lenkte die Mühle Martins Gedanken wieder in andere Bahnen. Er dachte an seinen Besuch vorhin. Er konnte sich nicht helfen. Irgendetwas fand er plötzlich seltsam, nur entglitt ihm immer wieder, was das genau war.

Kapitel 4

Am frühen Nachmittag freute sich Martin, einen Grund für eine Unterbrechung seiner Arbeit zu haben. Irgendwie ging es im Moment nicht recht voran. Mord und Motiv waren klar, Johansen würde den Täter fassen, aber der ganzen Story fehlte noch der Schwung. Die Spannung. Gewiss, der Kopf des Opfers war noch immer nicht gefunden, damit ließe sich garantiert etwas anfangen. Aber der zündende Gedanke war Martin noch nicht gekommen.

Vielleicht kam die Erleuchtung bei einem Spaziergang. Und auf dem Weg zur Mühle könnte er noch bei Willi vorbeischauen und die Blumen gießen.

Diesmal gab es keine Pannen. Jacke und Schlüssel hatte er dabei, die Blumen standen stramm und der Briefkasten war noch nicht geplatzt. Nur der Basilikumtopf in der Küche hatte erwartungsgemäß sein Leben unwiderruflich ausgehaucht. Martin trug die mumifizierte Leiche vorsichtig vor die Tür, versenkte sie in der Biotonne und nahm sich vor, im Dorfladen für Ersatz zu sorgen.

Vor der Tür ging eine Frau im roten Mantel flotten Schrittes vorüber. Martin erkannte in ihr sofort die Französin aus der Bäckerei und grüßte vernehmlich. Die Frau sah erschrocken auf, versuchte ein krampfhaftes Lächeln und beeilte sich, weiterzugehen. Offenbar war sie in Gedanken ganz woanders gewesen. Fast kam es Martin so vor, als bemühte sie sich, ihr Gesicht schnell wieder im Kragen ihres roten Mantels zu verbergen. Er zuckte die Schultern und ging hinein, um die Gießkanne wieder zu befüllen und das Haus sorgfältig zu verschließen.

*

Mette van de Bilt war fassungslos.

„Bist du von allen guten Geistern verlassen? Ich will nicht ins Gefängnis deswegen!"

Ihr Bruder lehnte sich in seinem Ledersessel genüsslich grinsend zurück, legte die Fingerspitzen beider Hände aneinander und antwortete mit herablassender Coolness: „Komm wieder runter, Mädchen, es wird nichts passieren. Absolut nichts. Vergiss nicht: Es ist nirgends dokumentiert, es gibt kein Foto davon, kaum jemand, der heute noch lebt, hat es je mit eigenen Augen gesehen. Der Plan ist einfach perfekt. Und überhaupt", – er beugte sich vor, sah seiner Schwester eindringlich in die Augen – „es gehört ihr sowieso nicht."

Mette schüttelte den Kopf mit den schwarzen Locken, entgegnete aber nichts mehr. Schließlich drehte sie sich um und fragte:

„Und wo ist es jetzt?"

„Auf dem Weg nach St. Malo, hoffe ich. Ich lasse es erstmal zu Tante Danielle bringen, falls doch jemand nachforscht."

„Was heißt: hoffe ich?"

„Ich habe Béatrice angewiesen, sich nicht bei mir zu melden. Auch bei der Telefongesellschaft soll keine Spur zu uns führen. Du siehst, ich habe an alles gedacht!"

„Und dein Informant? Der dir die Akten besorgt hat?"

Hendrik antwortete mit wegwerfender Geste:

„Der hat so viel Geld bekommen, welchen Grund hätte er, uns zu verpfeifen?"

*

Martin sah auf die Uhr. Halb sechs, das würde er schaffen. Der Dorfladen schloss in einer halben Stunde. Er pries die Nachlässigkeit, das Fahrrad beim letzten Mal unversperrt vor der Haustüre stehen gelassen zu haben und schwang sich in den Sattel. Bis Hüttendorf waren es keine drei Kilometer.

Der Radweg führte parallel zur Straße an Kriegenbrunn vorbei und war offenbar vor nicht allzu langer Zeit angelegt worden, samt einer neu gepflanzten Allee zur Straße hin. Das Holz der Pfähle, die die jungen Bäume stützten, war noch nicht von der Witterung ergraut, und auf den frisch modellierten Baumscheiben zeigten sich erst einzelne, zarte Unkrautpflänzchen. Auf beiden Seiten der Straße erstreckten sich weite Felder. Martin war botanisch nicht sehr bewandert, erkannte aber immerhin den keimenden Mais und vermutete, dass es sich bei den grasartigen Büscheln um Gerste handelte.

Rolf, der ansonsten auch kein Fachmann in solchen Dingen war, wusste neulich mit hinreichender Selbstsicherheit zu sagen, dass etwas anderes hier gar nicht in Frage käme.

„Und warum?" hatte Martin damals gefragt.
„*Weechäm Bier!*" hatte Rolf geantwortet und lachend seine Nase in den Krug gesteckt.

Auf der sanften Hügelkuppe vor Hüttendorf lag der Hof der Familie Niederbrunner, die in einem ihrer Gebäude einen Laden mit Produkten eigener Herstellung und aus der Region betrieb. Martin fand es immer wieder amüsant, wenn unter dem Schild „fränkische Tomaten" der gesetzlich vorgeschriebene Hinweis „Herkunft: Deutschland" stand.

Er stellte sein Rad auf dem geschotterten Parkplatz ab und betrat das Paradies aus frischem Obst und Gemüse, Käse, Wurstwaren, Fleisch von eigenen Bioschweinen, Bauernbrot, selbst gebackenen Kuchen, Nudeln und den ganzen guten Sachen, die die Betriebe der umliegenden Orte hier anboten. Fränkische Weine, Liköre, Marmeladen, Nudelsoßen, Gewürzmischungen und vieles andere mehr.

Eigentlich wollte Martin einzig einen Topf Basilikum als Ersatz für die von ihm ermordete Pflanze erwerben, nahm aber gleich noch eine Tüte Äpfel, ein Paar geräucherte Bratwürste, Knoblauch und ein Glas roten Presssack mit. Hielt sich ja alles.

*

14. September 1944

Der Mann in der grauen Uniform hatte sich schon vor Tagesanbruch aufgemacht. Das Motorrad unter ihm leistete auf den zerfurchten und vom Regen aufgeweichten Straßen Schwerstarbeit. Der Stahlhelm und die schwere Ausrüstung machten es nicht unbedingt angenehmer, und schon gar nicht der Umstand, dass er im Dämmerlicht nicht viel sehen konnte. Frederik, wie Jette ihn nannte, fuhr ohne Licht.

Ein paar Häuser tauchten vor ihm auf. Am Eingang der Ortschaft war eine Straßensperre errichtet worden, zwei Mann standen Wache, der Kübelwagen am Straßenrand steckte mit zwei Reifen tief im Schlamm. Frederik nahm das Gas weg und rollte an den Posten heran. Er hoffte, dass sie ihm seine Nervosität nicht ansahen. Andererseits hatte hier jeder allen Grund, nervös zu sein. Die Amerikaner waren nur noch hundert Kilometer entfernt, gestern hatten sie Antwerpen eingenommen. Ständig flog die Royal Air Force ohne allzugroßen Widerstand über sie hinweg – ihre Bombenlast war allerdings meist für die Städte des Reichsgebiets bestimmt. Nur vereinzelt bellten ihnen noch resigniert einige müde Flakstellungen hinterher.

Es war verloren, dachte Frederik immer wieder, den Kopf im Stillen schüttelnd. Oder auch gewonnen, je nach Standpunkt. Jeder wusste das, aber es auszusprechen, konnte den besagten Kopf kosten. Er riss sich aus den trüben Gedanken.

Frederik salutierte und erklärte mit zackig nuschelndem Vorgesetztentonfall: „Unteroffizier Krenz, Kradmelder zum Bataillonskommandanten." Er streckte dem Wachhabenden seine Papiere hin.

Der milchgesichtige Soldat hatte längst den Überblick verloren, wer wo gerade Bataillonskommandant war. Seine Einheit, die nur noch aus einer Handvoll Leuten mit einem Flakgeschütz, knapp hundert Schuss Munition und zwei Fahrzeugen bestand, war von einem Hauptmann hier postiert worden. Um Souveränität bemüht und um mit dem Ranghöheren keine Schwierigkeiten zu bekommen, nickte er einfach, schaute den Ausweis nicht weiter an, salutierte und ließ Frederik passieren.

Bedingungsloser Gehorsam der ranghöheren Uniform gegenüber. Das ist das einzige, was in Deutschland immer funktionieren wird, dachte Frederik grimmig und fühlte sich an den Hauptmann von Köpenick erinnert. Im Vorbeifahren erhaschte er den leeren, bleichen Blick eines uniformierten Jungen. Schüler, die eigentlich in ihrer Klasse sitzen und über dem Pythagoras, Schiller oder notfalls noch dem Gallischen Krieg brüten sollten. Stattdessen lernten sie als letztes Aufgebot eines wahnwitzigen Irren einen ganz anderen Krieg kennen, mit den besten Chancen, ihr junges Leben hier an einer Scheinwerferbatterie in einem niederländischen Graben zu beenden.

Frederik zwang sich, an etwas anderes zu denken. Heute Mittag könnte er die Reichsgrenze erreicht haben. Falls er bei irgendeiner Einheit noch ein paar Liter Sprit auftreiben konnte. Dann noch 150 Kilometer, und dort würde er untertauchen, sein Paket verstecken und sich in Zivil von den Briten überrollen lassen. Oder den Amerikanern, oder wer auch immer kommen würde.

※

Pauline Sattler schaltete den Staubsauger ab, als könnte sie dadurch besser sehen. Ihr irritierter Blick galt dem Bild an der Wand über dem Sofa. Woher kam das denn nun? Diese Landschaft hatte sie noch nie gesehen. Da hatte doch immer dieses andere gehangen. Wo war das denn hingekommen? Danach würde sie ihre Arbeitgeberin doch gleich fragen müssen.

Nicht, dass das Frau Sattler irgendetwas anginge, aber über solche Veränderungen im Hause glaubte sie Bescheid wissen zu müssen. Sie atmete tief durch, nickte und speicherte die neue Information ab. Dann schaltete sie den Staubsauger wieder ein und schüttelte den Kopf über die vielen Krümel, die vor dem Sofa durch das Rohr prasselten.

*

Oostkamp, 1922

Ja, er verstand es schon immer, sich in Szene zu setzen. Die meisten Gäste wussten das, doch sie verziehen es ihm. Und erst recht am heutigen Tage, als er seine älteste Tochter Elaine zum Traualtar geführt und David Hertzberger zur Frau gegeben hatte. Ein Niederländer, außerdem Jude, aber immerhin erfolgreich. Import/Export, vor allem mit den Kolonien in Asien. Stützpunkt mit besten Beziehungen in Batavia. Das Geschäft blühte, besonders jetzt, nachdem der Weltkrieg vorbei war. Ein kluger Mann, sein Schwiegersohn, das musste der Neid ihm lassen, der auch viel in Immobilien und Gold anlegte. Reserven. Wie wichtig das sein konnte, sah man gerade im benachbarten Deutschen Reich, wo die Mark täglich an Wert verlor.

Er erhob sich, klopfte gegen sein Weinglas und blickte würdevoll in die große Runde, die im Schatten der alten Bäume mit erwartungsvollem Magen zu Tisch gefunden hatte. Das Gemurmel verlor sich, bis nur noch das Zwitschern der Vögel und sanftes Flittern der Blätter über ihnen zu hören war. Er räusperte sich – eigentlich nur um der Dramaturgie willen – und hielt die kleine Rede, die jeder an dieser Stelle von ihm erwartet hatte, witzig, pointiert und – wie er fand – geistreich, mit unverhohlener Freude darüber, dass das Paar sich entschlossen hatte, seinen Familiensitz hier nach Oostkamp bei Brügge zu verlegen. Ge-

schickt schaffte er es sogar, mit diplomatischen Worten die Klippen zu umschiffen, die in Gestalt seiner Schwiegereltern am Tisch saßen. Ja, sie waren gekommen, wenn auch nur um des lieben Friedens willen. Dass ihr Sohn eine Nichtjüdin heiratete, mochte in ihren Augen noch angehen. Dass er es ohne Rabbi, ohne Ketubba, ohne Brachot und alles tat, konnten sie nur schwer verwinden. Aber David war weder religiös noch bereit, die jüdischen Traditionen trotzdem zu pflegen.

Als der hungrige Applaus erwartungsvoll aufatmend verklungen war und weiß beschürzte dienstbare Geister sich auf ein Zeichen des Brautvaters hin daran machten, dampfende Suppentassen zu servieren, erhob sich, von den meisten Gästen unbemerkt, seine Frau. Während wie auf Kommando alle Gäste ihre Servietten entfalteten, überreichte sie dem Brautpaar ein flaches Paket, eingehüllt in weichen Stoff. Im Klappern der Löffel ging unter, dass Elaine Hertzberger von ihrer Mutter ein Ölgemälde überreicht bekam, ein kraftvolles, lichtdurchflutetes Werk im Stil der Impressionisten. Elaine kannte das Bild nur zu gut, sie liebte es, und sie war überglücklich, es in ihr künftiges Wohnzimmer hängen zu dürfen.

*

Endlich war der Kopf gefunden. Im Morgengrauen von der Flut angespült. Die Idee war nicht übermäßig originell, aber die gerichtsmedizinische Untersuchung würde ergeben, dass der Kopf einem anderen Toten gehört hatte. Prima. Noch ein Opfer. Martin tippte in rasendem Tempo. Die Worte flossen nur so in den Bildschirm, Dialog zwischen dem Kommissar und dem Staatsanwalt, Ärger mit der Presse, neue Befunde aus dem Labor, Spürhunde in der Morgendämmerung auf den Marschwiesen …

Martin hielt inne.

Er las das letzte Kapitel nochmals durch, dann schüttelte er langsam den Kopf.

Das Ganze kam ihm plötzlich so etwas von klischeehaft, platt, unoriginell vor. Doof. So etwas konnte er nicht abliefern. Im Geiste sah er sich den letzten Bogen aus der Schreibmaschine ziehen, zusammenknüllen und in hohem Bogen in den Papierkorb werfen. Doch solch theatralische Gesten sind im digitalen Zeitalter ausgestorben. Das Löschen einer Datei konnte damit dramaturgisch einfach nicht mithalten, außerdem hielt ihn ein Rest Vernunft davon ab. *Ira furor brevis est*, wie der Asterixleser weiß. Ein zerknülltes Blatt konnte man notfalls noch aus dem Papierkorb fischen und glätten. Eine gelöschte Datei war weg.

Eine schlechte Story wäre als Rückversicherung immer noch besser als gar nichts, auch wenn ihm der Gedanke mächtig gegen die Ehre ging. Er speicherte die Datei unter dem Namen „EiserneReserve.doc" und fuhr den Laptop herunter.

Vielleicht kämen ja auf einem Spaziergang frische Ideen. Manchmal half das. Martin packte Notizblock und Bleistift ein. Nichts ist so ärgerlich wie ein vermeintlich genialer Gedanke, von dem man – wieder vor der Tastatur – nur noch weiß, dass es ihn gegeben hatte.

Die Metzgerei ließ eben die Jalousien herunter und verabschiedete sich ins Wochenende. Die Verkäuferin nickte Martin im Vorbeigehen zu und räumte den Aufsteller mit dem aktuellen Angebot hinein. Das Haus warf einen merklichen Schatten, denn die Sonne mühte sich zunehmend erfolgreich, den Hochnebel aufzulösen. Im Frühlingslicht leuchteten Knospen und Blättchen so saftig grün, wie man es nur um diese Jahreszeit erlebt. Maigrün eben. Auch im April schon.

Ein ganz anderes Grün – schmutzig, bräunlich – hatte die noch immer Hochwasser führende Aurach. Ein wenig schien sie sich beruhigt zu haben, doch würde es noch einiger Zeit bedürfen, bis sie wieder in ihr eigentliches Bett fände. Martin überquerte das Tal und ging in Richtung Wiesenweg, der an der Bankfiliale vorbei aus dem Ort hinaus in die Felder des Regnitzgrunds führte. Zwischen den noch spärlich belaubten Sträuchern hindurch quetschten sich Sonnenstrahlen und vervielfältigten damit die Zahl der Grüntöne. Die ganze Welt, so schien es Martin, war grün: Hellgrün, dunkelgrün, gelbgrün, saftgrün, blaugrün, maigrün, phthalogrün ... Bei Clara in der Werkstatt hatte er neulich eine eindrucksvolle Sammlung von lauter Tuben gesehen, in jeder von ihnen ein anderer Grünton. Sogar ein „Schweinfurter Grün" war dabei. Martin wusste nicht, wie es eigentlich aussah, erinnerte sich aber, dass Clara erzählt hatte, es werde wegen seiner Giftigkeit nur noch für Restauratoren hergestellt, die für ihre Arbeit natürlich auf die Originalpigmente jener Zeit angewiesen waren. Pate für den Namen stand tatsächlich die Stadt Schweinfurt, wo noch heute der Boden des ehemaligen Werksgeländes mit Arsen verseucht war.

Sehr weit kam Martin nicht: Die Aurachflut stand über den Wiesen und Wegen, und nur über ein paar Grasbüschel und Steine balancierend erreichte er die Bank, auf der er sich ein wenig niederlassen, die grüne Welt betrachten und auf eine Inspiration warten wollte. Die brauchte er auch, denn auf seinem Konto, das mit den Erträgen der Lektorentätigkeit nicht dauerhaft überleben konnte, sah es ziemlich mau aus. Er musste einen brauchbaren Krimi abliefern. Genau genommen musste er nur irgendeinen Krimi abliefern – aber eine platte Story hätte seinen Ansprüchen nicht genügt, und langfristig würde der Verlag auch nur Fortsetzungen gut verkäuflicher Bücher ins Programm nehmen.

Das Grün aus Schweinfurt leitete seine Gedanken wieder in die Klostermühle und die Kunstausstellung – und mit einem Mal war ihm klar, was ihn bei seinem letzten Besuch irritiert hatte: Frau Koch hatte gesagt, dass sie grundsätzlich nichts verkaufe. Doch schon bei einem früheren Besuch hatte Martin bemerkt, dass mindestens ein Bild in ihrer Galerie gefehlt hatte.

Seltsam. Ob sie eine Ausnahme gemacht hatte? Ob sie die Bilder nur umgehängt hatte? Nun, vermutlich gab es eine ganz logische Erklärung. Martin stellte fest, dass ihn das ständige Tüfteln an kompliziert konstruierten Mordgeschichten auch im Alltag dazu brachte, hinter allem ein ungelöstes Rätsel zu vermuten.

Er schaute nach rechts das Tal entlang. Auch wenn auf den ersten fünfzig Metern noch viele Grashalmspitzen den flachen Wasserstand verrieten, war es enorm eindrucksvoll, auf welch gewaltige spiegelnde Fläche die übergelaufene Aurach angewachsen war.

In Sichtweite war ein Insekt in die Fluten gefallen und zappelte sich mühsam über die Wasseroberfläche. Martin hätte ihm gerne ein rettendes Stöckchen gereicht, doch dazu hätte er selber in die knöcheltiefe Brühe steigen müssen. War es egoistisch, wegen des Risikos durchweichter Schuhe das Leben eines Tiers zu riskieren? Er rang noch mit sich in dem ethischen Dilemma, als er erleichtert feststellte, dass sich das Insekt soeben mit seinen zappelnden Bemühungen zu einem rettenden Grashalm gerudert hatte.

Sicher gab es einen vernünftigen Grund, warum ein Bild von Frau Koch in der Ausstellung fehlte. Er kam nur nicht darauf, welcher das sein konnte. Er könnte sie ja fragen, würde sich dann ob der Selbstverständlichkeit der Erklärung schelten und Frau Kochs vielleicht spöttische Gedanken, was er sich denn sonst gedacht hätte, ertragen.

Er könnte es auch sein lassen, sich lächerlich zu machen.

War sicher besser.

*

Die folgende Woche hätte kaum besser beginnen können. Blauer Himmel, so weit das Auge reichte und milde Temperaturen, die den endgültigen Einzug des Frühlings glaubhaft machten. Da Martins Tätigkeit als Lektor keine Anwesenheit in einem wie immer gearteten Büro nötig machte, konnte er sich zu einer Zeit aus dem Bett wälzen, zu der die Busse mit den Werktätigen den Ort längst verlassen hatten. Während der Morgen frisch durch die geöffneten Fenster zog, bewachte Martin den summenden Wasserkessel und dachte dabei an das Wochenende. Den Basilikumtopf hatte er unauffällig in Willis Küche ausgetauscht und sogar die Papiermanschette des alten Exemplars gerettet. Dann war er nochmals in der Kunstausstellung gewesen und hatte für Clara das kleine Bild bei Katja erworben. Und um des guten Gewissens willen hatte er den Samstagnachmittag damit zugebracht, Manuskripte von seinem Verlag zu begutachten und das eine oder andere Telefonat mit den dazugehörigen Autoren zu führen. Zumeist ging es darum, ihnen freundlich klarzumachen, dass das eingesandte Buch gerade doch nicht in das Verlagsprogramm passe.

Am Sonntag hatte er zu seinem eigenen, zunächst in Ungnade gefallenen Roman so viel Abstand gewonnen, dass er sich daran machte, ihn zu überarbeiten. Und nach vier Stunden hatte er zum einen eine Idee, wie das Werk doch noch zufriedenstellend werden könnte, zum zweiten das Gefühl, den Dienstagnachmittag ohne schlechtes Gewissen mit Clara verbringen zu können. Dienstags und freitags arbeitete Clara nur halbtags.

Das Wasser kochte. Martin goss den Tee auf, ordnete auf dem Küchentisch Kluntjes, Tasse, Sahne, Butter, Marmelade, Teller, Messer und die überlebenden Brotkanten und wollte sich eben setzen, als es klingelte.

Frau Horn stand vor der Tür, mit glücklich strahlendem, braun und faltig gegerbtem Gesicht.

„Guten Morgen, Herr Thormann! Ich hoffe, ich darf Sie so früh stören? Weil ... ich weiß ja, dass Sie nicht arbeiten ... also ...."

Sie merkte plötzlich, in welche Peinlichkeit sie sich hineingequatscht hatte, aber Martin erlöste sie gnädig aus dem Fettnapf, indem er sie unterbrach und ihr versicherte, dass er sein Tagwerk bereits begonnen hatte. Erleichtert fand sie ihr Strahlen und ihren Faden wieder: „Ich wollte mich ja nur bedanken, dass Sie sich so toll um alles gekümmert haben. Ich hatte – offen gestanden – gar nicht gewusst, was Sie für einen grünen Daumen haben! Vor allem das Basilikum in der Küche! Mein Mann kann ja gar nicht mit Pflanzen, der hat gesagt, der ist völlig tot, ich soll den wegwerfen, aber ich hab ihm gleich gesagt: Willi, der kommt wieder, man muss ihn nur mit Liebe behandeln. Und vielleicht mal gründlich zurückschneiden. Sie haben ihn sicher zurückgeschnitten, oder? Dann kommt er ja viel besser. Aber dass er so wunderschön wird ..."

Martin verzichtete bescheiden lächelnd darauf, den Irrtum klarzustellen, war es doch ein dicker Stein, den er im Brett seiner Nachbarin hatte. Vielleicht war es mal zu etwas nütze.

※

Das schöne Wetter war doch nicht von Dauer. April eben. Eine neue Kaltfront, die sich vor allem weiter westlich nass entladen hatte, hatte dafür gesorgt, dass der Pegel der Aurach bis zum Dienstag kaum gesunken war. Immerhin brachte der Nachmittag wieder ein wenig freundlichen Sonnenschein, und oberhalb der Wasserlinie konnte sich der Frühling nun explosiv entfalten.

„Für die Terrasse war es dann doch noch etwas kühl", sagte Martin entschuldigend, als er Tee und Kuchen auftrug, „aber die großen Fenster haben schon fast Wintergartenqualitäten."

Clara legte ihren Mantel ab und gab Martin einen Kuss. Sie hatte sich etwas verspätet. Um diese Tageszeit gab es keine Route zwischen Nürnberg und Erlangen, die einigermaßen zügig befahrbar war. Eigentlich gab es die überhaupt nie.

Sie setzte sich wohlig aufatmend in das Sofa und schaute auf das fast unwirklich saftige Grün, das im Garten aus allen Knospen quoll.

„Das ist es, was ich in meiner Stadtwohnung wirklich vermisse!"

„Dafür kannst du es aber kaum näher zur Arbeit haben."

Clara lachte: „Außer, wenn man es so macht wie du und seine Arbeit am Wohnzimmertisch erledigen kann."

Martin nickte, das musste er zugeben. Er schenkte den Tee ein und schnitt die Schokoladentorte in Stücke.

„Diesmal nicht von Backstein. Die hat Frau Niederbrunner gebacken."

„Eine heimliche Verehrerin des Frauenauracher Literaturpapstes?"

Trotz des neckischen Grinsens glaubte Martin fast, er würde etwas erröten.

„Quatsch. Das ist die Chefin des Dorfladens in Hüttendorf."

„Die ist klasse!"

„Kennst du sie?"

„Nein, ich meine die Torte."

Martin hatte seit dem Frühstück nicht die Muße zum Essen gehabt, aber auch Clara trug gerne dazu bei, dass sich die Kuchenplatte schnell leerte. Über den Rand der Teetassen hinweg trafen sich ihre Blicke. Die Sonne glänzte im strahlenden Blau von Claras Augen. Martin war immer wieder davon fasziniert, konnte sich in diesem Anblick verlieren, fühlte sich, als tauche er ein in ihre blaue Iris, sah jede Faser unter der glasklaren Oberfläche wie eine geheimnisvolle Märchenwelt, in der er versinken und aus der er nie wieder emportauchen mochte. Schon immer schaute er Frauen unwillkürlich zuerst in die Augen, so wie andere Männer – ohne sich dessen bewusst zu sein – mit dem ersten Blick die Fingernägel begutachteten, die Beine taxierten oder die Oberweite abschätzten. Ihm hatten es schon immer die Augen angetan, und die von Clara hatten diese besonders magische Wirkung auf ihn.

Schon zu seinen Studienzeiten war das so, und oft genug war er sich dabei herzlich dämlich vorgekommen, wenn er sich in den Augen einer Kommilitonin verloren hatte und die Welt um ihn herum vergaß.

Einmal, bei einem Kaffee unter freiem Sommerhimmel, hatte er

Clara diesen Tick gestanden. Sie hatte es lustig gefunden und ihm nicht übel genommen. Inzwischen hatte sie sich daran gewöhnt.

Mit ein paar lächelnden Wimpernschlägen holte sie Martin wieder in die Wirklichkeit zurück. Irgendwie schaffte er es, die Tasse abzustellen, ohne den Blick von seiner Freundin zu wenden und sich ihrem Gesicht bis auf eine Nasenbreite zu nähern. Längst schon konnte er ihre Züge nur noch unscharf sehen, dafür spürte er ihren Atem in seinem Gesicht. Langsam, mit genussvollem Wohlgefühl küsste er ihre Lippen und flüsterte: „Ich hab' etwas für dich!"
Er stand auf und holte aus der Schublade der Kommode ein flaches Päckchen.
„Nur eine Kleinigkeit, für die Küche."
Clara schmunzelte fragend, nahm es und wog es in der Hand.
„Für die Küche? Der Form nach ... ein Basilikumtopf? Ein Kühlschrank?"
„Elementar, mein lieber Watson. Ich wusste, dass du es sofort erkennst."
Sie wickelte die kleine Leinwand aus und erkannte erfreut das bunte Bild, das mit den Klecksen.
„Das ist ja wirklich eine schöne Überraschung! Obwohl es fast zu schade für die Küche ist. Das finde ich total süß von dir. Danke!"
„Die Idee mit der Küche war deine."
Sie drückte, das Bild noch in der Hand, Martin strahlend an sich, und er genoss es wieder einmal, sein Gesicht in ihre weichen Locken zu versenken. Apfelshampoo.
Schließlich schlug er vor, noch eine zweite Kanne Tee anzusetzen. Während das Wasser im Kessel leise sang, erinnerten sie sich, gemeinsam am Küchentisch lehnend, der Ausstellung.
Sie waren sich einig, dass die österliche Provinzgalerie nur wenige wirkliche Highlights bereitgehalten hatte. Katjas Klecksbilder waren recht hübsch. Die Aquarelle der fränkischen Lande – den Namen des Künstlers hatten sie schon wieder vergessen – waren bestenfalls ganz nett, und ausgerechnet Frau Kochs malende Ahnen, auf die sie so stolz war, hatten das Niveau nicht unbedingt angehoben.
Vorsichtig gesagt.

„Diese Frau ... Sauermann? ... wenn ich mich recht entsinne, hatte immerhin ganz interessante Bilder gemacht. Lokale Motive im Stil bekannter Meister. Das ist eigentlich recht originell", erinnerte sich Clara.

„Sie hat inzwischen sogar noch andere aufgehängt. Van Gogh und ein paar, die ich gar nicht kannte. Da könnte sich ‚van Koch' eine Scheibe von abschneiden."

„Über die Landschaft mit den Windmühlen war Frau Koch ja derartig in Verzückung geraten, dass es schon peinlich war. Rein technisch war es ja gar nicht so schlecht, aber die Bildkomposition war einfach daneben. Und so finster."

Martin nickte.

„Naja, wenn es ein Familienerbstück ist, kann man verstehen ..."

„Klar. Aber muss man es unbedingt als Flaggschiff in die Ausstellung hängen und so tun, als sei es eine Leihgabe aus dem Louvre? Und sie hatte ja auch gar kein anderes Thema, als den Großvater, der die Künstlertradition der Familie begründet hat."

Martin lachte.

„Frau Koch führt die Tradition ja auch würdig fort."

„Wohl wahr ... hat sie eigentlich etwas verkauft?"

„Sie verkauft grundsätzlich nichts, hat sie mir gesagt. Dafür hängt sie zu sehr an den Bildern."

„Ist vielleicht ganz gut so."

„Obwohl ...", Martin zog plötzlich die Stirn nachdenklich in Falten, „Da war etwas, was mir neulich komisch vorkam. Auch bei ihr fehlte am letzten Tag mindestens ein Bild. Und wenn ich mich recht entsinne, war es ausgerechnet das Heiligtum mit den Windmühlen."

„Vielleicht hat sie es einfach schon wieder mit nach Hause genommen?"

„Hm. Kann natürlich sein."

Martin überzeugte die Theorie nicht. Einen Tag vor Ende der Ausstellung? Er goss den Tee auf, und bald darauf nahmen sie zur zweiten Kanne wieder im Wohnzimmer Platz.

Clara nahm einen Schluck, setzte die Tasse ab und sah Martin mit todernster Miene tief in die Augen: „Vergiss es einfach!"

Martin schaute irritiert. „Was soll ich vergessen?"

„Was immer es ist: Es steckt nichts dahinter. In jedem Ort gibt es nur eine geheimnisvolle Geschichte. Und die von Frauenaurach hast du letztes Jahr schon aufgedeckt."

Sie mussten lachen.

„Wahrscheinlich hast du recht. Ich bin einfach zu sehr gewohnt, wilde Geheimnisse für meine Ostfrieslandkrimis zu konstruieren."

„A propos, wie weit bist du denn damit?"

„Frag nicht! Ich kämpfe um eine brauchbare Geschichte. Wahrscheinlich ist die Welt um Kommissar Johansen einfach ausgelutscht."

„Warum? Andere Autoren schreiben doch auch Dutzende von Krimis um die gleichen Personen. George Simenon, Donna Leon, Kathy Reichs ..."

„Ja, aber die lese ich dann meist nach dem fünften Band nicht mehr. Es wird dann so vorhersehbar, was passiert."

„Vielleicht stellst du zu hohe Ansprüche an dich? Solange sich die Geschichten verkaufen, ist es doch gut."

Martin zweifelte etwas daran, verzichtete aber darauf, das Thema zu vertiefen.

Clara blieb nicht zum Abendessen. Sie hatte noch einen Termin in Nürnberg.

Als Claras Ente auf die Aurachbrücke eingebogen und seinem Blick entschwunden war, fiel Martin ein, dass er sie noch immer nicht gefragt hatte, wie sie über das Zusammenziehen dächte. Der Gedanke drohte ihn weiter umzutreiben, als drinnen das Telefon klingelte. Er schloss die Tür hinter seinen romantischen Gedanken und nahm das Gespräch an.

Rolf. Er wollte sich einfach mal wieder melden, sagte er mit durchschaubarer Beiläufigkeit, und fragte an, ob Martin heute Abend spontan Lust auf ein Bierchen hätte. Er klang etwas seltsam. Sie vereinbarten halb acht, Martin stellte sicherheitshalber ein paar Flaschen mehr kalt.

Als er kurz vor die Terrassentür trat, hörte er, dass der Frühling gekommen war. Die Horns saßen im Garten und unterhielten sich, das heißt: er schwieg meistens und nahm ab und zu einen Schluck aus der Bierflasche, und sie beschallte ihn und die Nachbarschaft ohne Punkt und Komma mit den neuesten Neuigkeiten aus dem Ort.

5. Kapitel

Hendrik van de Bilt hatte eben die letzte Mautstation passiert und fuhr jetzt auf der N176 in Richtung St. Malo. Er hatte die 900 km in Rekordzeit heruntergerissen, war aber trotzdem darauf bedacht, keinen Strafzettel zu bekommen. Nicht, dass er in solchen Dingen sonst so pingelig gewesen wäre, aber auf dieser Fahrt wollte er keine überflüssigen Spuren hinterlassen.

Ein echter van Gogh! In diesem deutschen Provinzkaff! – immer wieder murmelte er es wie im Rausch vor sich hin. Mette hatte seine aufgedrehte Stimmung so nervös gemacht, dass sie sich mit Kopfhörern und Buch in andere Welten zurückgezogen hatte.

Jetzt, wo sie genau in Richtung auf die untergehende Sonne zu fuhren, wurde sie von deren Licht geblendet und legte Musik und Krimi beiseite.

„Wie weit ist es noch?"

„Dreißig, vierzig Kilometer. Ich habe Tante Danielle gesagt, wir seien noch zu einem Kunden in Brest unterwegs und nähmen das Paket für einen Kollegen dorthin mit. Béatrice sollte es heute Vormittag abgegeben haben."

„Meinst du nicht, dass nachgeforscht wird, woher so plötzlich ein unbekannter van Gogh kommt?"

Hendriks Gesicht bekam wieder diesen Zug allmächtiger Überheblichkeit, den seine Schwester so hasste. Sie kannte ihn gut genug, um diesen Blick vorauszuahnen. Aber sie hing jetzt in der ganzen Sache mit drin und musste wissen, was ihr Bruder geplant hatte.

„Den haben wir in der Waterstraat gefunden. Eingewickelt, verborgen auf dem Spitzboden. In einem Winkel, den wahrscheinlich jahrzehntelang niemand betreten hat."

„Hast du das Haus deshalb gekauft? Ich dachte, es ging dir nur um Lagerraum."

„Natürlich. Aber als die Stadt das Haus der alten Juliane unter den Hammer brachte, war mir gleich klar, wofür es nebenbei noch dienen würde. Stell dir vor: Die Frau hat dort seit den Dreißigern gewohnt und ist ohne Erben gestorben. An dem Haus wurde seit

Jahrzehnten nichts gemacht. Keine Ahnung, wann sie den Dachboden das letzte Mal betreten hat. Was dort lag, konnte schon seit einem Dreivierteljahrhundert da gelegen haben. Ideal, um die Herkunft antiker Stücke zu verschleiern. Teuer war es auch nicht, bei dem Bauzustand. Und nun hat sich mit dem van Gogh die Investition sofort bezahlt gemacht."

„Hat denn das Nachlassgericht das Gebäude nicht inspiziert?"

Hendrik machte eine wegwerfende Handbewegung.

„Höchst oberflächlich, wie die halt sind. Die haben die Bausubstanz grob begutachtet und das Haus mit allem Inventar versteigert. Wahrscheinlich hatten sie gehofft, nicht nur die Räumung zu sparen, sondern auch den Preis durch die Spekulationen auf interessante Antiquitäten in die Höhe treiben zu können. Wie wahr!"

Er lachte laut auf.

*

Tausend Kilometer weiter östlich war die Sonne um diese Zeit schon fast untergegangen. Rolf und Martin saßen auf der Terrasse, obwohl es bereits reichlich kühl war. Martin hatte zwei Decken geholt, den Rest musste die innerliche Heizung schaffen.

Als Brennstoff waren sie gerade nach der Leerung von einigen Flaschen einer der vielen hundert lokalen Bierspezialitäten dieser Gegend zum etwas konzentrierteren Talisker übergegangen. Rolf hatte etwas von höherer Energiedichte gemurmelt. Martins Vorschlag, stattdessen einen Kaffee zu kochen, hatte seinen Gast nicht begeistert.

Rolf schenkte sich noch einen Schluck des hochprozentigen „Lebenswassers" von der Insel Skye ein. Sie stießen an.

„Wenn du mal ehrlich bist, war das aber auch eine saublöde Aktion."

Martin glaubte, seinem Freund in dieser Sache deutliche Worte sagen zu müssen. Rolf seufzte in den Abendhimmel, nickte dann einsichtig.

Rolfs Freundin Biggi – Martin hatte sie ein paar Mal getroffen, wusste aber nicht einmal mehr, wie sie wirklich hieß – hatte ein paar Tage bei ihren Eltern in Niederbayern verbracht. Irgendeine

Familienfeier. Rolf selber hatte in der Woche nicht frei bekommen, war aber auch gar nicht so böse darum gewesen. Biggis Familie ging ihm regelmäßig nach einem halben Tag mächtig auf den Zeiger, wie er sich ausdrückte. Stattdessen war er mit ein paar Kollegen auf eine Party gegangen und mit einer ziemlich jungen Kollegin danach wieder zurückgekommen. Unglücklicherweise war Biggi aus Niederbayern vorzeitig wieder abgereist und hatte die gemeinsame Wohnung in dem Moment betreten, als Rolf nach langem Ausschlafen seinem spärlich bekleideten Übernachtungsgast den Kaffee ans Bett brachte.

„Kann doch nicht ahnen, dass sie früher aus Landshut zurückkommt."

„Das ist ja wohl kaum eine Entschuldigung."

„Hast ja recht."

Sie nahmen noch einen Schluck und sahen den öligen Tropfen nach, die langsam an der Innenseite des Glases hinabschlierten.

„Und jetzt?"

Rolf zuckte die Schultern.

„Jetzt ist sie wieder in Landshut."

„Hast du sie mal angerufen oder so?"

„Meinst du, das bringt etwas?"

„Na, hier sitzen und Whisky trinken bringt bestimmt nichts. Sorry, aber du musst doch jetzt irgendetwas unternehmen!"

Je ärgerlicher Martin wurde, desto resignierter und ratloser wurde Rolf.

„Ich weiß doch auch nicht, was ich jetzt machen soll."

„Keine Ahnung. Schick ihr Blumen, ruf sie an, fahr hin. Du kennst sie besser und weißt am ehesten, was sie milde stimmt. Mein Gott! Ich habe doch auch keine Übung im Besänftigen wütender Freundinnen."

Grummelnd schob er nach: „Vielleicht, weil ich Clara auch noch nie nach einer rauschenden Party mit einer Kollegin betrogen habe."

Rolf fand für einen Moment seinen zynischen Biss zurück: „Kein Wunder: Du siehst deine Kolleginnen ja auch nur in Videokonferenzen."

„Blödmann."

Wieder schwiegen sie eine Weile den Sternhimmel an und nippten ab und zu am Whiskyglas. Martin fragte: „War sie denn so toll, dass das sein musste?"

Rolfs glänzender Blick glich dem eines siebenjährigen Mädchens im Angesicht eines Sternchen versprühenden, weißen Einhorns. Mit rosa Flügeln.

„Die Bekki ist einfach der Hammer. Die ist so süß."

„Bekki?"

„Arbeitet bei uns in der Buchhaltung."

„Habt ihr schon länger was miteinander?"

„Nee, natürlich nicht ... das hat sich gestern einfach so ergeben. Wie das halt so geht. Außerdem hat die doch einen Freund."

Martin fragte sich, wie lange noch. Aber das behielt er für sich.

Der nächste Morgen kam etwas schleppend in Gang. Martin spürte den Alkohol des Vorabends deutlich im Hinterkopf und war froh, sich seine Arbeitszeit frei einteilen zu können. Für Rolf, dessen Wecker um halb sieben zu klingeln pflegte, dürfte es eine kurze Nacht gewesen sein. Sie hatten sich gegen halb eins getrennt.

Während Martin mit glasigem Blick der im Glas sprudelnden Aspirintablette zuschaute, sang der Wasserkessel leise vor sich hin. Etwas gequält klang das immer, und energetisch effizient war diese Art der Heißwasserbereitung auch nicht. Aber im Unterschied zu einem elektrischen Wasserkocher konnte der Kessel mit der Blechpfeife praktisch nicht kaputtgehen, außerdem war er halt schon mal da, und Martin sah keinen Grund, ihn in Rente zu schicken.

Das Sprudeln hörte auf, die letzten weißen Krümel zerfielen zwischen den zerplatzenden Bläschen. Er trank das Glas in einem Zug aus und schätzte die Chancen, dass Rolf heute zur Arbeit ging, auf unter fünf Prozent.

Erst nachdem der Klassiker der Selbstmedikation seine Wirkung entfaltet hatte und die erste Kanne Tee getrunken war, machte Martin sich auf, Brötchen zu holen.

Auf den letzten Metern vor der Bäckerei traf er Frau Sauermann. Die Hobbykünstlerin hatte ihn zu Martins Erstaunen sofort erkannt.

„Aber natürlich! Sie waren doch gleich bei der Eröffnung mit Ihrer Frau in der Ausstellung!"

Wieder durchlief Martin bei der Vorstellung von Clara als „seiner Frau" ein wohliges Gefühl. Tatsächlich eine schöne Vorstellung, dachte er, die er unkorrigiert stehenlassen wollte. Stattdessen fragte er neugierig:

„Erinnern Sie sich denn an alle Besucher?"

Frau Sauermann lachte.

„Die meisten. Das ist nicht so schwierig, es sind ja fast alle hier aus dem Ort. Da kennt man sich. Und Sie sind ja auch ziemlich bekannt seit letztem Jahr."

Martin war überrascht und geschmeichelt.

„Ich glaube, ich hatte damals gar nicht gesagt, wie sehr mir Ihre Bilder gefallen haben. Ich hoffe, damit nicht in ein Fettnäpfchen zu treten, aber das meiste andere, was dort hing, fand ich ziemlich mittelmäßig."

Frau Sauermann blieb diplomatisch.

„Es ist natürlich immer etwas Geschmackssache mit der Kunst. Aber es freut mich, wenn meine Arbeiten Ihnen gefallen."

„Am schönsten fand ich den van Gogh, muss ich zugeben. Sie haben seinen Stil unglaublich gut getroffen."

Frau Sauermann blickte plötzlich etwas verlegen zur Seite. Einen Moment des Zögerns später erklärte sie:

„Der van Gogh ist auch mein Lieblingsbild. Deshalb hatte ich ihn mit aufgehängt. Aber er ist – offen gestanden – gar nicht von mir."

„Oh, dann ist er also doch echt?" scherzte Martin.

„Nein, nein ... das natürlich nicht. Das Bild hat mich seit meinen Kindertagen zum Malen inspiriert, deshalb habe ich es mit aufgehängt. Es stammt aus dem Nachlass meines Großvaters."

„Hat er es selber gemalt? Verzeihen Sie meine Neugier."

„Ich weiß es selber nicht. Wahrscheinlich. Gemalt hat er jedenfalls."

„Vielleicht ist es ja doch echt? Manchmal finden sich unentdeckte alte Meister auf Dachböden, jahrelang verkannt ..."

Martin war, ohne sich dabei wirklich ernst zu nehmen, schon wieder beim Konstruieren geheimnisvoller Geschichten. Frau Sauermann lächelte fast spöttisch: „Dann wäre van Gogh weit älter geworden, als bisher bekannt. Die Signatur ist von 1937."

Das, musste auch Martin zugeben, war ein starkes Indiz.

„Aber es gibt tatsächlich immer wieder Besucher meiner Webseite, die mich darauf ansprechen."

Während des Gesprächs waren sie vor der Bäckerei stehengeblieben. In diesem Moment kam eine Frau mittleren Alters angeradelt und parkte ihr Gefährt vor der Tür. Beim Vorbeigehen grüßte sie Frau Sauermann und nickte auch Martin kurz zu.

„Das ist Frau Sattler, meine Putzfrau," erklärte die Hobbymalerin, „sie kommt nachher zu mir."

*

Martin hörte das Telefon schon vom Gartentürchen aus, aber wie das so ist: Wenn es schnell gehen soll, verheddert sich der Schlüsselbund in der Hosentasche, fällt die Bäckertüte auf die Stufe und reißt dabei auch gleich auf, verkantet sich der Schlüssel im Schloss und bleibt schließlich das Jackenfutter an der Türklinke hängen.

„Jaja, komme ja schon!" ruft dann wahrscheinlich jeder in dieser Situation, obgleich das seit Philip Reis und Graham Bell kein Fernsprecher jemals für den Anrufer hörbar gemacht hat. Martin nahm sich vor, den einschlägigen Herstellern dieses Problem als vordringlich zu schildern, verfehlte mit Schwung den Hörer und wünschte sich, während die ergonomisch geformte Banane von ihrer winzigen Plastiknase schlitterte und an ihrem spiraligen Kabel pendelte, die klassische Gabel zurück. Unnötig zu sagen, dass der Anrufer im selben Moment aufgelegt hatte. Was hatte ihn auch geritten, das Telefon seiner Großtante gegen diesen modernen Leichtplastikmist auszutauschen.

Er sammelte die Brötchen aus seinem Vorgarten ein, bastelte ein Frühstück drumherum und zog sich mit alldem hinter seinen Laptop zurück. Wahre Esskultur, das musste er sich eingestehen, war das nicht.

Beim Hochfahren leuchtete ihn zuallererst eine Terminerinnerung an. Lektorenkonferenz am Freitag, 9.00 Uhr.

Heute.

Es war 10.15 Uhr.

Mist.

Schon bevor Martin nach Franken gezogen war, hatte der Verlag begonnen, seine Lektoren fast nur noch zu online-Konferenzen zusammenzurufen. Die Investition der Hard- und Software, die den Mitarbeitern zur Verfügung gestellt wurde, hielt sich in Grenzen, dafür sparte man sich die Reisekostenerstattungen. Auch gemeinsame Termine ließen sich weitaus leichter finden, wenn nicht noch lange Fahrzeiten die Sitzungen umrahmten.

Martin kramte eilig die Webcam hervor und startete das Programm.

Bis die Verbindung schließlich stand, war es 10.18 Uhr, und die Mienen seiner Kollegen reichten von nonverbaler Missbilligung (Dr. Buchmann) über gehässiges Grinsen (Heumann) bis zu völliger Gleichgültigkeit (Faulhaber). Grothmann blickte fast neidisch anerkennend ob der Chuzpe, mit Frühstück im Mund weit mehr als eine Stunde zu spät zu erscheinen. Sein persönlicher Rekord lag bei fünfundzwanzig Minuten. Martin beschloss, sich im Plenum selbstsicher zu geben und beließ es vorerst bei einer beiläufig-selbstverständlichen Entschuldigung in die Runde. Frau Dr. Buchmann würde sicher zu gegebener Zeit darauf zu sprechen kommen, hatte aber so viel Feingefühl, dies nicht coram publico zu tun.

Martin brauchte ein wenig, bis er im Fluss der Diskussion Fuß gefasst hatte. Faulhaber hatte offenbar gerade ein Manuskript vorgestellt und gegen offene Skepsis seiner Kollegen zu verteidigen versucht. Eine Frau mit etwas kantigen Zügen – Martin kannte sie nicht, er schätzte sie auf Mitte vierzig – meldete sich sporadisch zu Wort. Ihre kritischen Beiträge galten dabei weniger den diskutierten Texten als vielmehr dem unsachlichen Stil Heumanns. Einerseits war Martin ausgesprochen amüsiert, andererseits fragte er sich, warum er sich dieses Affentheater antat.

Das Telefon klingelte. Seine Skrupel, den privaten Anruf entgegenzunehmen, hielten sich in engen Grenzen. Martin sah Claras Nummer auf dem Display und hob ab.

„Hallo Martin, störe ich gerade?"

„Mich nicht wirklich, wenn ich ehrlich bin. Aber ich bin gerade in der Lektorenkonferenz …"

Clara war das dann doch unangenehm, und sie schlug vor, später zu telefonieren. Martin versprach, am Nachmittag zurückzurufen.

Frau Dr. Buchmanns eisiger Blick schien eine Entschuldigung einzufordern, Martin überkam eine Woge oppositioneller Emotionen: „Ziehen Sie es von der Reisekostenerstattung ab."

Es hätte nicht viel gefehlt, und Grothmann hätte laut „chapeau!" gerufen. Solche Anekdoten waren eigentlich sonst sein Ding, von Thormann war das keiner gewohnt.

Auch diese Konferenz ging irgendwann zu Ende. Martin machte sich noch ein paar Notizen, dann rief er Clara zurück.

Sie wollte fragen, ob sie während des Sommers eine Zeitlang bei Martin wohnen könne, da sie für ein paar Monate an das Erlanger Stadtmuseum ausgeliehen werde und sie dann nicht immer so weit fahren müsste. Pieter würde von der Nachbarin versorgt werden.

Um Pieter machte sich Martin keine Gedanken, der rote Kater hatte genug Reserven. Er bezweifelte auch, dass es Clara nur um die Fahrerei ging – aber genau das ließ sein Herz euphorisch in die Luft springen. Nichts lieber als das! Martin sagte fröhlich zu, und noch bevor das Gespräch beendet war, hatte Martin in Gedanken eine Checkliste von A wie Aufräumen bis Z wie Zweitschlüssel erstellt.

*

15. September 1944

Der Mann, den Jette Frederik genannt hatte, fuhr langsam auf die Gruppe an der Straßensperre zu. Diesmal stand nicht ein einzelnes Milchgesicht vor ihm, sondern zwei gestandene Obergefreite. Und gerade trat auch noch ein Oberleutnant dazu. Jetzt musste er verdammt viel Glück haben, mit der Bataillonskommandantennummer würde er hier nicht durchkommen.

Mit routiniert-zackiger, aber souveräner Geste grüßte er und hielt dem Posten seine gefälschten Papiere hin, ohne abzusteigen. Der blätterte darin herum und ließ sich Zeit. Wahrscheinlich musste er den anderen markige Überlegenheit demonstrieren. Schließlich fragte er:

„Richard Krenz, Unteroffizier?"

„Jawohl."

Frederik verkniff sich angesichts des anwesenden Oberleutnants die pampige Bemerkung, dass sein Name ja schließlich schwarz auf weiß in den Papieren stand. Der Ranghöhere kam auch prompt und mischte sich ein:

„Haben Sie Heimaturlaub? Zeigen Sie mal her!"

Sein Lachen über den flauen Witz klang aufgesetzt.

Der Obergefreite gab Frederiks Marschbefehl weiter.
„*Major von Litschko hat das unterschrieben?*"
„*Jawohl, Herr Oberleutnant.*"
„*In Lüttich?*"

Der Oberleutnant kniff die Augen zusammen. Frederik wurde es heiß. Irgendetwas lief hier schief; er wusste schon, warum er diese Papiere nicht gerne vorzeigte. Fred Koeman von der armée belge des partisans *war ein hervorragender Fälscher, aber was Namen und Daten betraf, hielt nicht alles einer gründlichen Prüfung stand. Zumal die Papiere oft vordatiert werden mussten und man nur hoffen konnte, dass sich an den militärischen Zuständigkeiten bis dahin nichts geändert haben würde.*

Ohne von seiner Lektüre aufzusehen kommandierte der Mann im grauen Mantel: „*Krehner, machen Sie mir eine Verbindung mit Oberst Dietrich.*"

Der zweite Obergefreite salutierte zackig und zischte ab. Zu Frederik säuselte er mit der Stimme einer brennenden Lunte:

„*Und Sie, Krenz, steigen mal bitte ab.*"

6. Kapitel

„Und was machst du jetzt?"

Rolf zuckte die Schultern. Martin hatte ihn selten so niedergeschlagen erlebt. Rolf war das Urbild des nicht übermäßig redseligen Franken, mit manchmal etwas brummeliger, aber im Grunde unerschütterlicher Gelassenheit ausgestattet. Bis jetzt.

„Der Mietvertrag läuft auf ihren Namen, da kann ich gar nichts machen."

Rolf und Biggi waren erst im Februar zusammengezogen. Rolfs alte Wohnung war ein Traum, aber zu klein für zwei. Nun wohnten sie im vierten Stock eines faden Wohnklotzes in der Karl-May-Straße. Nicht der mit Winnetou und Old Shatterhand. Martin hatte erst neulich gelernt, dass es auch einen in Frauenaurach geborenen Bildhauer dieses Namens gab. Ob der sich durch das Patrozinium für eine Straße zwischen langweiligem Mietbeton geehrt gefühlt hätte, sei dahingestellt.

Biggi wollte das so: Keinen Garten pflegen müssen, keine Spinnen in der Wohnung.

„Meinst du, du findest so schnell etwas Neues?"

Die Frage war überflüssig. In Erlangen und Umgebung war es ein Ding der Unmöglichkeit, auf die Schnelle eine bezahlbare Wohnung zu finden. Zumal eben das Sommersemester begonnen hatte, und jeder Quadratmeter von Studenten bewohnt war. Die Zahl freier Wohnungen war angesichts der Wartelisten sogar gewissermaßen negativ.

Alternativ hätte Martin Rolf an dieser Stelle nur anbieten können, vorübergehend bei ihm unterzukommen. Eigentlich fand er keinen wirklich plausiblen Grund dagegen – davon abgesehen, dass er sich nicht im Traum vorstellen konnte, mit Rolf unter einem Dach zu leben. Auch nicht vorübergehend.

Sie starrten an der Flamme des Windlichts vorbei in die Finsternis des Gartens. Der Himmel musste bewölkt sein, nicht einmal Sterne waren zu sehen. Ein leichter, warmer Wind bewegte leise die unsichtbaren Blätter. Es roch nach Frühling.

„Willst du erstmal zu mir kommen?"

Peng. Da war der Satz draußen. Was hatte ihn denn jetzt geritten?

„Nur übergangsweise, bis du was findest", schob er nach.

Schadensbegrenzung. Scheiße. Übergangsweise konnte ewig dauern. Und so lange war es aus mit romantischen Sommerabenden mit Clara. Ganz zu schweigen davon, dass sie hier bei ihm einziehen sollte.

Was war in dem Whisky drin? Mit Bitternis musste Martin sich die sehr einleuchtende Antwort eingestehen: zu viel Alkohol. Ob Clara das als Entschuldigung akzeptieren würde, war fraglich.

Rolf starrte lange in sein Glas.

„Ehrlich?"

Martin nickte tapfer, entschlossen. Was blieb ihm nun anderes übrig? Was einmal gesagt worden ist, kann nicht mehr zurückgenommen werden. Frei nach Dürrenmatt.

„Bis du was anderes findest."

Blieb nur zu hoffen, dass Rolf schnellstmöglich etwas anderes finden würde.

„Danke."

Rolf klang ehrlich erleichtert. Er hielt Martin seine Whiskyneige zum Anstoßen hin. Der helle Klang der Gläser passte nicht recht zu Martins Stimmung.

Rolf schenkte sich noch ein Dram nach, Martin zog mit. War nun auch schon egal.

*

16. September 1944, Morgendämmerung.

So ruhig wie in diesen frühen Stunden des Tages war der Krieg schon lange nicht mehr gewesen. Es war Frederik, als wäre diese Stille der Vorbote des Endes. Mag sein, dass auch Wunschdenken und Defaitismus dieses Gefühl auslösten. Frederik wünschte nichts so sehr, wie ein Ende dieses sinnlosen und längst verlorenen Irrsinns. Die Uniform hatte er schon in den frühen Morgenstunden weggeworfen und gegen Zivilkleidung getauscht.

Frederik sah sich nochmal um, ob er auch wirklich von niemandem beobachtet wurde. Dann schob er sein Krad über die Betonkante in den Rhein. Es klatschte laut, kurz stiegen noch Blasen auf, die Wel-

len verliefen sich, dann war alles wieder still. Um das Fahrzeug tat es ihm etwas leid, aber erstens hätte er sowieso keinen Tropfen Sprit mehr dafür bekommen, und zweitens musste jeder sehen, dass es der Wehrmacht gehörte. Und die Spur, die über das Kennzeichen zu ihm führte, wäre ihm zu heiß gewesen. Selbst in diesen Tagen, in denen alles zusammenbrach, funktionierte der deutsche Überwachungs- und Repressionsapparat oft noch mit tödlicher Konsequenz.

Mit dem Paket, das er nun schon so weit getragen hatte und einem schlichten Sack, der seine wenigen anderen Habseligkeiten enthielt, marschierte er jetzt, während hinter dem Rhein der Tag über den Horizont floss, zu Fuß am Ufer entlang nach Bonn.
Lange konnte es nicht mehr dauern, die Amerikaner waren schon in Aachen. Frederik spürte eine fast berauschende Erleichterung. Er hatte es fast geschafft. Was sollte noch schiefgehen? Selbst gestern, als dieser Oberleutnant ihn beinahe am Haken gehabt hatte, hatte er im Tumult des plötzlichen Fliegerangriffs das Weite suchen können. Gut, dass Oberst Dietrich nicht so schnell erreichbar gewesen war.

*

Clara nahm einen Schluck, setzte die Tasse ab und sagte nachdenklich:

„Ich kann mich irren, aber ich glaube, die Windmühlen waren auch das Bild, das mich schon am Eröffnungstag irritiert hatte."

Martin schaute sie wortlos fragend an.

„Vielleicht lag es ja an der schlechten Beleuchtung ... aber ich fand die Farben irgendwie eigenartig."

Martin zuckte die Schultern.

„Mag ja sein, dass das einfach sein Stil war ..."

„Nein, ich meinte eher die Oberfläche. Die Textur. Ölfarben sehen anders aus, auch die anderen Malmittel, die mir bisher untergekommen sind."

„Gibt es da nicht sehr viele verschiedene?"

„Nicht so viele gängige. Allerdings haben manche Maler in der Tat ihre eigenen Mischungen angerührt, bisweilen ziemlich abenteuerliche Mixturen aus Quark, Ei, Öl ..."

„Frau Koch erwähnte ja, dass ihr Großvater das Bild im Krieg gemalt habe. Vielleicht hat er da auch aus der Not heraus auf so eigenartige, aber im Grunde durchaus traditionelle Rezepturen zurückgegriffen?"

Clara wiegte nachdenklich den Kopf.

„Das Bindemittel dürfte auch im Krieg nicht das große Problem gewesen sein, eher die Pigmente. Irgendwie scheint mir die Farbe spannender als das Bild selber."

„Kann man das dem Bild heute noch ansehen?"

„Es gibt Fachleute, die einen Blick dafür haben, und man kann das natürlich untersuchen. Aber die Chemie ist nicht gerade mein Spezialgebiet, und eine Expertise wäre sicher zu teuer, gemessen am Wert des Bildes."

Martin ertappte sich bei dem Gedanken, wie selten er bisher auf Wissenslücken bei Clara gestoßen war.

„Ist das nicht seltsam, dass das noch keinem aufgefallen ist?"

Clara übte ein betont verbindliches Lächeln: „Ich schätze die Frauenauracher Kunstwelt jetzt nicht so ein, dass es hier viele Experten gibt."

Martin musste lachen: „Du schaffst es, sogar noch drittklassigen Bildern spannende Details zu entlocken. Schade, dass ausgerechnet dieses hier vorzeitig verschwunden ist."

Claras Lächeln wurde triumphierend: „Möchtest du das Bild nochmal sehen?"

Martin schaute irritiert: „Wie soll ich das verstehen? Hast du es gekauft?"

„Bewahre! Aber ich weiß, wo es zu sehen ist. Darf ich mal an deinen Laptop?"

Martin schob ihr das Gerät über den Tisch und schaute zu, wie Claras Finger über die Tastatur wieselten.

„Ist ganz einfach. Suchmaschine, Bildersuche: Marlene Koch Frauenaurach Windmühlen. *Et voilà!*"

Unter den mehr oder weniger passenden Treffern tauchte ein Thumbnail des gesuchten Bildes in der Auswahl der Suchmaschine auf. Martin erkannte es sofort wieder. Clara erklärte, sie habe es noch am Abend der Vernissage gefunden und sei über das Bild zu Frau Kochs facebook-Seite gekommen. „Dort kann man eine ganze

Galerie von Werken der Familie Koch bewundern ... Moment, ... was ist das jetzt?"

Clara hatte, während sie sprach, die genannte Seite aufgerufen und die Galerie angeklickt. Nun stockte sie irritiert.

„Eigentlich sollte jetzt hier das Windmühlenbild sein. Offenbar ist es nicht mehr online."

„Aber die Suchmaschine hat es doch gefunden?"

„Suchmaschinen sind nicht immer auf dem aktuellen Stand; wenn eine Datei gelöscht wird, geistert sie noch eine ganze Zeit durch die Verzeichnisse von Google & Co. Es sieht so aus, als habe Frau Koch das Bild irgendwann in der letzten Woche entfernt. Pech!"

„Dann wird uns dieses epochemachende Werk der Malerei des zwanzigsten Jahrhunderts entgehen."

Martin erhob mit gebührend tragischer Miene die Tasse und prostete Clara zu. Plötzlich leuchtete eine Erinnerung in Claras Gesicht auf: „Fast hätte ich es vergessen: Deine Mutter hat bei mir angerufen."

„Bei dir? Was wollte sie?"

„Sie hat es vorher bei Dir probiert, aber Du warst nicht da."

Martin erinnerte sich an den Anruf, den er auf dem Rückweg vom Bäcker verpasst hatte. Die Brötchen im Vorgarten. Clara plauderte munter weiter, Martin nahm noch einen Schluck Tee.

„Deine Eltern würden gerne mal zu Besuch kommen."

Martin spuckte fast den Tee wieder aus.

„Was, hierher?"

„Warum nicht? Ist doch klar, dass sie gerne mal sehen möchten, wie du so lebst. Hast du etwas gegen deine Eltern?"

Martin setzte die Tasse ab und schenkte nach, um einen Moment Bedenkzeit zu gewinnen. Er nahm einen Schluck, setzte die Tasse ab, machte eine unbestimmte Kopfbewegung und sagte nichts weiter. Clara ließ sich ihre Irritation nicht anmerken, schwieg aber.

※

Wenn man in Frauenaurach die letzten Neuigkeiten erfahren möchte, muss man einen der kommunikativen Knotenpunkte aufsuchen. Neben der Bäckerei Backstein war das zweifelsohne das

Bücherparadies. Eigentlich war Martin ohne wirkliche Absicht an diesem Morgen hineingegangen; nach dem Frühstück hatte ihn das schöne Wetter verlockt, einen kleinen Spaziergang zur Durchlüftung des Hirns zu machen. Auf dem Rückweg sah er dann im Fenster der Buchhandlung die Lektüreempfehlungen für den Sommer und ließ sich prompt ködern, die Neuerscheinungen näher zu betrachten. Frau Stebele winkte ihm fröhlich grüßend zu, während sie die Bücher einer Kundin in die Kasse tippte.

„Möchten Sie es als Geschenk verpackt, Frau Sauermann?"

Erst jetzt erkannte Martin die schlanke Dame mit der schmalen Brille. Sie lehnte dankend ab, packte ihre Erwerbungen ein, dann erkannte und grüßte sie Martin ihrerseits.

„Das ist ja schön, dass ich Sie treffe, Herr Thormann. Ich habe gerade ein paar Handzettel vorbeigebracht, Frau Stebele ist so nett, sie hier auszulegen. Anfang Juli findet in Tennenlohe wieder die jährliche Kunstausstellung statt. Vielleicht interessiert Sie das – oder Ihre Frau, sie ist doch auch Künstlerin, wenn ich mich recht erinnere?"

Sie reichte Martin ein aufwendig gestaltetes Faltblatt des Tennenloher Kunstkreises.

„Kunsthistorikerin und Restauratorin" stellte er richtig, ließ aber den Irrtum über seinen Familienstand gerne stehen und genoss das schöne Gefühl dabei.

„Oh, das muss wirklich faszinierend sein. Für mich ist es ja nur ein Hobby, wie auch für die anderen Aussteller. Wenn ich auch zugeben muss, dass ich es sehr intensiv betreibe. Deswegen hoffe ich ja auch immer, das eine oder andere Stück verkaufen zu können, sonst wird es einfach zu viel", lachte sie.

Des kennas fei laut song!" ließ sich von hinter dem Regal mit den Frauenromanen eine resolute Stimme vernehmen. Frau Sattler, die Martin bereits als Putzfee im Hause Sauermann vorgestellt worden war, trat mit einem Taschenbuch in der Hand zu den anderen an die Kasse.

„Allans mid di Bilderrohm hobbi jede Woch' a Stund' z'ärbädn!"

Frau Sauermann schien ihr die Kritik nicht übel zu nehmen.

„Da hören Sie es, Herr Thormann. Dabei kann Frau Sattler noch dankbar sein, dass ich nicht Bildhauerin bin!"

„Soweit kommt's noch, dann kündige ich!" setzte die Angesprochene mit Dramatik in der Stimme den scherzhaften Dialog fort.

„Einmal in der Woche für die Kunst ist ja noch nicht so wild, denke ich", vermittelte Martin lachend.

„Ha. Das glauben auch nur Sie! Bei der Frau Koch bin ich ja auch noch, da gibt's noch viel mehr. Und die hat auch noch so altmodische Rahmen, da setzt sich der Staub in jede Ritze."

Sie schrubbelte mit verkniffenem Gesicht pantomimisch in der Luft herum. Plötzlich schaute sie ihren Gesprächspartnern verschwörerisch in die Augen und senkte ihre Stimme:

„Des middem Bild vo die Koch håms gwiis no nedd gheerd?"

Triumph und Insiderwissen in ihrem Blick.

„Nein?" fragte Martin gehorsam interessiert nach.

„Nå, wech isses!"

Pause mit triumpherfülltem Gesicht. Sie kostete die Dramatik der Neuigkeit voll aus. So ganz hatten Frau Sauermann und Martin noch nicht begriffen, worin die Sensation bestand. Doch Frau Sattler brannte ohnehin darauf, ihr Wissen preiszugeben. Mit zwanzig Dezibel weniger beugte sie sich vor.

„Das Bild mit den Windmühlen, das finstere, das von ihrem Großvater. Seit ich denken kann, hat das im Schlafzimmer gehangen. *So a Deådder håd's drum gmachd, dabei håd's ausgschaud wie ... naja, i will ja nix song, ned so doll hald. Und edz – isses fodd, des Glumb!"*

„Was heißt fort? Wo soll es denn sein?"

„Na, im Schlafzimmer. Und da ist es jetzt nicht mehr."

„Das Bild hatte Frau Koch doch in der Ausstellung dabei. Das hängt sie jetzt sicher wieder an seinen alten Platz."

Frau Sattler machte eine wegwerfende Handbewegung.

„Das war schon wieder zurück, bevor die Ausstellung zu Ende war. Aber zwei Tage später war's ganz verschwunden. *Und ii soch eich, des is gstouhln worn!"*

Frau Sauermann schaute zweifelnd, bemühte sich um ein herunterspielendes Lächeln.

„Wie kommen Sie denn darauf? Wer sollte dieses Bild stehlen wollen?"

„Na, wer's gestohlen hat, weiß ich natürlich auch nicht. Ich kann schließlich nicht hellsehen. Aber es ist weg, es steht auch sonst nirgends im Haus, das ist sicher, ich mach schließlich überall sauber.

Und die Koch hat auch ganz komisch reagiert, als ich danach gefragt habe. Außerdem – und ich hab immer gesagt, das ist nicht gut – war wieder die Terrassentür nicht versperrt. Die ist immer nur grad so eingeschnappt. *Do hädd fei wergli jeder neikumma kenna.*"

Frau Sauermannn verbarg ihre Skepsis nur unzulänglich, sagte aber nichts dazu. Martin war jedoch wie elektrisiert von der Neuigkeit. Wenn es eine logische Erklärung für den Verbleib des offenbar verschwundenen Bildes gegeben hätte, hätte Frau Koch sicherlich nicht komisch reagiert, sondern es ihrer Putzfrau einfach erzählt. Und bei der Bedeutung, die sie dem Bild beigemessen hatte, stand es nun sicher nicht achtlos eingelagert auf dem Speicher.

※

„Übertreibst du nicht ein wenig?"

Martin hatte, zuhause angekommen, sofort Clara angerufen, um ihr die Neuigkeiten mitzuteilen.

„Was ist daran übertrieben? Frau Koch macht um ein Bild, das ihr Großvater aus dem Krieg heimgebracht hat, jahrelang ein *Rieseng'schiss*. ... wie? ... Ja, ja, das Wort hab ich hier neulich aufgeschnappt. Das trifft's doch! Also: Zuerst kommt dir an dem Bild etwas seltsam vor. Und plötzlich nimmt Frau Koch das Werk wieder heim, noch bevor die Ausstellung beendet ist, löscht es von ihrer facebook-Seite, und wenige Tage später verschwindet es sogar bei ihr zuhause. Da ist doch etwas faul?"

„Vielleicht ist es ja gar nicht das Bild, das wir meinen?"

„Ich habe es mir extra von Frau Sattler beschreiben lassen. Es gibt keinen Zweifel."

„Dann wirst du nicht darum herumkommen, sie selber zu fragen!"

„Ich glaube nicht, dass sie mir aus freien Stücken Dinge erzählt, um die sie so ein Geheimnis macht."

Clara ließ sich von Martins Sensationsstimmung nicht recht anstecken, aber immerhin vereinbarten sie, dass Clara am Wochenende kommen solle. Bei schönem Wetter Spaziergang mit Teetrinken und Kuchen vom Dorfladen. Bei schlechtem Wetter dasselbe ohne Spaziergang.

Unmittelbar nach Ende des Telefonats mit Clara rief Rolf an. Martin schwante gleich, dass sich seine eigentlich für heute geplante Arbeitszeit gleich in Rauch auflösen würde.

Er sollte nicht enttäuscht werden: Rolf hatte, dem Klang seiner Stimme nach, seinen Frust bereits mit reichlich Zigaretten und Alkohol zu bekämpfen versucht.

„Störe ich dich gerade oder bist du daheim?"

Beides. Aber das sagte Martin nicht.

„Schon recht. Was gibt's denn?"

Überflüssige Frage. Martin versuchte, nicht hörbar zu seufzen.

„Steht dein Angebot noch? Dass ich ... naja, ein paar Tage bei dir bleiben kann?"

Da Martin kein Bildschirmtelefon hatte, konnte er es sich leisten, die Augen zur Decke zu verdrehen. Bei ein paar Tagen würde es nicht bleiben.

„Ja, natürlich."

„Ich würde dann mal mit ein paar Sachen vorbeikommen, ist das okay?"

„Heute? So schnell?"

„Naja, ich weiß, ist blöd, ... aber die Biggi macht mir hier so einen Aufstand. Und heute hat gerade ein Kumpel, der Gerry, einen Lieferwagen, der hilft mir."

Martin merkte, wie ihm die Lage entglitt. Natürlich hatte Rolf einen ganzen Hausstand, und der musste irgendwohin, aber darüber hatte er sich noch gar keine Gedanken gemacht. Und am Wochenende kommt Clara. Scheiße!

„Ein Lieferwagen? Was willst du denn hier alles unterstellen?"

„Nee, keine Angst, ich hab' in Nürnberg so einen Lagerraum gemietet, weißt schon, wie in den Amifilmen, so eine Art Garage zum Einlagern von Sachen. Aber ein paar Klamotten und so hab ich halt, die tät' ich gleich vorbeifahren."

Uff.

„So wie du dich anhörst, solltest du aber besser keinen Lieferwagen fahren."

„Der Gerry fährt, geht schon klar. – O Gott, hört man das schon? So viel war's doch gar nicht."

„Also kommt von mir aus vorbei. Ich schau mal, wo ich dich so schnell unterbringe."

Rolf kündigte an, in einer halben Stunde zu kommen. Nicht viel Zeit für die Planung. Martin haderte mit sich, dass er nicht schon längst überlegt hatte, wo Rolf schlafen sollte. Oben gab es neben dem Schlafzimmer und seinem wenig benutzten Arbeitszimmer ein kleines Gästezimmer, das wollte er eigentlich Clara zur Verfügung stellen, weil es dort auch einen kleinen Schreibtisch gab. Er hoffte inständig, Clara würde nichts dagegen haben, mit ihm sein für zwei Personen etwas enges Bett zu teilen.

Was sollte er tun? Eigentlich hatte er geplant, mit ihr das alles in Ruhe am Samstag besprechen zu können. Zum weiteren Aufschieben blieb nun keine Zeit mehr.

In Trance griff er zum Hörer und wählte Claras Nummer. Während das Rufzeichen ertönte, wägte er ernstlich die Vor- und Nachteile alkoholischer Krisenbewältigung nach Rolfs Vorbild ab.

„Hallo Martin, lange nicht gesprochen!" lachte Clara in den Apparat.

„Hallo Clara, hier bricht gerade das Chaos über mir zusammen ..."

„Oh, das kam aber plötzlich!" Sie klang noch ganz belustigt.

„Rolf hat eben angerufen. Seine Freundin hat ihn rausgeworfen, er ist ziemlich am Ende."

„Was macht er nun?"

Clara hatte, ohne das laut zu äußern, nie wirklich brennende Sympathie für Rolf gehegt. Das machte es jetzt nicht einfacher.

„Ich weiß, dass das jetzt total bescheuert ist, aber ich musste ihm einfach anbieten, ein paar Tage zu mir zu kommen."

Die Pause dauerte ein paar Zehntelsekunden zu lang. Aber sie sagte tapfer:

„Naja, das muss dann eben sein. Das ist schon klar."

Martin schob gleich nach: „Das ändert natürlich nichts daran, dass du auch kommen kannst ... kommen sollst. Also, du kommst natürlich auch, wie geplant."

„Wenn ich noch ein Plätzchen finde, natürlich gerne. Ich muss gestehen, ich habe das jetzt schon fest eingeplant."

Sie klang noch ganz entspannt.

„Keine Frage. Das kriegen wir hin. Das Haus ist groß. Ist es dir recht, wenn du dich in meinem Arbeitszimmer ausbreiten kannst und wir uns mein Bett teilen? Ich weiß, es ist etwas eng ... aber dann kann ich Rolf in das Gästezimmer stecken."

„Na klar, das war doch bisher auch immer sehr gemütlich", sagte sie leichthin.

Ihre Antwort hatte Martin weniger überrascht, aber ihr doch recht fröhlicher Tonfall dabei ließ ihm große Steine vom Herzen fallen. Beschwichtigend schob er nach: „Und es ist ja nur, bis Rolf eine Bleibe gefunden hat."

„Du solltest dich mal keinen Illusionen hingeben. Du musstest nie in Erlangen eine Wohnung suchen."

Das musste er zugeben.

Beim Auflegen merkte er erst, wieviel Adrenalin, Blut und Wasser ihn das Gespräch gekostet hatte. Gut, dass Clara das locker aufgenommen hatte. Begeistert war sie wahrscheinlich nicht, aber das hatte sie sich nicht anmerken lassen. Ihr war zum Glück wohl auch klar, dass Martin sich das nicht ausgesucht hatte.

Viel Zeit, darüber nachzudenken, hatte er nicht. Es klingelte.

Vor dem Gartentürchen stand ein überlanger Mercedes Sprinter mit dem blauen Logo eines Forchheimer Installateurbetriebs. Offenbar war besagter Kumpel nicht in der selben Firma beschäftigt wie Rolf.

Rolf hatte Augenringe, und seine Gesichtshaut wirkte noch mehr zigarettengegerbt als sonst schon. Er sah, wie er es in seiner rustikalen Art formuliert hätte, ziemlich scheiße aus.

7. Kapitel

„Hallo?"

Die Stimme des jungen Mannes, eben noch ziemlich begeistert erwartungsvoll, begann unsicher zu werden. Eigentlich waren sie für einundzwanzig Uhr verabredet gewesen. Es war schon zehn Minuten über der Zeit. Der rohe Beton knirschte unter seinen Sohlen, als er eintrat und sich im Schein seiner Taschenlampe vorsichtig vorantastete. Das Geräusch klang wie gleichzeitig aus allen Richtungen. Zu kurz war der Weg des Schalls vom Boden zu den Wänden des engen Ganges und wieder zurück zu den Ohren dessen, der ihn ausgelöst hatte. Feuchtigkeit und moderiger Geruch lagen in der Luft.

Plötzlich strahlte ihn ein grelles Licht an. Schrecken durchlief ihn. Instinktiv hob er die Hand vor sein Gesicht und versuchte zu erkennen, wer da vor ihm stand.

„Sind Sie das? Ich ... Verzeihung, ich kann nichts erkennen!"

Nun hörte er Schritte, die nicht seine eigenen waren, aus der Richtung der Lichtquelle kommen.

„Wer ... wer sind Sie? Sind hier die Kisten?"

Wie ein Kartenhaus fiel über ihm die Erkenntnis zusammen, auf welch absurd gefährliche Situation er sich eingelassen hatte. Die Verlockung war zu übermächtig gewesen, als dass er vorher ernstlich nachgedacht hätte. Ein Treffen an der einsamsten Stelle der Unterwelt, alleine mit einer unbekannten Person, was hatte er sich dabei gedacht?

Plötzlich ging das Licht aus, und eine durchaus kultivierte Stimme fragte:

„Sind Sie Gerrit Bloom?"

Der Angesprochene nickte nervös, obwohl das in der Dunkelheit niemand sehen konnte. Sein Gegenüber schaltete jetzt eine kleine Lampe ein und leuchtete in den Gang.

„Kommen Sie. Ganz hinten liegen die Sachen. Noch so, wie sie vor 70 Jahren hier eingelagert worden sind."

Die Person wandte sich nach vorne und ging den Gang entlang. Gerrit Bloom stolperte hinterher. Als habe sie die Furcht und die Bedenken des jungen Mannes gespürt, beruhigte ihn die schattenhafte Gestalt, während sie immer tiefer in den Stollen vordrangen, mit einlullender Stimme:

„Sie werden staunen, nein: Sie werden fassungslos sein. Dieser Fund wird Sie berühmt machen. Waren Sie schon mal auf der Titelseite der ‚Laatste Nieuws'?"

Bloom wusste nicht recht, was er dazu sagen sollte. Er schüttelte stumm den Kopf. Die Vorstellung war überwältigend. Sein belangloses, langweiliges Leben wäre plötzlich im Zentrum des Interesses. Sie gingen einige Minuten weiter, durch lange Gänge, Verzweigungen, über von der Decke heruntergebrochene Schuttberge. Ja, klar: Hier, nur hier konnte so ein Schatz die Zeiten unentdeckt überdauert haben.

Allmählich legte sich die Wirkung des Adrenalins, Bloom spürte die Kälte hier unten. Vorsichtig wagte er die Frage: „Ist es denn noch weit? Ich will nicht ungeduldig sein …"

„Wir sind fast da, alles in Ordnung!"

Erst jetzt überkam Bloom ein leiser Zweifel, und er überlegte lange, ob er ihn äußern sollte. Zu schön war die Vorstellung vom Ruhm, zu hart die Angst, es könnte sich alles in Luft auflösen. Schließlich fragte er aber doch: „Sagen Sie, wenn das wirklich alles wahr ist … warum bergen Sie die Kisten eigentlich nicht selber?"

Ein helles Lachen kam als Antwort. Die Gestalt drehte sich um und leuchtete Bloom an.

„Eine gute Frage. Eine sehr gute Frage. Aber sie kommt zu spät, denn wir sind da."

Im Schein der Lampe konnte Gerrit Bloom den Lauf einer Pistole sehen, eine Sekunde später hörte er den Schuss. Wie durch einen Schleier hörte er gleich darauf noch den zweiten Schuss.

Noch zwei weitere Schüsse hallten durch den Gang, aber die konnte er nicht mehr hören.

*

In Frauenaurach gibt es den alten Ortskern und die Neubausiedlungen. Man kann den Ort auch gedanklich in eine nördlich und eine südlich der Aurach gelegene Hälfte teilen. Oder man sieht die angrenzenden Hügel mit ihren Wohngebieten und unterscheidet

Wagnersberg und Geisberg. Martin hatte sein Häuschen südlich der Aurach, am Rand des alten Ortskerns, am Fuße des Wagnersbergs. Der größere Teil des alten Dorfes liegt auf der nördlichen Seite, zwischen der Aurach und der Durchfahrtsstraße von Erlangen nach Herzogenaurach. Hier findet man die Bäckerei Backstein, das Hotel „Roter Ochse", die Kirche und eine ganze Reihe altehrwürdiger Fachwerkhäuser.

Noch weiter nördlich, jenseits der Erlanger Straße, liegt der Geisberg. Schon eine schlichte Straßenkarte verrät, dass die Bebauung einige Jahrzehnte alt ist: Hier reihen sich zumeist großzügig geschnittene Grundstücke mit vielen freistehenden Einfamilienhäusern aneinander, wie sie bei den derzeitigen Grundstückspreisen heutzutage kaum noch angeboten werden. Nur die Bebauungspläne der Stadt Erlangen verhindern, dass jede verkäufliche Fläche von finanzkräftigen Baufirmen sofort mit fünf modern verschachtelten Wohneinheiten nachverdichtet wird. Kauft man sich hier ein Anwesen, bezahlt man in erster Linie nach Quadratmetern, die Bausubstanz fällt preislich weniger ins Gewicht.

Obwohl dies zwar längst nicht für alle Häuser hier gilt, ist der Geisberg in den Augen der Frauenauracher allgemein das privilegierte Viertel der Bessergestellten.

Martin war bisher nur selten in diesem Teil des Dorfes gewesen, einmal hatte er ihn auf einem Spaziergang durchquert, um über die sich anschließenden Felder nach Steudach und über den Klosterwald wieder zurück zu laufen.

Heute war er gezielt hier unterwegs. Über das Telefonbuch hatte er herausgefunden, dass Frau Koch zu den Bewohnern des Geisbergs gehörte und beschlossen, seiner Neugierde in Sachen Bild nachzugeben. So richtig war ihm noch nicht klar, was er wirklich tun sollte, ob er so einfach bei Frau Koch klingeln und sie fragen konnte, oder nur mal von außen sehen, wo sie wohnte, naja, und dann schauen, was sich ergeben würde ... kurz: Er hatte keinerlei Plan.

In dieser Ecke des Geisbergs standen die in die Jahre gekommenen Villen der sechziger Jahre, einige im naturbelassenen Zustand, andere sichtlich renoviert und energetisch auf Vordermann gebracht. Zu letzteren gehörte das Haus von Frau Koch. Statt des ortsüblichen Jägerzauns umgab Edelstahl den Garten, der Stuttgart-Stammheim Ehre gemacht hätte. Akkurat umfasste Beete mit sorgfältig geschnittenen Gehölzen und farblich aufeinander abgestimmten Blumen in Reih und Glied, dazwischen eine frisch getrimmte Rasenfläche. Hier wuchs kein Blatt ohne Genehmigung. Das Haus war, wie viele hier, sehr groß, aber nur einstöckig. Moderne Fenster und Türen sowie der frische Putz verrieten eine aufwendige Sanierung jüngeren Datums. Am Gartentor befand sich eine edelstählerne Briefkasten-Kamera-Klingel-Sprechanlagen-Einheit mit dem eingravierten Namen Koch.

Beherzt, oder eher: unüberlegt, drückte Martin auf den Klingelknopf. Ein Spatz flatterte von einem Strauch auf und kurvte am Haus vorbei zum Nachbargrundstück. Hatte sich da etwas bewegt? Nein, durch zwei Fenster hindurch sah Martin, wie auf der anderen Seite des Hauses ein Vogelfutterhäuschen über dem Balkon im Wind pendelte.

Nichts. Fast war Martin froh, dass sein Versuch fehlgeschlagen war. Er drehte sich wieder vom Gartentürchen weg und wollte eben seinen Spaziergang fortsetzen, als ein Fahrrad mit grell quietschender Bremse vor ihm hielt. Die Fahrerin wollte wohl eigentlich hinter ihm vorbeirollen.

„Oh, Verzeihung!" sagte er reflexartig.

„Tschulljung" nuschelte die junge Frau mit zerstreutem Lächeln und stieg ab. Sie war nicht sehr groß, ziemlich flippig-bunt gekleidet und hatte dazu passend ihre dunkelbraunen Haare zum Teil blondiert und dann türkis gefärbt und auf abenteuerlich wilde Art hochgesteckt. Einen Fahrradhelm hätte sie unmöglich aufsetzen können, ohne einen Totalverlust des Arrangements zu riskieren. Ihr hübsches Gesicht hätte die kosmetische Bemalung der Augen und die Piercings der Nasenflügel sicher nicht nötig gehabt.

Sie schob an Martin vorbei, stellte das Rad ab und nahm ihre Tasche aus dem Fahrradkorb. Martin sah das aufgedruckte Logo der Erlanger Universität auf dem dunkelblauen Sportbeutel. Sie fischte aus der Tiefe ihrer Jackentasche einen Schlüssel und schloss das Gartentürchen auf.

Da Martin etwas irritiert stehenblieb, sah sie ihn mit großen, dunkelbraunen Augen fragend an.

"Kann ich Ihnen helfen? Wollten Sie zu meiner Mutter?"
Martin brauchte einen Moment, um sich zu sortieren.
"Jein, eigentlich wollte ich sie nur etwas wegen eines Bildes fragen. Sie scheint aber nicht zu Hause zu sein. Ist aber auch nicht eilig, danke."
"Ein Bild? Wollten Sie eines kaufen?"
Sie wirkte bei der Frage fast belustigt. Martin überlegte kurz, ob er das jetzt zu seiner Ehrenrettung klarstellen musste.
"Nein, es geht um eine Frage zu einem Bild, das sie in der Ausstellung neulich ausgestellt hatte. Von ihrem Großvater, also ... Ihrem Urgroßvater, nehme ich an."
"Ach, dann meinen Sie das mit den Windmühlen? Das Nationalheiligtum?"
Sie lachte verschmitzt.
"Ja, genau das. Aber ich komme dann einfach ein andermal vorbei."
"Kann ich meiner Mutter etwas ausrichten?"
"Danke sehr, ich denke, das ist nicht nötig. Es ist wirklich nicht eilig."
"Darf ich trotzdem erfahren, wer Sie sind?"
"Entschuldigung, ich hatte mich gar nicht vorgestellt: Martin Thormann. Ich wohne auf der anderen Seite von Frauenaurach."
"Raphaela. Also ... Ela. Ela Koch."
Sie gab Martin lächelnd die Hand. Eigenartig, dachte er sich, dass eine hölzerne Frau wie Marlene Koch eine so grellbunte Tochter mit so freundlicher Ausstrahlung hatte.

*

Für den Abend hatte Martin Sauerkraut gekocht und in der Metzgerei reichlich Kassler, Regensburger, geräucherten Bauch und Stadtwurst dazu besorgt. *Choucroute garni* mit lokaler *charcuterie*, Martins Variante der opulenten elsässischen Spezialität. Ordentlich gekocht, mit einem Schuss Weißwein, Lorbeer, Piment, Wacholder, Nelken und ein wenig Knoblauch. Rolf war schon immer ein Freund deftiger Genüsse gewesen und würde dem Essen reichlich zusprechen. Dazu stellte Martin ein paar Flaschen dunklen Biers kalt.

Sie hatten sich eben zu Tisch gesetzt, als das Telefon klingelte.

Martin entschuldigte sich, wies Rolf an, schon mal nach Kräften zuzulangen und ging in den Flur.

„Hallo Martin, ist ja schön, dass ich dich diesmal erreiche."

Martin war sich nicht ganz sicher, ob in der Stimme seiner Mutter ein Vorwurf mitschwang.

„Hallo Muddl, schön dich zu hören."

Er hoffte, dass das unbekümmert und ehrlich klang. Nichts konnte er jetzt weniger brauchen. Dörte Thormann war am Telefon manchmal die heilige Inquisition, und einer Befragung über die letzten Monate fühlte er sich jetzt nicht gewachsen. Nicht, wenn gleichzeitig nebenan Rolf seinen Liebeskummer mit Sauerkraut zuschüttete. Er spürte ein nervöses Kribbeln in den Fingern; irgendwie schwang aber auch, das musste er sich eingestehen, ein schönes Heimatgefühl mit, als er nach einem Jahr mittelfränkischer Sozialisierung den vertrauten, etwas vornehm-drögen Klang ihrer Worte hörte. Gerne hätte er sich diesem Gefühl ungezwungen hingegeben. Es war, als wehte durch den Hörer etwas frische Brise mit leichtem Wattgeruch. Fast vermeinte er, eine Möwe schreien zu hören. Doch das war sicher nur Einbildung.

„Dein Vater und ich würden ja nun mal gerne vorbeikommen und sehen, wie es dir so geht da unten in Lenes Haus."

Vorbeikommen – das klang eher nach um-die-Ecke als nach 800 Kilometern. Er hatte sich schon gedacht, dass seine reiselustigen Eltern über kurz oder lang die neue Heimat ihres Sohnes besuchen würden. Man musste sich ja davon überzeugen, dass es ihm in der Wildnis an nichts fehlte.

„Ja, klar, macht das doch. Schön. Wann habt ihr denn so gedacht?"

„Na, heute ja nun nicht mehr ... Wir müssen noch zwei Wochen die Katzen und die Meerschweine von den Hansens versorgen, und dann die Blumen bei Künnings, die kennst du nicht mehr, die wohnen erst seit letztem Jahr hier, in dem Haus, wo früher die Iwwerks waren. Das sind richtig nette Leute, die Künnings. Ja, und wenn die wieder zurück sind, wollten wir los. Wir haben ja keine Eile, da hilft man sich gegenseitig. Ich hab ja schon erzählt, dass wir dann in die Toscana fahren, oder?"

„Ja, ich glaube schon ..."

Martin erinnerte sich nicht daran, zumal er seine Mutter zuletzt im Frühjahr gesprochen hatte und es damals noch definitiv keine Pläne gegeben hatte. Aber er wollte das Gespräch nicht künstlich in die Länge ziehen.

„Mit dem Wohnwagen sind wir nicht so schnell, da müssen wir sowieso ein paar Tage rechnen. Und da liegst du ja nun quasi am Weg, nicht? Wie geht es dir denn eigentlich? Wir haben ja schon lange nichts mehr gehört!"

„Du, Muddl, hier ist alles im Grünen, danke. Ich erzähl dir das gerne demnächst ausführlich, nur ist es jetzt im Moment schlecht..."

„Oh, hast du Besuch?"

Hinter dem Begriff „Besuch", dessen war Martin sicher, stand für seine Mutter höchstwahrscheinlich die Vorstellung einer künftigen Schwiegertochter.

„Äh, nein, doch, das auch ..."

„Na, nu sach das doch ... da will ich ja gar nicht weiter stören. Das hat ja nun Priorität, nicht? Grüße sie mal von mir, ja? Von uns beiden natürlich, Vaddern auch. Und was unseren Besuch betrifft: Ich schreib dir, wann wir kommen, ja?"

„Genau, das ist gut. Ich bin ja wohl da. So machen wir es."

Martin war froh, das Thema erstmal durch zu haben. Sie verabschiedeten sich, und Martin kehrte zurück zum Sauerkraut.

Rolf, obwohl nicht der geborene Hausmann, mühte sich redlich, sich nützlich zu machen. Abräumen, Geschirr spülen, saubermachen. Nicht alles gelang dabei so, wie Martin es in seiner Küche gewohnt war, aber erstens, so sagte er sich, war das immer noch besser, als alles selber machen zu müssen, zweitens wollte er Rolf nicht noch mehr das Gefühl geben, den Lauf der Dinge zu stören, drittens, musste er sich eingestehen, würde auch Claras Einzug unter seinem Dach in vielen Details des täglichen Lebens Veränderungen mit sich bringen. Zunächst nur für einen Sommer, aber im Stillen hoffte er ja, dass das irgendwann endgültig würde.

※

Oostkamp, 17. Juni 1940

Die große Standuhr tickte schwermütig. Die Frau sah sich um, als wolle sie in ihrem Gedächtnis alles mitnehmen, was sie liebte. Die schönen Möbel ihrer Großeltern, das Silberbesteck, das sie zur Hochzeit bekommen hatten, die riesigen Teppiche, die dem Raum seine unvergleichliche Ruhe gaben, die bunte Glasvase, Erinnerungsstück von der Reise an die Ostsee. Vor allem aber das Bild, das sie so liebte, und das sie schon seit ihren frühen Kindertagen begleitet hatte.

Sie hatte Tränen in den Augen, aber sie protestierte nicht, sie widersetzte sich nicht. Sie wusste, dass das Bild ohnehin verloren war, dass sie schon froh sein mussten, wenn ihre Familie ihr Leben durch diese Zeiten würde retten können, und vielleicht war das alles hier ja sowieso nicht das Wichtigste. Sie wusste, dass der Verkauf wenigstens etwas Geld bringen würde. Geld, das sie so notwendig brauchten, um ein neues Leben anderswo anzufangen, wo ihnen hier doch schon der größte Teil ihres Besitzes genommen worden war.

Neben ihr stand ihr Mann, betrübt, ratlos, geschlagen, und gab ihr die wenige Zeit, die sie eigentlich nicht hatten, um das zu entscheiden, was sie eigentlich nicht entscheiden konnten.

Sie reichte ihm das Blatt zurück, das zusammen mit einem Gemälde eben von einem Kurier gebracht worden war. Das Gutachten, in dem ein namhafter Sachverständiger am 5. Juni 1940 offiziell bestätigte, was links unten mit dem Namenszug „Vincent" für jedermann offensichtlich war: Das Bild hatte niemand anders gemalt als der berühmte van Gogh.

※

Die weiteren Tage bis zum Wochenende vergingen für Martin in erster Linie am Schreibtisch. Der Verlag hatte gleich drei Manuskripte geschickt, die es durchzuarbeiten galt. Ein Datum war im Begleitschreiben nicht genannt, aber Martin las das Wort „eilig" zwischen den Zeilen. Solange er nicht von den Einkünften seiner eigenen Romane leben konnte, wollte er seiner Chefin nicht allzu laut sagen, was er über ihre Erwartungshaltung dachte.

Rolf war tagsüber in seinem Betrieb, Abends saßen sie oft zusammen und sprachen über dies und das. Mal bei Bier, mal bei Tee, mal bei einem Whisky. Tee war an sich bei Rolf selten, aber im Bestreben, sich den häuslichen Gepflogenheiten anzupassen, zelebrierte er immer wieder gemeinsam mit Martin die ostfriesische Kultur um das traditionsreiche Getränk.

Heute zum Beispiel.

„Man kann ja auch nicht immer saufen", sagte Rolf zur Bekräftigung seiner Wahl, ein Hauch Resignation in der Stimme, denn so richtig überzeugt von diesem Satz war er nicht.

Martin nutzte die Gelegenheit, Rolf darüber zu informieren, dass am Wochenende auch Clara für einige Zeit hier einziehen würde. Das Haus war ja groß genug für drei. Rolf hatte an sich überhaupt nichts gegen Claras Gesellschaft, war sich aber nicht sicher, ob seine Anwesenheit nicht doch als störend empfunden werden könnte. Vorsorglich ließ er in das Gespräch einfließen, dass er sich schon bei allen möglichen Freunden und Kollegen nach einer Wohnung erkundigt habe, wenn auch leider bisher erfolglos.

Um Rolf die Sache leichter zu machen, wechselte Martin das Thema und erzählte von der Bildergeschichte. Rolf hatte dazu nicht wirklich eine Meinung und im Grunde keinerlei Draht zum Thema Kunst, war aber dankbar für die neue Richtung des Gesprächs.

※

Clara kam am Samstag kurz nach dem Frühstück. Nachdem sie die Koffer aus ihrer *deuche* ins Haus gebracht hatte, hatte Martin vorgeschlagen, das schöne Wetter erst einmal zu einem Spaziergang nach Hüttendorf zu nutzen. Rolf hatte sich taktvoll bereiterklärt, derweil mit seinem Auto ein paar Einkäufe in der Stadt zu erledigen, um nicht im Weg zu sein.

Hinter Frauenaurach führte ein kleiner Fuß- und Radweg am Wiesengrund entlang. Vorbei an einem schon lange nicht mehr genutzten Felsenkeller, deren jetzige Bewohner, Fledermäuse, durch ein schmiedeeisernes Gitter vor Störungen geschützt wurden, unterquerten sie die Brücke der A3 nach Würzburg. Summen, Zwitschern und Flattern der reichhaltigen Insekten- und Vogelfauna des Aurachtals drang aus den Schlehenhecken.

Von Kriegenbrunn aus gingen sie über den Bugweg weiter zwischen Feldern hindurch. Die Sonne perlte durch das Laub der Bäume, die den Weg aus dem Dorf hinaus in Richtung Hüttendorf säumten. Während Kriegenbrunn auf der nördlichen Seite den Charakter eines modernen Erlanger Wohnvororts hatte, war hier auf der anderen Seite alles viel ländlicher. Milchkühe schauten über die vor ihnen aufgetürmten Heuberge hinweg aus dem großen Stall über den Hof, ein Bulldog – Martin begann schon langsam, sich das Wort „Trecker" abzugewöhnen – stand in einer bräunlich schillernden Pfütze, die ihren Ursprung wohl im nebenstehenden Misthaufen hatte. Unter einer dunkelgrünen Plastikplane lagerte Silofutter und verbreitete seinen sauer-muffigen Geruch.

Auf der anderen Seite des Weges erstreckte sich ein größerer Teich, in dem Wasserlinsen gegen den Appetit zweier Stockenten anwuchsen.

Unter ihren Füßen knirschten mal Schotter, mal Sand, dazwischen standen kleine Pfützen, die seit dem letzten Regen noch immer nicht restlos versickert waren. Auch das ungezähmte Grün am Wegrand strotzte noch vor saftiger Frische, wie sie nur der Frühling kennt. Auf den Feldern drängten Maispflanzen in die Höhe, als wollten sie einen Vorsprung im Kampf gegen den später oft trockenen Sommer erringen. Wenn sie erst ihre volle Höhe erreicht hatten, würden die Luft flimmern und Tausende von Feldheuschrecken die Hitze zum Singen bringen. Besonders dieser Weg zwischen den beiden Dörfern war für Martin der Inbegriff der friedlichen Ländlichkeit in seiner neuen Heimat.

Clara und Martin erreichten das Flurkreuz, kurz dahinter zweigte der Wirtschaftsweg nach Osten ab und führte über lehmverkrustete Betonplatten zwischen Futterrüben und Braugerste direkt auf den Hofladen der Familie Niederbrunner zu.

Nicht, dass Martin gerade akut etwas benötigte, aber ein Besuch im Paradies lokaler Produkte versprach immer einen gewissen Lustgewinn, und Clara ließ sich nur zu gerne dazu überreden.

Schon vor dem Eingang lockte zur Pflanzsaison die Blütenpracht der bunten Blumentöpfchen, dazu der eine oder andere hübsche Dekoartikel, mit dem man seinem Garten ein i-Tüpfelchen bescheren konnte. Ein riesiges Schild machte Werbung für frischen Spargel. Auf der gekiesten Fläche standen viele Autos, deren Nummernschilder verrieten, dass die Kunden nicht nur aus den angrenzenden Orten kamen.

Drinnen war es dementsprechend voll. Auch Clara hatte einen Sinn für Läden, in denen frisches Obst und Gemüse, hausgemachte Soßen, regionale Wurstwaren und eine herrliche Käseauswahl mühelos den Speiseplan für die gesamte nächste Woche anregten, vom Spargel ganz zu schweigen, den es in verschiedenen Sortierungen vom bleistiftdünnen Suppenspargel bis zu wahren Monsterstangen gab, wie Martin sie noch nie gesehen hatte. Im Hintergrund des Ladens arbeitete eine Schälmaschine, die das weiße Gold kochtopffertig vorbereitete. Da sie nun für drei zu kochen hatten, lohnte es sich auch, etwas großzügiger zu planen. Martin nahm drei Pfund geschälten Spargel in violetter Sortierung – weil der noch ein wenig würziger schmeckt –, packte Steinpilz-Ricotta-Maultaschen in seinen Korb dazu, füllte einen der bereitstehenden Eierkartons und grüßte ein paar Frauenauracher Gesichter, die er vom Sehen her kannte. Clara kam mit einem Baguette und einem größeren Paket von der Käsetheke.

„Ist das nicht Frau Koch? Da hinten, mit dem Wirsing in der Hand?"

Martin sah hinüber und bestätigte das. In Claras Augen blitzte eine Idee auf.

„Wirsing mag ich auch, ich geh uns mal einen holen."

Sie verstaute den Käse im Korb und steuerte auf die Gemüseaufsteller zu. Martin schlenderte neugierig hinterher und fragte sich, was sie im Schilde führte.

„Hallo Frau Koch, Grüß Gott!"

Die Angesprochene grüßte zunächst irritiert zurück, ließ sich dann aber von Claras spontan strahlender Fröhlichkeit aus der Reserve locken.

„Vielleicht erinnern Sie sich: Clara Rienecker. Ich habe in der Kunstausstellung Ihre Bilder gesehen, Sie hatten uns damals auch einiges darüber erzählt. Das war so interessant ..."

Frau Koch lächelte geschmeichelt.

„Ja, ich glaube, ich erinnere mich. Hat es Ihnen gefallen? Das freut mich."

„Sie haben eine wirklich interessante Künstlerfamilie. Ich habe ja beruflich auch etwas mit Kunst zu tun, da finde ich so etwas immer spannend."

Clara wählte beiläufig einen Wirsing aus der Kiste. Frau Kochs Mimik wurde immer zugänglicher.

„Oh, danke. Ja, irgendwie lässt uns das Thema alle in der Familie nicht los. Meine Nichte macht jetzt auch eine Ausbildung in einer Töpferwerkstatt."

Clara talkte ein wenig small und kam dann unvermittelt wieder auf Frau Kochs Bilder zu sprechen:

„Sagen Sie, das Windmühlenbild von Ihrem Großvater, das würde ich mir gerne nochmal anschauen. Ist das wohl möglich? Die Ausstellung ist ja schon vorbei …"

Frau Koch zuckte sichtlich bei der Frage und antwortete um einen auffälligen Moment verzögert.

„Das … geht leider gerade nicht. Ich … habe es zum Restaurieren gegeben, es … es ist ja schon recht alt, und so grau geworden, nicht?"

„Ja, das ist richtig. Schade natürlich. Bei welcher Werkstatt sind Sie? Ich frage nur, weil ich beruflich einige kenne."

Clara schaffte es, dass ihre investigativen Fragen einfach nur wie freundliches Interesse ohne größeren Belang herüberkamen. Frau Koch schien keinen Verdacht zu schöpfen, wirkte aber sichtlich unsicher.

„Genau genommen noch bei keiner, ich suche noch. Man will seine Schätze schließlich nicht irgendwem anvertrauen, nicht?"

„Natürlich! Das verstehe ich nur zu gut. Wenn ich Ihnen eine Empfehlung geben darf: Die Firma Werthlein in Nürnberg ist sehr gut. Die arbeiten ausgesprochen akkurat und sind im Preis wirklich fair."

Clara war die verständnisvolle Fürsorge in Person. Frau Koch antwortete dünn:

„Danke, das ist interessant. Das merke ich mir."

„Achten Sie auf jeden Fall darauf, dass sich die Werkstatt mit der Farbe auskennt, mir ist aufgefallen, dass das keine normale Ölfarbe war. Sie wissen ja sicher am besten, dass das ein sehr, sehr ungewöhnliches Bild ist."

Clara beobachtete ihre Gesprächspartnerin bei ihren Worten genau. Der Schuss ins Blaue hatte gesessen. Frau Koch erbleichte:

„Wie meinen Sie das? Was wollen Sie damit sagen?"

Clara wiegelte leichthin ab.

„Nein, nein, gar nichts Besonderes. Aber es ist ja immer gut, wenn man Leute beauftragt, die wirklich Bescheid wissen, nicht?"

Clara schaute treuherzig und die Frauen verabschiedeten sich mit dem Wunsch für noch einen schönen Tag. Was für ein Pokerface, dachte Martin, als seine Freundin völlig gleichgültig wieder zu ihm kam und ihm den Wirsing in den Korb legte.

„Touché!" sagte sie.

Im Kaufrausch erstanden sie noch drei dicke Scheiben Nackensteak vom hauseigenen Bio-Schwein und einen Becher Sauerkraut. Das sollte dann erstmal reichen.

8. Kapitel

Immer wieder schweiften Martins Gedanken von seiner Arbeit ab. Der Verlag hatte ihm schon signalisiert, dass man ungeduldig auf die Früchte seines aktuellen Lektorats wartete. Martin hatte alles Verständnis dafür, auch für das Drängen des Autors, der schon zweimal versucht hatte anzurufen und der begreiflicherweise sein Buch gerne vor Weihnachten im Druck sähe. Ihm ginge es in dieser Situation auch nicht anders – und trotzdem hatte er Schwierigkeiten, sich auf die an sich gar nicht so schlechte Story zu konzentrieren. Zu gerne wüsste er mehr über das geheimnisvolle Bild und sein geheimnisvolles Verschwinden.

Um den Kopf freier zu kriegen, ging er zum Briefkasten. Ein paar Werbezettelchen, für die der Aufkleber offenbar nicht galt, eine Postkarte von seinem Onkel Jakob und ein Schreiben der Erlanger Stadtwerke mit der Bitte, innerhalb der nächsten 14 Tage die Zählerstände der Wasseruhr und des Stromzählers mitzuteilen. Ein zusammengefalteter Zettel lag auch noch dabei, er musste ganz unten im Briefkasten gewesen sein. Martin faltete ihn auseinander und las die mit dickem Filzstift geschriebenen Worte:

„Das wird dir noch leid tun!"

Spontan schaute sich Martin um, doch entlang der ganzen Straße war niemand zu sehen, außer einer alten Frau, die eben auf die Metzgerei zusteuerte. Logischerweise war derjenige, der ihm die Warnung – wovor eigentlich? – eingeworfen hatte, schon lange weg, schließlich lag die restliche Post darauf. Trotz des warmen Wetters durchlief Martin ein Frösteln, eben das zittrige Gefühl, das unbeeinflussbar durch vernünftiges Denken nach einem Schreck verbleibt, bis das Adrenalin wieder abgebaut ist. Er erinnerte sich an die beiden eingeschlagenen Fensterscheiben im letzten Jahr. Jemand hatte damals seiner Wut darüber Ausdruck verliehen, dass nicht sein Spezl Erbe des Häuschens von Lene Reim geworden war, sondern ein ostfriesischer Schreiberling namens Martin Thormann. Die Botschaft war diesmal nicht weniger unfreundlich, wenn auch heute immerhin kein Sachschaden zu beklagen war.

Doch das Unbehagen blieb, auch wenn der Verstand sagte, dass es sich einfach nur um ein Stück Papier, einen dahingeschmierten Satz, wohl nur einen Akt spontaner Wut handelte.

Und genau wie damals war ihm völlig unklar, wem er Anlass zu Zorn gegeben hatte. Und warum. Und zu welchen anderen, möglicherweise drastischeren Maßnahmen der Absender fähig sein würde.

Martin atmete tief durch und knüllte den Zettel entschlossen in die Altpapiertonne. Symbolischer Akt. Beides half aber nicht wirklich gegen das unangenehme Gefühl.

Wie immer in solchen Fällen versuchte er es mit einer Kanne Tee, Allheildroge und Genussmittel in allen Lebenslagen. Tatsächlich gelang es ihm, die Gedanken entgegen der sich immer wieder in den Vordergrund drängenden unbestimmten Sorge, wer ihm Übles wollte, halbwegs wieder zu sammeln und den angefangenen Text zu Ende zu lesen. Er schrieb eine Rezension für den Verlag und öffnete die Datei zu seinem eigenen Roman. Auch dafür saß ihm ein Termin im Nacken, schließlich hatte es der Verlag für Weihnachten bereits angekündigt. Kommissar Johansen saß gerade im Vernehmungsraum und nahm einen höchst Verdächtigen verbal in den Schwitzkasten. Martin hatte keine Ahnung, wie ein Vernehmungsraum in der Realität aussah, er kannte das nur aus amerikanischen Filmen. Dort standen immer ein Tisch und ein paar Stühle in der Mitte eines relativ großen, grauen Raums, einzig und spärlich beleuchtet durch eine darüber hängende Lampe. Hinter einer raumhohen Glaswand standen die Kollegen und kommentierten, Kaffee in Pappbechern in der Hand, kritisch die Verhörmethoden und die Aussage des Delinquenten. Oft schon hatte er sich vorgenommen, recherchehalber Kontakte zur hiesigen Polizei zu knüpfen. Allerdings stand zu befürchten, dass die Wirklichkeit im Buch dadurch nicht glaubwürdiger wurde, weil ja die Leserinnen und Leser ihrerseits ihr Weltbild aus Navy CIS & Co bezogen.

Ein Blick auf die Uhr verriet ihm, dass es höchste Zeit war, Essen zu machen. Seit sie zu dritt waren, lag über Martin der Fluch geregelter Mahlzeiten. Wahrscheinlich hätte er es auch durchsetzen können, dass sich jeder einfach aus dem Kühlschrank bediente, aber erstens war ihm die Anarchie der Einkaufsplanung zuwider, zweitens widerstrebte ihm der unkultivierte Eindruck, den diese Lebensweise machen musste. Schnell hatte sich ganz zwanglos ergeben, dass Martin kochte, Rolf darauf bestand, abzuwaschen und Clara Nachtische und Kuchen beisteuerte.

Martin holte die für heute vorgesehenen Zutaten aus dem Kühlschrank. Er schnitt mehrere große Zwiebeln in Ringe und legte eine feuerfeste Form damit aus. Eigentlich musste die Form nur backofenfest sein, aber das hieß halt so. Die drei Nackensteaks vom Hofladen würzte er mit etwas Salz und seiner französischen Pfeffermischung, die er sich immer wieder mixte und in die Mühle füllte: schwarzer und grüner Pfeffer, Korianderkörner, Kardamom und Piment. Dann strich er das Fleisch dick mit Estragonsenf ein, legte es auf die Zwiebeln und häufte weitere Ringe obenauf. Einem Impuls folgend goss er noch einen guten Schuss dunkles Bier – für den Rest würde sich schon ein Interessent finden – an, deckte die Form ab und schob sie in den Ofen. Während auf der unteren Etage solchermaßen alles seinen Gang ging, setzte er auf dem Kochfeld Kartoffeln und Sauerkraut auf. Die Wartezeit ließ sich gut mit dem restlichen Bier überbrücken. Martin schaute die Flasche an.

Das Etikett sah nach fränkischer Privatbrauerei aus. Er war sich nicht mehr sicher, woher er es hatte, wahrscheinlich ein Einkauf des Brauereifachmanns Rolf. Schmeckte gar nicht schlecht.

Vielleicht sollte er seine Krimis mit gastronomischen Details anreichern? Das lag ja voll im Trend. Jeder zweite Krimi strotzte im Moment von kulinarischen Beschreibungen. Und wenn die Serie ausgeblutet sein würde, konnte man noch immer Kommissar Johansens Friesenkochbuch herausbringen, die ultimative Rezeptesammlung für Fans der Serie. Zentrales Merkmal: Viele Zwiebeln, viel Knoblauch.

Martin schüttelte sich bei dem Gedanken. Das gaben seine eigenen Küchenfähigkeiten nicht her, und die Küche seiner Heimat auch nicht. Er trank den Rest Bier aus, stellte die Flasche in den Kasten und deckte den Tisch.

Die anderen Mitglieder der temporären Wohngemeinschaft trafen so zeitig ein, dass man vor dem Essen noch auf der Terrasse einen Apéro nehmen konnte. Clara und Martin entschieden sich ganz frankophil für einen Pernod, Rolf nahm sich, seinem eher bodenständigen Geschmack folgend, ein Bier aus dem Kühlschrank. Sie saßen auf der Bank, mit gechilltem Blick in die Nachmittagssonne, während eine Taube irgendwo in den Bäumen vor sich hin gurrte, eine Mutter mit Kinderwagen am Gartenzaun entlang bergan spazierte und das Geräusch des Rasenmähers ein paar Gärten weiter plötzlich abriss. Es roch nach Grasschnitt und Sommer. Friedliches Frauenaurach.

Auf seinem Rasen könnte eine Schaukel stehen, träumte Martin die Szene weiter, und während er mit Clara das Essen auf der Terrasse deckte, würden seine beiden Kinder im Garten kichernd herumtoben.

Ob Clara seine Träume teilte? Vielleicht hätte er sie jetzt fragen können, einfach mal so das Gespräch darauf bringen ... aber natürlich nicht, solange Rolf hier war. Nun, das sollte ja nicht für ewig sein, seufzte Martin.

※

„Bist du sicher, dass sie es ist?"
„Ganz sicher. Sie ist seine Urenkelin."
„Und sie bestätigt die Geschichte?"
„Sie hat sogar eine Skizze des Bildes bei sich hängen."

*

Das Telefon klingelte. Mal wieder. Es musste einen Zusammenhang geben zwischen dem Zeitpunkt unerwarteter Anrufe und der Störung, die sie verursachen.
Ärgerlich stellte Martin den Laptop auf den Tisch zurück und erhob sich aus dem Sessel. Kein Wunder, dass er mit seiner Arbeit nicht fertig wurde. Vielleicht wäre es schon hilfreich, wenn er sich endlich ein schnurloses Gerät anschaffen würde, das er mit an seinen Arbeitsplatz nehmen könnte.
„Thormann?"
„Hallo Herr Thormann. Hier ist Ela. Ela Koch. Darf ich Sie kurz stören?"
Martin erinnerte sich sofort an die bunte Tochter von Frau Koch und fühlte sich gleich viel weniger gestört.
„Kein Problem, womit kann ich Ihnen denn helfen?"
„Ich würde gerne mit Ihnen über das Bild meiner Mutter sprechen. Das Bild, Sie wissen schon. Persönlich. Kommt es sehr unpassend, wenn ich schnell bei Ihnen vorbeischaue?"
Martin ließ sich seine Überraschung nicht anmerken.
„Gerne. Sie stören überhaupt nicht. Wissen Sie, wo ich wohne?"
„Im Telefonbuch steht Mühlgarten 2."
„Ach ja, natürlich."

Eine Viertelstunde später klingelte es. Ela Koch stand vor der Tür.
„Hallo Ela ... darf ich einfach Ela sagen? Sie hatten sich am Telefon so gemeldet."
„Ja, gerne. Vielen Dank, dass ich Ihre Zeit in Anspruch nehmen darf. Ich glaube, es ist wirklich wichtig."
„Na, dann kommen Sie mal erst rein!"
Martin führte sie ins Wohnzimmer.
„Möchten Sie etwas trinken? Kaffee? Tee?"

„Tee gerne. Ich trinke kein Koffein."

„Mit Kräutertees sieht es bei mir leider mau aus ..."

„Nein, Grüntee ist schon in Ordnung. Oder schwarz."

Martin verschwand in die Küche und verkniff sich die Belehrung, dass schwarzer und grüner Tee das gleiche Koffein enthält wie Kaffee. Kurze Zeit später kam er mit dem gewohnten Tablett zurück.

Sie setzten sich, Martin schenkte ein.

„Ist das Kuhmilch?"

„Sahne, aber von der Kuh."

Ela nahm ihren Tee schwarz, und Martin fragte sich, ob sie Veganerin war oder zu den Menschen gehörte, die den Konsum von Kuhmilch als widernatürlich ablehnten. Na, konnte ihm auch egal sein. Ela schaute sich zaghaft um, nahm einen Schluck und sagte:

„Schön ist es hier. So viel Holz, so viele Bücher. Das gefällt mir."

„Sie mögen Bücher?"

„Ich liebe Bücher. Und mir gefällt diese wunderbare Atmosphäre aus Licht und hellem Holz."

„Ich habe gar nicht viel verändert, als ich das Haus von meiner Großtante samt dem Mobiliar geerbt hatte. Aber Sie haben recht, ich mag das auch."

„Frau Reim war Ihre Großtante?"

„Eigentlich Urgroßtante. Kannten Sie sie?"

„Kennen ist zuviel gesagt, aber als Kinder sind wir natürlich im ganzen Ort unterwegs gewesen. Wir haben sie oft gesehen, wenn sie im Garten war. Sie hatte ganz früher auch ein paar Bienenvölker, nicht?"

„Das ist richtig, die ganze Ausrüstung steht noch im Schuppen. Nur vom Honig ist leider nichts übrig."

„Das ist schade. Aber ob der jetzt noch gut wäre?"

„Honig wird nicht schlecht, den kann man noch nach hunderten von Jahren essen."

„Echt? Cool. Das wusste ich gar nicht. Und er ist ja auch so gesund."

Martin nahm noch einen Schluck und setzte dann die Tasse ab.

„Sie sagten am Telefon, es ginge um das Bild Ihres Urgroßvaters ...?"

„Ja, richtig. Genau. Also ... wo fange ich am besten an? Okay, wir haben von meinem Urgroßvater dieses Bild, das mit den Windmühlen, das haben Sie ja auch in der Ausstellung gesehen."

Martin nickte, Ela fuhr fort: „Er hat es wohl im Krieg gemalt, zumindest hat er es aus dem Krieg mitgebracht. Opa Friedrich, wie er bei uns heißt, war in Belgien stationiert. Weil er vor dem Krieg für ein Museum gearbeitet hatte, wurde er auch im besetzten Brügge für irgendetwas derartiges eingesetzt. Ich weiß leider auch nicht, was er da genau gemacht hat. Als die Alliierten kamen, ist er wohl desertiert, jedenfalls kam er Ende 1944 zurück nach Deutschland, blieb bis Kriegsende irgendwo bei Köln untergetaucht und schlug sich dann im Frühsommer '45 nach Frauenaurach durch."

„Kam er ursprünglich von hier?"

„Eigentlich kam die Familie aus Ostpreußen, aber da sind sie vor der Roten Armee geflohen und haben sich schon vor den großen Flüchtlingsströmen nach Bayern abgesetzt. Hier trafen sie dann wieder zusammen."

Ela nahm einen weiteren Schluck Tee.

„Opa Friedrich hat so ziemlich alles versetzt, was er hatte, um zu überleben. Nur ein Paket mit einem Bild hatte er noch. Das muss ihm total wichtig gewesen sein."

„Die Windmühlen?"

„Die Windmühlen. Er hat die Familie immer beschworen, das Bild in Ehren zu halten."

„Hat er gesagt, was daran so besonders ist? Irgendeine Geschichte? Etwas, das einen ideellen Wert ausmachte?"

Ela schüttelte den Kopf.

„Er hat angedeutet, dass das Bild einen unheimlichen Wert besäße, aber es wäre gut, wenn davon noch niemand etwas wisse. Er wollte damit noch ein paar Jahre warten."

„Vielleicht fürchtete er, unmittelbar nach dem Krieg ließe sich kein zahlungskräftiger Käufer finden?"

„Möglich. Allerdings – Sie kennen das Bild ja auch: Wer hätte jemals dafür viel Geld bezahlen sollen?"

Sie lächelte etwas spöttisch, und Martin nickte zustimmend.

„Hat er denn später versucht, das Bild zu verkaufen?"

„Dazu kam es nicht mehr. Opa Friedrich holte sich im Winter 45/46 eine Lungenentzündung, bekam kurz darauf einen Schlaganfall und starb. Das Geheimnis, was an dem Bild so sensationell sein sollte, hat er mit ins Grab genommen."

Martin dachte einen Moment nach, dann sinnierte er:

„Also hat Ihr Urgroßvater ein Bild aus dem Krieg mitgebracht, ist verstorben und hat es der Familie hinterlassen. Augenscheinlich hat es nur ideellen Wert, zumindest kann man ihm nicht ansehen, was daran Besonderes sein soll. Und nun wird das künstlerisch ziemlich wertlose Bild nach einem halben Jahrhundert gestohlen. Und Ihre Mutter macht ein Geheimnis daraus, obwohl jeder andere zur Polizei ginge und Anzeige erstatten würde."

„Sie wissen schon alles, nicht?"

„Leider nicht, ich habe mich eigentlich nur gewundert."

„Aber woher wissen Sie, dass das Bild gestohlen worden ist?"

Martin wollte jetzt nicht Frau Sattler bloßstellen. Vorsichtig sagte er: „Ich glaube, das macht im Dorf schon die Runde ... und Ihre Mutter reagierte ja auch allzu auffällig auf jeden Versuch, das Bild in Augenschein zu nehmen."

„Ja, sie ist total durch den Wind deswegen."

„Aber warum, Ela, warum?"

Ela holte tief Luft, trank einen Schluck Tee und begann zu erzählen: „Bis zu jener unseligen Ausstellung in der Mühle war das Bild nichts anderes als ein Familienerbstück. Ein wertloses, nicht einmal schönes, auch wenn meine Mutter so ein Theater drum macht. Vielleicht, weil ihr Opa immer betont hat, wie wertvoll es ihm sei. Umso mehr überraschte es uns alle, dass sie einige Tage nach der Vernissage einen Anruf aus dem Ausland mit einem Kaufangebot bekam. Eine Frau mit französischem Akzent bot 5000 Euro dafür."

„Fünftausend? Irre. Hat sie gesagt, woher sie das Bild überhaupt kennt?"

„Nein. So weit kam sie auch nicht. Meine Mutter hat kategorisch abgelehnt. Aber dieser Anruf hat sie dann später nicht mehr losgelassen. Ihr war ja auch sofort klar, dass das Angebot verdächtig gut war. Irgendwie kam sie darauf, dass die Anruferin möglicherweise aus der Gegend kam, wo Opa Friedrich im Krieg war. In Belgien spricht man ja auch französisch, soweit ich weiß. Da überfiel sie siedendheiß die Ahnung, dass das Bild möglicherweise gar nicht legal in Opas Besitz geraten war. Die Nazis haben schließlich jede Menge

Bilder gestohlen und enteignet. Hatte er es am Ende gar nicht selber gemalt? Hat er es vielleicht beschlagnahmt, unterschlagen, geraubt oder so etwas? War es am Ende tatsächlich wertvoll? Natürlich könnte man es von Sachverständigen begutachten lassen, aber wenn sich dann herausstellt, dass es unrechtmäßig in unserem Besitz ist, muss man es sicher zurückgeben. Auch nach so langer Zeit, oder?"

Martin nickte langsam.

„Kann ich mir vorstellen, obwohl ich die Rechtslage auch nicht wirklich kenne. Zumindest wäre es dann moralisch nicht in Ordnung, es einfach zu behalten."

„Mama hat schließlich Panik bekommen, dass man ihr das Bild wegnehmen könnte und zog es aus der Ausstellung zurück. Auch auf ihrer facebook-Seite löschte sie alle Spuren davon. Das Bild hing wieder im Schlafzimmer. Aber dann war es plötzlich weg. Jemand ist eingebrochen und hat es mitgenommen."

Martin stellte die Tasse ab, schenkte seinem Gast und sich selber nach und lehnte sich zurück. Nach einer kurzen Pause sagte er:

„Ich verstehe. Nur eines verstehe ich nicht."

„Nämlich?"

„Warum kommen Sie zu mir und erzählen mir das? Möchte Ihre Mutter die ganze Sache nicht vielmehr geheimhalten?"

„Meine Mutter weiß nicht, dass ich hier bin. Aber das ist es gar nicht. Sie hat sich total verrückt gemacht wegen Ihnen. Oder vielmehr Ihrer Frau."

Martin schaute irritiert.

„Jetzt verstehe ich gar nichts mehr. Wie das?"

„Sie hat sie doch neulich beim Einkaufen getroffen, und da hat Ihre Frau wohl irgendwelche Fragen gestellt. Meine Mutter hatte den Eindruck, dass Ihre Frau über die ganze Bildergeschichte Bescheid weiß. Sie hat sich erkundigt und erfahren, dass Ihre Frau für das Germanische Nationalmuseum arbeitet. In der Abteilung Gemälde und so. Und da hat sie total Angst bekommen, dass sie vielleicht nach gestohlenen Kunstwerken aus der Nazizeit fahndet und ihrem Bild auf der Spur ist."

Martin musste laut lachen.

„Dass sie dort arbeitet, ist schon richtig, aber sie hat nichts mit Beutekunst zu tun. Sie restauriert Ölgemälde. Zumeist aus den Beständen des Museums."

Nun entspannte sich auch Elas Gesicht merklich.
„Das heißt ..."
„Das heißt, zunächst mal können Sie Ihre Mutter beruhigen. Wir haben uns einfach nur ganz privat für die Geschichte interessiert. Allerdings stellen sich jetzt wirklich ganz neue Fragen: Ist das Bild denn wirklich wertvoll? Ist es damals tatsächlich unrechtmäßig in den Besitz Ihres Urgroßvaters gekommen? Wer hat es gestohlen? Und vor allem: Wo ist das Bild jetzt?"

※

Joop van Dreema, Leiter des Groeningemuseums, war ein gelassener Mensch. Vielleicht färbten die andächtige Ruhe der Ausstellungsräume und die ehrwürdige Tradition der darin gezeigten, fast 300 Jahre alten Sammlung flämischer Kunst auf ihn ab. Die vielen tausend Bilder zwischen Jan van Eyck und Frank Brangwyn waren schon von Generationen von Besuchern, Restauratoren und Direktoren vor ihm betrachtet, gereinigt und verwaltet worden. Selbst bizarrere Werke des Surrealismus verließen üblicherweise ihren Rahmen nicht – auch wenn das eine oder andere derartige Werk aus der Harry-Potter-Welt den Besucherstrom sicherlich angeregt hätte.

Joop van Dreema war auch heute nicht aus der Ruhe zu bringen.
„Seit zwei Wochen, sagen Sie?"
Sophie Verhelst konnte in puncto Gelassenheit ihrem Chef an sich schon nicht das Wasser reichen, heute aber war die kleine, streng gekleidete und ebenso blickende Frau gänzlich aus dem Häuschen.
„Genau. Zwei Wochen. Wir kommen mit der Arbeit hinten und vorne nicht herum, die Memling-Ausstellung wartet, und wir brauchen einfach jemanden, der uns verlässlich zuarbeitet. Nun war das mit ihm ja noch nie einfach, Sie wissen ja, aber wenn man ihm auf die Finger geschaut hat, hat er sein Ding schon gemacht. Aber jetzt: seit vierzehn Tagen kommt er nicht mehr zur Arbeit! Verschwindet einfach von der Bildfläche. Das geht doch nicht!"
„Ist er denn nicht entschuldigt? Krankgemeldet?"
Verhelst machte eine pathetische Handbewegung, deren Dramatik zwischen den schweren dunklen Schränken und Teppichen des Büros verpuffte.

„Dann würde ich ja gar nichts sagen."
Doch, würden Sie, dachte van Dreema, sagte es aber nicht.
„Haben Sie mal zuhause bei ihm angerufen?"
„Natürlich! Aber es geht keiner ans Telefon."
„Ich verstehe Ihren Ärger, aber vielleicht ist ihm etwas passiert? Haben Sie die Kollegen gefragt, die mehr Kontakt zu ihm haben?"
„Der einzige, mit dem er etwas mehr Kontakt pflegt, ist Herr Mohr, der Archivar. Aber der weiß auch nichts."
„Hat er Angehörige, die man fragen könnte?"
„Soweit ich weiß, leben nur zwei Schwestern in den USA, die Eltern sind schon länger verstorben. Ich glaube nicht."
Van Dreema gestattete immerhin seiner Stirn, ein paar besorgte Fältchen zu zeigen. Er schaute einen Moment stumm vor sich auf die Maserung seiner Eichenholztischplatte, konnte dort aber auch keine hilfreichen Hinweise finden, dann äußerte er zurückhaltend nickend:
„Das ist in der Tat ungewöhnlich. Sagen Sie bitte Frau Eldik, sie soll mir die Personalakte heraussuchen. Ich sehe mal, was sich machen lässt. – Und was die Arbeit betrifft: Vielleicht kann jemand aus einer anderen Abteilung einspringen. Vorläufig."

9. Kapitel

Im Rausch des warmen Frühlingstags hatte Martin für diesen Abend Grill und Feuerschale aus dem Schuppen geholt, Holz gespalten, Grillkohle gekauft und die Gartenmöbel geputzt. Beim Metzger gab es schon eingelegtes Grillfleisch und vor allem die herrlichen Spieße mit von feinem Speck umwickelten Lendenwürfeln. Martin kaufte – wie es ihm an solchen Tagen gerne passierte – genug für eine halbe Fußballmannschaft. Rolf war froh, etwas für die temporäre WG tun zu können und fuhr zum Getränkemarkt am Ortsausgang. Martin war das nur recht, da er ohne Auto nicht mehr als einen Kasten auf dem Rad hätte herbeischaffen können. Insofern war Rolfs Engagement auch nicht ganz uneigennützig.

Clara kam erst gegen fünf aus dem Museum und brachte als Beitrag für den gemeinsamen Abend Knoblauchbaguettes mit Rosmarin mit. Gemeinsam schnippelten sie noch einen bunten Salat.

Rolf kümmerte sich darum, dass der Grill angeheizt wurde und legte ein paar Flaschen Bier zur Schnellkühlung in den Gefrierschrank.

„Vergiss die bloß nicht!" schärfte Clara ihm ein.

„Ich werd' doch kein Bier vergessen!" Doch sicherheitshalber stellte er den Küchenwecker auf eine halbe Stunde.

Eine gute Stunde später war die Schlacht schon geschlagen. Rolf trug das Geschirr ab, Martin packte die Reste in den Kühlschrank und stellte fest, dass sie problemlos für drei weitere derartige Grillabende reichen würden. Clara schichtete in der Feuerschale trockenes Holz auf eine Handvoll dürre Zweige und schob einige der noch glühenden Holzkohlebrocken aus dem Grill darunter. Während sie ihre Locken mit raschem Griff nach hinten bändigte, ihren Kopf an den Scheiterhaufen hielt und die Glut anblies, zog Rolf drei Stühle um die Feuerschale.

Rauch kräuselte aus dem trockenen Geäst, verschwelendes Holz im Kontakt mit den heißen Kohlen. Rolf sah ihr zu und fragte sich, ob sich Clara an seinem Gaststatus hier störte. Wäre ja nur zu verständlich. Immerhin wäre ein Abend am Feuer zu zweit sicher wesentlich romantischer gewesen. Er fand keine rechten Worte, dazu etwas zu sagen, wusste auch nicht, ob das jetzt gut wäre. Clara sagte auch nichts, sie konzentrierte sich auf die Feuerschale. Ob sie ihm übel nahm, dass er hier logierte? Oder sie darüber ärgerlich war, es sich nur nicht anmerken ließ? Seine Bemühungen, eine neue Bleibe zu finden, hatten sich bis jetzt auf die Lektüre der Zeitungsannoncen und Fragen bei den Kollegen beschränkt. Zugegeben, sein Engagement war etwas dürftig. Im Grunde hatte er aber auch keine Ahnung, wie er das angehen könnte.

Die Flammen winkten plötzlich aus dem Holzhaufen und ergriffen die dünneren Zweige, umschlangen sie, schlugen höher und leckten an den grob gespaltenen Kiefernscheiten, die Martin im Schuppen gefunden hatte. Ihre Kanten wurden schwarz, das Stirnholz schwitzte den Holzgeist aus, die Gase fingen Feuer. Clara trat einen Schritt zurück. Es knackte und krachte, der Brand wurde schnell selbstbewusster. Das Holz musste schon ziemlich alt und gut durchgetrocknet gewesen sein.

Martin kam heraus und brachte eine Flasche *Kilchoman Machir Bay* und drei Gläser mit.

„Wie ich euch kenne, sagt ihr nicht nein zu einem kleinen Digestif?"

„Rhetorische Frage!" lachte Clara. Rolf freute sich über die unbeschwerte Stimmung, die seine Bedenken zum Teil zerstreute. Aber er musste sich jetzt wirklich mal in die Wohnungssuche knien.

Morgen.

Ganz bestimmt.

Jetzt ließ er sich erstmal das Glas füllen.

„*Slàinte!*"

„*Slàinte mhath!*"

Rolf sah Claras Augen, in denen sich die lodernden Feuerzungen spiegelten und verstand, was Martin so faszinierend daran fand. Und er beneidete ihn um sie. Clara war nicht nur hinreißend hübsch, sie war auch … irgendwie so nett halt. Lachte viel, unverkrampft, locker. So halt. Rolf hatte Schwierigkeiten, das in Worte zu fassen.

Seine eigene Beziehungskiste war im Gegensatz dazu ein Desaster. Biggi hatte ihn vor die Tür gesetzt, und selbst wenn sich das wieder einrenken würde, musste er zugeben, dass ihre zickigen Launen nicht immer eine reine Freude bedeutet hatten. Aber da renkte sich sowieso nichts mehr ein, das hatte sie ihm deutlich klar gemacht.

Und Bekki? Ein Traumweib! Aber die hatte ja ihren Ralf-Dieter. Schon der Name! Okay, Rolf kannte ihn nicht und wusste nichts über ihn. Aber Bekki wollte nichts Dauerhaftes mit ihm, Rolf, anfangen. Ein netter Abend, eine Nacht. Und gut war's. Naja, mal sehen.

Rolf seufzte tief und stellte fest, dass sein Glas schon leer war.

Clara sah das, schenkte ihm nach und griff das Gespräch mit Martin wieder auf.

„Wenn das stimmt, was Ela Koch erzählt, dann beginnt dieses Bild jetzt erst wirklich interessant zu werden."

Rolf drehte das Whiskyglas zwischen den Fingern und starrte in die Glut. Martin nickte.

„Stell dir mal vor, wenn das jetzt tatsächlich ein wertvolles Bild wäre, das damals von den deutschen Besatzern auf die Seite geschafft worden ist?"

Clara schaute zweifelnd.

„Ich weiß noch nicht, was an diesem Bild wertvoll sein könnte. Die Malerei ist eher drittklassig, einen berühmten Namen hat es auch nicht."

„Steht denn ein Name drauf? Ich hatte gar nicht auf die Signatur geachtet."

„Ach ja, hatte ich das gar nicht erzählt? ‚Weedemeyer' steht klein rechts unten, und die Jahreszahl 1943."

In Claras Augen glänzte das Feuer mit dem Entdeckerstolz um die Wette.

„Woher weißt du das jetzt? Das Bild ist doch verschwunden?"

„Erinnerst du dich, dass das Bild von Frau Kochs facebook-Seite verschwunden ist? Einige Tage vorher hatte ich es dort ja noch gefunden. Und sogar heruntergeladen. Dann habe ich es gelöscht – aber im Papierkorb lag die Datei noch, da habe ich sie gestern wieder herausgefischt. Die Auflösung ist hervorragend, man kann die Signatur prima lesen."

„Weedemeyer ... ist der in Künstlerkreisen irgendwie bekannt?"

„Eben nicht. Überhaupt nicht. Ich habe alle meine Quellen angezapft, Kollegen gefragt, mit anderen Museen telefoniert, einen Maler namens Weedemeyer kennt niemand. Weder in den vierziger Jahren noch in irgendeiner anderen Epoche."

Rolf startete einen müden Versuch, das Gespräch nicht völlig an sich vorbeigleiten zu lassen.

„Ist das denn so wichtig, wie der hieß?"

Clara lachte und prostete ihm zu:

„Heute Abend wahrscheinlich nicht, da hast du wohl recht. Vielleicht sollten wir lieber den ersten Grillabend der Saison genießen."

※

Das Schlafzimmerfenster nach Osten bot der Sonne in der hellen Jahreszeit freien Blick auf Martins Kopfkissen. An manchen Tagen hatte das schon segensreich verhindert, dass er den gesamten Tag im Bett vergammelt hatte, denn irgendwann trieben Licht und Wärme auch den zähesten Langschläfer aus den Federn. Manchmal war es auch einfach schön, das Versprechen auf einen sonnigen Tag als Gruß ans Bett serviert zu bekommen, wenn man noch die letzten Minuten bis zum Weckerklingeln genoss.

Und manchmal gab es Tage wie heute, an denen der Wecker nicht klingelte, an denen der Rest des Tages keinen Anlass für dringend daran zu verschwendende Gedanken gab, an denen die Nacht von Glück erfüllt war, der erwachende Tag von draußen hereinklang, die raschelnde Bettwäsche liebevolle Stille ausstrahlte und das Wohlgefühl noch immer durch alle Adern pulste. Seit Martin die Augen aufgeschlagen hatte – und er hätte nicht sagen können, wie lange das nun schon her war – genoss er den Anblick seiner noch in Morpheus' Armen ruhenden Freundin, ließ seinen Blick entspannt über ihre Haut wandern, zählte ihre Wimpern, sah ab und zu ein Zucken ihrer Augenlider, freute sich am Glanz der Sonne in den blonden Strähnen, die sich wahllos über die Kissen und ihr Gesicht gelegt hatten, spürte ihre gleichmäßigen Atemzüge ganz sacht auf seinem Gesicht ankommen, sah ihr rechtes Ohrläppchen, das ein kleiner, goldgefasster, blauer Stein zierte.

Obgleich Martin sich nicht traute, irgendeine Bewegung zu machen, die Clara wecken und diesen wunderbaren ewigen Moment beenden könnte, lief jetzt ein tiefer Atemzug durch ihren Körper, und ein erst etwas verschlafenes, dann lächelndes Erwachen zwinkerte ihn an. Einen Moment lang kniff sie noch die Lider vor der Morgensonne zusammen, streckte sich wie eine Katze auf dem Kamin und entspannte sich wieder. Wie automatisch, quasi Naturgesetzen folgend, suchten und fanden sich wortlos ihre Lippen und verschlangen sich ihre Körper ineinander, als verschmölzen sie schwerelos zu einem perfekten Ganzen.

Gefühlte Ewigkeiten genossen sie den Schwebezustand auf Wolken von Glückshormonen, nahtlos fortfahrend, wo sie heute Nacht aufgehört hatten, küssten und streichelten sich, genossen den warmen Duft ihrer Haut, ließen sich immer weiter im Rausch treiben, bis sie schließlich in unabgesprochener Einigkeit jeglichen Widerstand aufgaben und sich wie kopfüber ins schiere Glück fallen ließen.

Worte können den Rausch nicht beschreiben, den die Natur als Geschenk lächelnd denen überreicht, die sich fröhlich darauf einlassen und es genussvoll annehmen. So lagen sie noch eine ganze Weile nebeneinander, schwebend, schweigend, genießend, Hand in Hand, während die Sonne langsam an Kraft gewann.

„Soll ich dann mal Frühst... oh, sorry!"

Die Tur, mit kurzem Anklopfen unbedacht zeitgleich geöffnet, schloss sich hastig wieder, doch Rolfs Überfall hatte den Zauber schon zerplatzen lassen. Mit seiner Anwesenheit während der Arbeitszeit hatten sie nicht gerechnet, aber der gestrige Abend hatte wohl seine Spuren hinterlassen. Rolfs Arbeitgeber war da einiges gewöhnt.

Als sie in die Küche kamen, stand immerhin das Frühstück schon auf dem Tisch. Sogar frische Brötchen gab es.

„Ich hab mal lieber Kaffee gemacht, Tee ist eher dein Ding", entschuldigte sich Rolf. Den peinlichen Auftritt vorhin ignorierten sie in stillschweigender Übereinkunft.

Nach dem zweiten Brötchen kam das Gespräch wieder auf das geheimnisvolle Gemälde.

„Wenn man bedenkt, dass die Zahl der Interessenten an dem Bild überschaubar ist, liegt nahe, dass dieselbe Frau, die telefonisch ein Kaufangebot gemacht hat, das Bild kurz darauf auch gestohlen hat."

„Wir wissen über sie leider nur, dass sie einen französischen Akzent hat. Das kommt in Frauenaurach ja nicht so oft vor."

Plötzlich erinnerte sich Martin an die Frau im roten Mantel. Die hatte einen französischen Akzent. Und das war genau in den Tagen, als das Kaufangebot gemacht wurde, das Bild ausgestellt und schließlich gestohlen. Er hatte sie ein paar Mal gesehen, zum ersten Mal beim Bäcker. Natürlich konnte das Zufall gewesen sein, aber es war der einzige Hinweis. Martin erzählte den anderen davon, meldete aber gleich selber Zweifel an, dass die rote Frau auch die gesuchte war.

„Ockhams Rasiermesser," sinnierte Clara.

„Hä?" Rolf war in seinen etwas verkaterten Zustand zurückgefallen und hatte sich am bisherigen Gespräch nicht weiter beteiligt. Das Frühstück zu bereiten hatte ihn einen Großteil seiner morgendlichen Kräfte gekostet, und nun wartete er auf die segensbringende Wirkung des Koffeins. Stark genug war der Kaffee.

Claras Hirn war schon wacher.

„Das ist ein uraltes Prinzip in der Scholastik. Vereinfacht gesagt: Die einfachste Erklärung ist die beste."

„Und was hat der Rasierapparat damit zu tun?"

„Die Philosophen nennen Prinzipien, nach denen man sich durch Abschälen weniger wahrscheinlicher Hypothesen der Wahrheit nähert, Rasiermesser. Namensgeber war William von Ockham, ein Scholastiker des Mittelalters, der aber selber nicht wirklich Urheber des nach ihm benannten Prinzips war."

Rolf starrte Clara ölig an, als ob sie aus einer anderen Welt käme. Schließlich erhob er sich, nahm sein Geschirr zur Spüle mit und verabschiedete sich nochmal ins Bett.

Die anderen beiden gaben sich keine Mühe, ein Grinsen zu unterdrücken.

„Wie finden wir sie nun?"

„Wenn sie mehrere Tage lang in Frauenaurach war, muss sie irgendwo gewohnt haben. Da kommt eigentlich nur der Rote Ochse in Frage."

*

„Nummer 45, groß, mit extra Käse und Knoblauch."

Der Mann brauchte gar nicht auf die Karte oder die Bilder oberhalb der Theke zu schauen, er kannte das Angebot im „Pizza Heaven" auswendig. Manchmal nahm er die 23, mal die 44, mal die 45. So wie heute. Immer mit extra Käse und Knoblauch. Mehr kulinarische Abwechslung brauchte er nicht.

Der Mann hinter der Vitrine nickte, notierte die Bestellung und nahm gleich die der nächsten wartenden Gäste auf.

„Nummer 45, groß, mit extra Käse und Knoblauch, bitte."

„Zu trinken?"

„Danke, nein."

„Und Sie?"

Der blasse, stoppelhaarige junge Mann nahm die Dönerpizza spezial, dazu eine Cola.

„Fünf Minuten", verkündete der Pizzameister in die Runde und schob den Zettel seinem Mitarbeiter hin. Das hielt er niemals ein, hörte sich aber flott an. Der Gast vorne in der Schlange kannte das schon, schließlich war er hier fast jeden Tag. Pizza, kein Getränk. Hatte er ja zuhause. Wie immer.

Während sie warteten, zählte der korpulente Gast Nr. 1 ein paar Münzen ab und legte sie auf den Tresen. Normalerweise achtete er darauf, dass sie auch nur von Gino, dem Pizzamann, einkassiert wurden. Heute hatte ihn allerdings abgelenkt, dass direkt hinter ihm jemand genau dieselbe Pizza bestellt hatte wie er. Und zwar eine Frau. Die Stimme hatte angenehm geklungen, er war in Versuchung, sich nach ihr umzudrehen, traute sich aber nicht. Komisch. Frauen bestellten doch keine 45. Die 78 vielleicht, die vegetarische. Oder zumindest eine kleine. Nicht groß. Und nicht mit extra Käse und Knoblauch. Das war keine Frauenpizza. Er wusste es doch. Vielleicht war es ja ein Mann, und die Stimme klang nur irgendwie ...

„45 mit Käse Knoblauch groß!" schallte es von vorne.

„Hier bitte!" hörte der Mann von hinten die weibliche Stimme. Noch ehe er darüber nachdenken konnte, hatte er sich umgeschaut und erblickte eine Märchenprinzessin. Schneewittchen.

Also das, was er sich in seinen kühnsten Phantasien vorstellte. Er wäre von den fast schwarzen Locken und den damit kontrastierenden strahlend hellblauen Augen noch gar nicht so verwirrt gewesen, wenn ihn die Frau nicht auch noch freundlich angelächelt hätte. Nicht nur unverbindlich, richtig tief in die Augen geschaut hatte sie ihm. Das war er so gar nicht gewohnt, von Frauen nicht, und von schönen Frauen erst recht nicht.

„Oh, Verzeihung, Sie hatten ja dieselbe, nicht? Dann ist die erste natürlich Ihre!" sagte sie freundlich.

Er grinste verlegen, schaute sie nur an und war völlig außerstande, irgendetwas angemessen Freundliches zu entgegnen. Schweißperlen schossen auf seine Stirn.

„Nochmal 45 groß und Dönerspezial."

Glücklicherweise kamen in diesem Moment auch die restlichen beiden Pizzas.

Der junge Dönerspezialmann zahlte wortlos und ging, die schöne Frau streckte mit einem entschuldigenden Lächeln ihren Geldschein am Gesicht des Dicken vorbei nach vorne. Er roch ihr zartes Parfum und war von ihren hübschen Händen mit den rot lackierten Nägeln völlig verwirrt. Trotz allem schaffte er es, seinen Karton entgegenzunehmen und stockte nun, ob er einfach gehen konnte, ob er das überhaupt wollte, ob er jetzt etwas zu der Frau sagen konnte oder durfte oder sollte … ja, er wollte! Es drängte ihn, wenigstens noch einmal ihre Stimme zu hören. Das wäre doch schön, dann wäre das ein toller Abend gewesen. Falls es nicht ohnehin ein Traum war. Eine schöne Frau, sicher zehn Jahre jünger als er, die ihn nicht einfach ignorierte. Sie hatte ihn angeschaut, angesprochen, angelächelt.

※

Im Roten Ochsen empfing sie eine junge Frau mit rundlichem Aussehen, leichtem osteuropäischem Akzent und professionellem Lächeln.

„Guten Tag, die Herrschaften, was kann ich für Sie tun?"

Offenbar arbeitete sie noch nicht sehr lange hier. Martin hatte sie noch nie gesehen, obwohl er bereits ein paar Mal mit Clara zum Abendessen hier gewesen war.

„Wir brauchen nur eine Auskunft über einen Gast, der neulich bei Ihnen logierte."

„Sie hat uns besucht und bei uns etwas liegengelassen", schob Clara nach, der sofort klar war, dass kein Hotelier ohne Weiteres Informationen über Gäste preisgeben würde. Ein junger Mann kam mit einem Stapel Bettwäsche die Treppe hinunter, trat mit entschuldigendem Blick an seine Kollegin hin und stellte eine kurze Frage. Sie nickte knapp bestätigend und wandte sich wieder Clara und Martin zu.

„Nun hat sie aber vergessen, uns ihre neue Adresse mitzuteilen, aber wir würden ihr gerne ihr … ihr Armband zurückgeben."

Die Dame an der Rezeption lächelte undurchdringlich, sie rang offenbar mit sich, ob sie das Ansinnen gleich abblocken oder sich erst einmal anhören wollte, um wen es überhaupt ging. Martin wollte ihr gar nicht erst Zeit für lange Überlegungen lassen und legte nach: „Sie werden sich sicher erinnern, sie trug immer einen roten Mantel und sprach nur Französisch."

Der Mann hatte inzwischen die Laken und Bezüge in einem gewaltigen antiken Bauernschrank verstaut und ging hinter der Theke vorbei ins Büro. Die Mitarbeiterin war wohl nicht so leicht hinters Licht zu führen und lächelte noch immer professionell: „Wie hieß die Dame doch gleich, die Sie suchen?"

Clara plapperte gleich geschäftig los: „Aurélie war in der Woche nach Ostern hier bei uns, das genaue Datum könnte ich nachschauen. Wir brauchen ja nur die Adresse, sie ist neulich umgezogen, das wäre furchtbar nett, dann können wir ihr das Armband zuschicken. Sie hat es bei uns am Waschbecken in der Gästetoilette liegengelassen, und es ist ja nicht ganz wertlos, nicht wahr?"

Vermutlich wäre Clara damit auch nicht durchgekommen, zumal der Vorname ein ganz wüster Schuss ins Blaue war, aber glücklicherweise erschien in diesem Moment wieder der geschäftige junge Mann und warf im Vorbeigehen hilfsbereit ein: „Das war die Dame aus Belgien, von der Sie sprechen, nicht?"

Martin nahm den Ball sofort an: „Ja, richtig. Aus der Wallonie."

Wenn sie französisch sprach, stammte sie wahrscheinlich aus dem südlichen Teil des Landes.

Die Chefin der Meldescheine schaltete sich wieder ein.

„Sie werden verstehen, dass wir über unsere Gäste keine Auskunft geben können. Wenn Sie möchten, dann setzen wir uns mit der Dame in Verbindung und geben ihr Ihre Telefonnummer?"

10. Kapitel

Das war gründlich danebengegangen. Auf der Straße atmeten sie tief durch und hätten nicht mehr sagen können, wie sie aus der Nummer wieder herausgekommen waren.

„Jetzt sind wir so schlau wie vorher."

„Nicht ganz. Wir wissen jetzt, dass sie aus Belgien kam."

„Eigentlich hätte ich mir eine Adresse erträumt. Oder zumindest eine Telefonnummer."

Martin blieb stehen und starrte ein Loch in den Asphalt des Herdegenplatzes.

„Mann, ich hab eine Idee!"

Dann zog er sein Handy aus der einen Tasche und einen Zettel aus der anderen. Er tippte die Nummer und schaute gespannt ins Nichts. Plötzlich schaltete sich seine Mimik wieder ein, was Clara als Zeichen wertete, dass der Gesprächspartner das Gespräch angenommen hatte.

„Hallo, hier Thormann. Schön, dass ich Sie erreiche. Ich hatte eben noch eine Idee, allerdings brauche ich dazu Ihre Hilfe ..."

※

Inzwischen hatte sich der Mann einigermaßen gefangen, obwohl er noch immer unter Strom stand und eigentlich nicht wirklich begriff, was da abging. Aber er wollte es auch gar nicht genau wissen, er ließ sich gerne von diesem Erlebnis treiben. Wenn es ein Traum war, wollte er ihn nicht unterbrechen. Wenn man im Traum merkt, dass es ein Traum ist, dann wacht man davon auf, hatte er mal gehört, und er bildete sich ein, das selber auch schon erlebt zu haben. Wenn es kein Traum war, und das nahm er mal an, das hoffte er, dann wollte er gar nicht genau wissen, warum die Frau so nett zu ihm war, ob sie ihn vielleicht verwechselte, ob sie etwas bezweckte – aber es war ihm eigentlich egal, sollte sie bezwecken, was sie wollte, es war einfach schön, dass sie mit ihm schäkerte. Wenn er doch nur seine Nervosität irgendwie in den Griff bekäme! Seine

Finger zitterten feucht und fühlten sich kribblig an, seine Hände wussten nicht, wohin – am besten in die Hosentaschen, ja, das fällt am wenigsten auf. Könnte ihm nicht etwas Cooles einfallen, was er sagen könnte?

Beim Verlassen der Pizzabude hatte sie ihn einfach nochmal angesprochen, weil sie es so lustig fand, dass er die gleiche Pizza mochte wie sie. Sie aß immer 45 mit Käse und Knoblauch, und sie hatte noch nie jemanden getroffen, der genau die gleiche Kombination bestellte. Unglaublich, wie schön sie war, und trotzdem war sie nett zu ihm. Frauen behandelten ihn sonst bestenfalls distanziert freundlich, aber nie so nett. Die meisten ließen ihn spüren, dass er nicht sonderlich toll aussah, ja okay, fast hundert Kilo waren auch zu viel, aber sie könnten ihm ja auch mal eine Chance geben, seine menschlichen Werte zu zeigen. Diese Frau hier war anders. Immer hatte er sich das gewünscht, aber das kam jetzt so plötzlich und unvorbereitet. Mann, war die lieb zu ihm.

Und sie mochte die gleiche Pizza. Nur das mit dem Pappkarton fand sie nicht so schön, ob er denn seine Pizza aus dem Karton äße? Er hatte ihr nicht erzählt, dass er immer nur den Karton aufklappte, den Fernseher einschaltete und die Pizza mit den Fingern aß. Er hatte gerade noch die Kurve gekriegt, etwas gemurmelt von nein nein, zuhause gäbe es ja richtiges Geschirr, der Karton sei ja nur für den Transport, und dann hatte er die schöne Frau in einem Anfall von Löwenmut gefragt, ob sie nicht mit ihm zusammen, natürlich mit Teller und Besteck, also bei ihm ... und als ihm der Satz fast weggebrochen ist, er vor lauter Courage fast ohnmächtig zu werden drohte, da hatte sie ganz unkompliziert ja gesagt, weil sie eigentlich nicht gerne alleine äße, und das sei doch ein netter Zufall, und es sei schön, dass er auch so spontan sei, und sie liebe spontane Menschen. Und eine Flasche Wein habe sie zufällig auch noch, die brächte sie mit.

Und dann hatte sie ihn auf dem Weg gefragt, was er denn so mache, und er hatte von seiner Arbeit erzählt, und das hatte sie wirklich interessiert, so sehr, dass sie viel lieber mit ihm zusammen in seinem Büro die Pizza essen wollte, das wäre doch aufregend, und er könne ihr gleich alles zeigen. Und er sagte natürlich ja, er sagte zu allem ja, er hätte ihr in diesem Moment auch seine Seele verkauft, nur, um sie lächeln zu sehen und ihre Stimme zu hören. Und so gingen sie mitten in der Nacht in sein Büro, aßen Pizza und tranken Wein, und er war der glücklichste Mensch auf Erden.

*

Die Sonne hatte den Platz vor der Bäckerei Backstein erwärmt, der Wind wurde durch die umstehenden Gebäude hinreichend abgeschirmt, und das aus den benachbarten Gärten quellende Grün verbreitete auch optisch Sommerstimmung. Die drei kleinen runden Tische waren schon den ganzen Tag über besetzt, aber glücklicherweise erwischten Clara und Martin genau den Moment, als sich eine junge Familie gerade zum Aufbruch anschickte. Sie erkannten und begrüßten am Nebentisch Wolfgang Renzel, den Lehrer und Hobbymaler, den sie anlässlich der Ausstellung an Ostern kennengelernt hatten, und seine Frau. Renzel stellte ihnen seine beiden Kinder Jakob und Miriam vor, die – was Martin sofort auffiel – freundlich grüßten und dann dienstfertig das benutzte Geschirr zusammenstellten und zurück in den Laden brachten.

Clara requirierte den frei gewordenen Tisch, Martin nahm ihre Bestellung entgegen und kam kurze Zeit später mit Kaffeetassen und Kuchen wieder. Zitronenrolle für Clara, Bienenstich für Martin.

Kaum hatten sie den ersten Bissen im Mund, klingelte es in Martins Tasche. Er grummelte zunächst etwas, doch sein Gesicht hellte sich schnell auf, als er merkte, wer ihn da anrief.

„Thormann, hallo? ... Oh, ja, wunderbar. Einen kleinen Moment bitte, ich suche etwas zum Schreiben ... jetzt, bitte!"

Es verging eine kleine Weile, Martin notierte sich eine Reihe Zahlen, lauschte noch ins Telefon und sagte dann fröhlich beschwingt:

„Super, haben Sie ganz herzlichen Dank für Ihre Mühe. Das bringt uns jetzt endlich weiter. .... Natürlich informiere ich Sie, wenn wir etwas in Erfahrung bringen, Ehrensache. ... Ja, Ihnen auch noch einen schönen Nachmittag!"

Ein wenig genoss Martin Claras fragenden Blick, dann ließ er die Katze aus dem Sack.

Triumphierend hielt er ihr den Zettel entgegen: „Das hier ist die Telefonnummer der roten Frau!"

„Wow! Nicht schlecht! Wie hast du das geschafft?"

„Wir nehmen ja an, dass die rote Frau auch diejenige war, die bei Frau Koch telefonisch fünftausend Euro für das geheimnisvolle Bild geboten hat. Und da habe ich ihre Tochter Ela gebeten, doch mal nachzusehen, ob die Nummer noch in der Anruferliste des Telefons gespeichert ist. Und siehe da ..."

„0031 ... und dann eine Handynummer. Sie hat aus einem niederländischen Netz telefoniert. Wenn wir jetzt noch Glück haben, kommen wir über die Rückwärtssuche an ihren Namen."

„Machen wir. Gleich nachher."

„Das sollten wir feiern ... es gäbe da noch Erdbeerkuchen vom Blech, der muss sicher dringend weg!"

Martin erklärte sich bereit, in dieser Notsituation helfend einzugreifen. Praktischerweise kam gerade die Bäckereimitarbeiterin heraus, sah nach dem Rechten, fragte nach dem Befinden ihrer Gäste, plauderte etwas mit allen, nahm bei der Gelegenheit die leeren Teller mit und die Bestellung von Nachschub entgegen.

Ein paar Spatzen kamen herangeflattert, inspizierten den Boden und verzogen sich unverrichteter Dinge wieder. Das Kühlaggregat in der Backstube sprang an und summte eine Weile vor sich hin, bevor der Hof wieder in Siesta verfiel.

Der Wind wehte warm und kaum spürbar, gerade so, dass die Sonne nicht zu heiß wurde. Leise Stimmen vom Nachbartisch, auf der anderen Seite raschelte nur eine Zeitung. Clara rutschte auf ihrem Stuhl in Liegeposition und blinzelte in die Sonne.

„So lässt sich's leben!"

„Hmmja. So darf es jetzt die nächsten drei Monate bleiben."

„Bloß nicht. Dann werde ich fett und faul."

„Was machen wir eigentlich in den Sommerferien?"

Die Frage bohrte sichtlich ein Loch in Claras Sommerlaune.

„Frag nicht. Wenn ich mit dem Projekt in Erlangen fertig bin, wartet noch das Jubiläum der Bayerischen Staatsbibliothek. Die werden nächstes Jahr 450 Jahre alt und machen eine Ausstellung, und ein paar Stücke werden vorher bei uns hergerichtet. Vor Mitte August kriege ich keinen Urlaub. Zumindest keine zwei Wochen am Stück."

„Schade. Ich hatte schon gehofft, wir könnten zusammen irgendwohin fahren."

Sie griff nach seiner Hand.

„Alternativprogramm: Wir setzen uns abends auf die Terrasse und stellen uns vor, dass nicht die Autobahn, sondern das Mittelmeer rauscht. Dazu stellen wir uns ein *pichet blanc* in den Kühler."

„Das klingt schon mal ganz gut ... aber vielleicht springt ja doch noch eine kleine Reise heraus, solange das Wetter noch gut ist? Toskana ist ja doch noch etwas anderes als zuhause."

„Ich sehe zu, was sich machen lässt. Mehr kann ich nicht versprechen. Hat Rolf eigentlich schon Erfolg bei seiner Wohnungssuche gehabt?"

Die Erwähnung dieses Themas war Martin sichtlich unangenehm. Der Sommer mit Clara alleine wäre natürlich unvergleichlich viel romantischer. Und wenn er Rolf nicht idiotischerweise locker flockig eingeladen hätte, könnten sie auf die nächsten Wochen schon viel entspannter blicken. Clara hatte ihm gegenüber das noch mit keinem Wort anklingen lassen, aber natürlich war ihr das auch klar. Rolf kam derweil mit seiner Suche einfach nicht aus dem Quark. Nicht, dass er selber mit der Situation zufrieden gewesen wäre, aber das Zusammenwirken aus seiner Antriebslosigkeit und dem aussichtslosen Wohnungsmarkt wirkte auf fatale Weise lähmend.

Martin schüttelte den Kopf.

„Ich habe es noch nicht übers Herz gebracht, ihm wirklich in den Hintern zu treten."

Es dauerte noch eine ganze Weile, bis die Sonne hinter die Kante des Nachbargebäudes gewandert war und sie beschlossen, den restlichen Tag nicht völlig ungenutzt verstreichen zu lassen.

※

In der Mittagspause war er schnell in die Apotheke um die Ecke gegangen. Eine Packung Aspirin, vielleicht half ihm das. Der Chef hatte ihn glücklicherweise nicht gefragt, warum er schon da war, morgens, als allererster, das war er ja sonst nie. Und erst recht wollte er ihm nicht sagen, dass er die ganze Nacht hier gewesen war. Und warum er hier war.

Er hatte Glück. Niemand wollte etwas von ihm an diesem Tag. So konnte er mit einer Kanne Kaffee am Tisch sitzen und in seinen Gedanken sortieren, was eigentlich gestern passiert war.

War es wirklich? Oder hatte er nur alles geträumt? Doch, natürlich. Als er heute früh an seinem Tisch aufgewachte, lief sein Computer und auf dem Bildschirm stand eine Nachricht:

„Danke für den netten Abend! Ich hoffe, es geht Dir wieder besser. Ich habe mir erlaubt, das Geschirr zu spülen und die Kartons wegzubringen – nicht dass du Ärger bekommst, weil du jemanden mitgebracht hast. Keine Sorge, ich halte dicht! Liebe Grüße, Küsschen!"

Richtig, irgendwie war es ihm plötzlich schwummrig geworden, dann erinnerte er sich an nichts mehr. Lieb von ihr, dass sie ihm das nicht übel genommen hatte. Nein, er würde auch niemandem etwas erzählen. Niemals. Dieser Abend, diese Erinnerung war sein Schatz, den würde er hüten wie seinen Augapfel. Und vielleicht, träumte er verzückt, würde er sie ja eines Tages wiedersehen, zumindest würde er ganz fest hoffen, sie wiederzusehen, die schöne Frau mit den schwarzen Haaren und dem roten Mantel.

*

Es gibt eine Seite im Internet, mit der man ein beliebiges französisches Autokennzeichen seinem Ausgabetag und -département zuordnen kann. Über die Vielseitigkeit von Onlinediensten konnte Martin nur immer wieder fasziniert den Kopf schütteln. Demgegenüber war es geradezu pillepalle, eine Telefonnummer dem dazugehörigen Teilnehmer zuzuordnen.

„Muss aber nicht funktionieren. Manche Kunden widersprechen explizit der Rückwärtssuche ihrer Nummer, und nicht jedes Handy ist so zu finden. Wenn die Dame Dreck am Stecken hat, hatte sie wahrscheinlich eine prepaid-Karte, die mit persönlichen Daten nicht verknüpft werden kann."

Clara dämpfte Martins Euphorie sicherheitshalber, während der Computer startete.

Betriebssysteme starten besonders gemütlich, wenn sie schnell gebraucht werden.

Anmeldung. Passwort. Jetzt aber!

Browser – Rückwärtssuche – Nummer eintippen – Enter.

„Yeah!!"

Völlig unspektakulär erschien auf dem Bildschirm der Datensatz: *Béatrice LaCroix, Maasweg 34, 1628 ED Hoorn, NL.*
Martin war begeistert.

„Wahnsinn! Die rote Frau hat einen Namen. Béatrice LaCroix."

„Und sie ist Niederländerin. Obwohl sie ihrem Namen und ihrem Akzent nach wohl aus Frankreich stammt."

„Oder eben Belgien."

„Stimmt. Das läge den Niederlanden auch sprachlich sogar noch näher."

„Jetzt können wir immerhin vermuten, dass das gestohlene Bild in den Niederlanden oder in Belgien ist, vielleicht sogar in Hoorn. Nur wissen wir damit immer noch nicht, warum sie es gestohlen hat, eventuell für wen, und was daran wertvoll ist."

„Rom ist auch nicht an einem Tag erbaut worden."

Martin lehnte sich zurück und schaute die Decke an, als könne man da weitere Informationen lesen.

„Nehmen wir mal an, die Sorge von Frau Koch ist berechtigt, und ihr Großvater hat das Bild tatsächlich in Brügge irgendwie illegal in seinen Besitz gebracht. Nehmen wir ferner an, es hat einen bedeutenden Wert, von dem wir nichts ahnen. Kann man herauskriegen, welche Bilder damals dort verschwunden und bis heute nicht wieder aufgetaucht sind?"

Clara schüttelte den Kopf.

„Wenn es vollständige Verzeichnisse gäbe, was in jenen Jahren gestohlen worden ist, wäre die Forschung wesentlich weiter. Es gab ja nicht nur Museen. Vieles wurde bei Privatleuten beschlagnahmt, manches unter Druck verkauft. Und der Verbleib der Kunstwerke ist auch sehr schwierig zu recherchieren, wenn sie nicht in irgendeiner Sammlung wieder aufgetaucht sind."

„Immerhin gibt es von Frau Koch den Hinweis darauf, dass Friedrich Weedemeyer in Brügge irgendwie als Fachmann für Kunst eingesetzt worden ist."

„Ich könnte natürlich mal in den dortigen Museen und Galerien herumfragen, ob in den Archiven etwas über ihn bekannt ist."

Sie zog ihr kleines Moleskine aus der Tasche und notierte sich etwas. Martin kannte diese wunderhübschen, stilvollen Stücke, die den alltäglichsten Einkaufslisten und Terminen auf cremeweißem

Papier mit abgerundeten Ecken einen Hauch von Adel in feinem schwarzen Leder verliehen. Mit rotem Leseband natürlich. Clara war frankophil genug, das auslautende e im Markennamen nicht mitzusprechen, obwohl sie natürlich wusste, dass es sich um eine italienische Traditionsmarke handelte. Sie sah Martins Blick und grinste.

„Hat mir meine Schwester zu Weihnachten geschenkt."

„Gerade recht für die Künstlerin. *Noblesse oblige*", gab er galant zurück. Sie steckte das Buch wieder ein.

„Wenn wir schon am Computer sitzen, zeig ich dir gleich noch etwas!"

Clara zog den Laptop wieder zu sich und rief eine andere Seite auf. Es erschien ein schwarzer Bildschirm mit einer stilisierten Deutschlandkarte, links ein kleines Eingabefeld.

„Schau mal her, das ist ein tolles Spielzeug. Ich zeige dir jetzt, wieviele Rieneckers es in Deutschland gibt und wo sie sind."

Clara tippte ihren Nachnamen in das Eingabefeld. Wenige Sekunden später wuchsen in ganz Deutschland mehr oder weniger hohe Zylinder nach oben, und neben der Karte erschien die Auswertung:

„name: Rienecker
301 Übereinstimmungen in 142 Clustern
bisher 80 Zugriffe auf diesen Namen, zuletzt vor 8 Monaten
Landesweiter Rang: 13342"

Martin war ob des Angebots beeindruckt, wusste aber nicht recht, wozu das gut sein soll.

„Nun wissen wir, dass 13341 Nachnamen häufiger sind als Deiner. Und dass sich zuletzt jemand vor einem Dreivierteljahr dafür interessiert hat."

„Warte."

Wieder tippte Clara.

„Voilà!"

Die Karte blieb leer. Der eingeblendete Text lautete:

„name: Weedemeyer
0 Übereinstimmungen in 142 Clustern
bisher 2 Zugriffe auf diesen Namen, zuletzt vor 1 Tag
Landesweiter Rang: -"

Martin pfiff anerkennend.

„Dann ist der Name ja wirklich einzigartig, und inzwischen wohl komplett ausgestorben."

„Zumindest in Deutschland. Aber es gibt solche Seiten auch für andere Länder. Das mache ich morgen, bisher bin ich noch nicht dazu gekommen. Jetzt kommt aber noch etwas Interessantes dazu. Schau dir mal die Zugriffsinformation an."

Martin erkannte, was Clara meinte.

„Zwei Zugriffe auf einen Namen, den es gar nicht gibt. Oder sind die beide von dir?"

„Der letzte Aufruf ist meiner. Aber vor mir – laut der gestrigen Anzeige war das kurz vor Ostern gewesen – hat sich noch jemand anderes für diesen Namen interessiert."

*

Van de Bilt gehörte nicht zu den Menschen, die am Telefon unnötige Worte machten. Sein Gespräch war dementsprechend schon nach einer knappen Minute erledigt. Im letzten Moment, bevor er den Hörer wieder auflegen wollte, hielt er jedoch angesichts der Nummer im Display inne. Fast bedrohlich leise fragte er:

„Béatrice, einen Moment noch ... von welchem Telefon aus rufen Sie an?"

Kurze Pause. Noch leiser:

„Haben Sie in Deutschland ebenfalls von Ihrem eigenen Handy aus angerufen?"

Die Antwort schien ihn alles andere als zu erfreuen, seine Lautstärke explodierte:

„Verdammt, wofür habe ich Ihnen extra ein unregistriertes Mobiltelefon mitgegeben? Haben Sie schon mal daran gedacht, dass diese Nummer und Ihr Name jetzt bei allen Unternehmen gespeichert ist, wo sich Ihr Gerät unterwegs eingeloggt hat? Ganz zu schweigen von der Weedemeyer-Enkelin."

Schüchterne Verteidigung am anderen Ende. Van de Bilt brüllte weiter:

„Doch, auch dort. Das speichert doch jedes Gerät in der Anruferliste. Sie haben ja nicht einmal eine Rufnummernunterdrückung!"

※

Clara gab Martin einen Kuss, winkte und setzte sich in ihren 2CV. Meistens nahm sie für die Strecke zwischen Nürnberg und Frauenaurach Bus und Bahn, was angesichts des Fahrkomforts auch mit Sicherheit die angenehmere Wahl war. Heute sollte sie aber mehrere Taschen voller Bücher, Ordner und Zeitschriften aus dem Museum mitnehmen, teilweise auch empfindliche Archivalien, die sie für ihre Tätigkeit in Erlangen brauchen würde. Außerdem begann es zu regnen. Die Nacht würde sie in Nürnberg bleiben, mal wieder nach Pieter und nach dem Rechten in ihrer Wohnung sehen. Der Nachbarin, die sich während ihrer Abwesenheit um alles kümmerte, ein paar Blumen und eine Schachtel Pralinen mitbringen. Morgen wollte sie dann direkt nach Erlangen fahren und erst abends wieder in Frauenaurach sein.

Auch gut. Den freien Tag gedachte Martin seiner eigenen Arbeit zu widmen. Schließlich konnte er unmöglich auf Dauer davon leben, ehrenamtlich nach der Herkunft gestohlener Bilder zu fahnden.

Er winkte dem knatternden Oldtimer nach, dann schloss er die Haustür, bereitete sich, seinem ewigen Ritual folgend, eine Kanne Tee und setzte sich an den Wohnzimmertisch.

Die restlichen Kapitel des Berlinkrimis „Die Leiche am Kotti" sollten heute zu schaffen sein. Die recht spannend geschriebene Story um eine ermordete junge Türkin am U-Bahnhof Kottbusser Tor war gut zu lesen, es gab ausgesprochen wenige Tippfehler oder unklare Passagen. Nicht unbedingt Weltliteratur, aber, soweit Martin – der Kreuzberg ganz gut kannte – das beurteilen konnte, mit vielen lokalen Bezügen bei echter Ortskenntnis.

Gegen halb drei war er fertig, hatte die Datei mit seinen Korrekturen und Anmerkungen abgeschickt und beschlossen, sich aus zwei Spiegeleiern und allerlei Resten, die seine Mitbewohner in den letzten Tagen geflissentlich im Kühlschrank übersehen hatten, ein verspätetes Mittagessen zu kombinieren.

Das Wetter hatte sich seit dem Morgen nicht verbessert. Es nieselte. Unspektakulär, aber unfreundlich. Nichts, was einen von konzentrierter Arbeit abhalten muss. Martin nutzte die Gunst dieser

Stunde und setzte sich nach dem Essen an seinen eigenen Roman. Es sollte der letzte um Kommissar Johansen werden, dessen war er sich sicher. Die Handlung war ausgelutscht. Vielleicht konnte er den Verlag überreden, einen neuen Protagonisten ins Programm zu nehmen. Oder er würde etwas völlig anderes suchen. Mal sehen.

Eine frische Kanne stand auf dem Tisch, feiner Dampf stieg aus der Tülle, die Datei erschien eben auf dem Bildschirm – und das Telefon klingelte.

Noch immer musste Martin bis in den Flur eilen, wenn er angerufen wurde.

„Thormann? – Hallo ... wie? Woher soll ich ...? Nein, mein Telefon hat kein Display. Weißt du doch. Was gibt's denn?"

Rolf kratzte am anderen Ende der Leitung ein wenig herum und verkündete dann, dass er heute Abend nicht käme. Er bliebe spontan bei Freunden. Er wollte nur Bescheid sagen.

„Alles klar, danke für die Info. Dann koch' ich heute nur für mich."

„Ist Clara denn nicht da?"

„Die schaut heute mal wieder nach Pieter, weil sie sowieso etwas in Nürnberg zu erledigen hatte."

„Und ich hab schon gedacht, jetzt habt ihr mal einen Abend für euch, wenn ich nicht da bin."

„Ich werde ihn schon sinnvoll verbringen."

„Naja, vielleicht hab ich ja bald wieder eine Bleibe."

Diese Nachricht hatte Martin nun wirklich nicht erwartet. Rolf wiegelte auch gleich wieder ab.

„Genau kann ich's noch nicht sagen, aber naja, *schaumeramål*."

Zu gerne hätte Martin gefragt, aus welchen finsteren Quellen Rolf so urplötzlich eine Wohnung zaubern wollte. Er beschränkte sich aber dann doch darauf, ihm viel Erfolg zu wünschen.

Gerne hätte er auch gewusst, ob „heute Nacht bei Freunden" eher „heute Nacht bei Bekki" heißen müsste, aber das zu fragen, verbot sich natürlich von selber. So machte er aus dem Tag das Bestmögliche: er ließ seinem schriftstellerischen Geist die Zügel fahren und tippte sich die Finger wund. Es hatte etwas für sich, dass er sich weder um zugesagte Mahlzeiten, noch peinlich unaufgeräumte Tische oder um ungespültes Geschirr Gedanken machen musste.

Schon länger hatte ihn nicht mehr so die Muse geküsst wie an diesem Nachmittag. Einen Moment lang fragte er sich, wie er diese Beobachtung, dass die Einsamkeit seiner Kreativität durchaus Vorschub leistete, bewerten sollte, dann gab er sich einfach der Welt um Kommissar Johansen hin.

Gegen Mitternacht tippte er noch immer, hatte in einem Anflug von Vernunft der Versuchung widerstanden, sich zu dieser späten Stunde noch die fünfte Kanne schwarzen Tee zu kochen und schenkte sich lieber ein Glas Nachtbräu ein. Die drei Flaschen mit dunklem Bier stammten aus der Produktion einer Gruppe Frauenauracher Hobbybrauer. Erwin Roth hatte sie ihm neulich spontan vorbeigebracht.

„*Schauamål, des hådd mei Sohn selber braud. Des brobiersd amål, damidsd amål siggsd, dass bei uns fei aa a gscheids Bier gibd!*"

Herr Roth hatte nicht übertrieben, das Produkt konnte sich sehen lassen. Wovor Martin nicht gewarnt worden war, war der nicht unerhebliche Alkoholgehalt, aber als Gegendroge zum vielen Tee war das um diese Zeit vielleicht gar nicht schlecht.

Die zweite Flasche war um halb drei leer und hatte den Kampf gegen das Koffein gewonnen. Mit dem zufriedenen Gefühl, einiges geschafft zu haben, legte er sich zu Bett.

11. Kapitel

Um halb fünf klingelte das Telefon. Es dauerte einige Zeit, bis Martins Gehirn soweit auf Touren war, dass er sich der Uhrzeit bewusst werden und seinen Körper nach unten schleppen konnte.

„Hallo?" nuschelte er in den Hörer, ohne sich um Freundlichkeit zu bemühen. Eine aufgebrachte Stimme schrie ihn an:

„Hör mal her, du Scheißkerl. Glaubst du, ich merk das nicht? Jetzt ist Schluss! Verstanden? Ich brech' dir sonst alle Knochen im Leib."

Die Stimme war rasend vor Zorn, und aus den verwaschenen Konsonanten klang reichlich Alkohol heraus. Martin wollte etwas entgegnen, als er schon hörte, wie das Gespräch von der anderen Seite beendet wurde. Wahrscheinlich hätte er vermutet, dass der Anrufer sich nur verwählt hatte, doch da fiel ihm die Botschaft ein, die er neulich im Briefkasten gefunden hatte. Und auch wenn er dem Anruf normalerweise und nach nüchterner Überlegung nicht viel Bedeutung beigemessen hätte, sorgte er bei Martin zu dieser nachtschlafenden Zeit für heftiges Herzklopfen. Irgendetwas musste ihm tatsächlich völlig entgangen sein, und er hatte das Gefühl, er sollte sich rechtzeitig darum kümmern, was das war. Bevor wieder, wie letztes Jahr, Scheiben zu Bruch gingen.

Den nächsten Morgen begann Martin, gemessen an der Kürze der Nacht – er hatte fast eine Stunde gebraucht, wieder einzuschlafen –, recht frühzeitig. Um halb acht stand das Frühstücksgeschirr in der Spüle und der Laptop fuhr hoch. Zeitgleich mit dem Aufploppen des Fensters „Ein Update für ... steht bereit" mit den Optionen „installieren"oder „später erinnern" klingelte das Telefon. Clara war schon in Erlangen und klang ziemlich hibbelig.

„Martin, ich habe etwas Irres gefunden. Hör zu, gestern fielen mir zufällig die VDR-Nachrichten in die Hände ..."

„Was bitte?"

„Fachzeitschrift der deutschen Restauratoren. Egal. Die haben einen Text abgedruckt, der ursprünglich in den ECCO-reports 2005 stand ..."

„... ?"

„European Confederation of Conservator-Restorers' Organisations; das liest kein Mensch, wenn er nicht beruflich muss, aber hier stand ausnahmsweise etwas drin, was für unser Problem hochspannend ist. Pass auf!"

Sie überschlug sich fast. Martin verkniff sich weitere Rückfragen und hörte zu.

„Eine irische Wissenschaftlerin ist nämlich vor zwei Jahren in ihrem Museumsarchiv über ein Verfahren gestolpert, mit dessen Hilfe während des Krieges Gemälde getarnt und damit vor den Nazis verborgen wurden. Das haben damals ein paar Mitarbeiter des Hauses im besetzten Brügge ausgetüftelt, um wenigstens ein paar Kunstwerke dem Zugriff der Deutschen entziehen zu können. Du kennst die Geschichte?"

„Ja, in groben Zügen ... die Nazis haben eine Menge Kunstwerke in den besetzten Gebieten für ihre Museen gestohlen, und im Gegenzug Werke der sogenannten „entarteten Kunst" im Ausland verkauft."

„Genau. Und da gab es eine Gruppe, die auch mit der belgischen Résistance zusammengearbeitet hat, die haben das eine oder andere Bild mit einer speziellen Farbe übermalt, um die Bilder zu tarnen. Als wertloses, drittklassiges Gemälde konnte man es leicht durch alle Kontrollen bringen oder sogar einfach bei den eigentlichen Besitzern lassen. Das Bindemittel für diese Farbe ist extra dafür erfunden worden, damit man es später leicht wieder vom Untergrund ablösen kann, ohne dass das Bild darunter groß leidet."

„Das wird dann stark von der Art des Untergrunds abhängen, oder?"

„Richtig. Das funktioniert auf gut durchgetrockneter Ölfarbe, wenn sie nicht allzu pastös aufgetragen worden ist. Aber das ist schließlich ein in der Kunst sehr verbreitetes Malmittel. Eine Aquarellskizze kann man damit nicht überdecken."

„Und du meinst nun, dass unser Bild vielleicht ein derartig getarntes Kunstwerk sein könnte?"

Martin spürte, wie sein Puls sich beschleunigte.

„Wäre doch möglich, oder? Pass auf, es gibt sogar noch ein Indiz!"

„Lass hören?"

„Die Gruppe, die das gemacht hat, arbeitete im ... Trommelwirbel! ... Groeningemuseum in Brügge! Auch diese Spur führt nach Belgien."

Martin staunte einen ganzen Turm Bauklötze. So langsam nahm die Geschichte Gestalt an. Wenn Weedemeyer in Brügge im Museum tätig war und für die Deutschen Kunst beschlagnahmt hat, könnte er mit der Gruppe in Kontakt gestanden haben, die solche Werke getarnt und in Sicherheit gebracht hat. Irgendwann hat er wohl erkannt, dass sich das Verfahren auch eignet, in die eigene Tasche zu wirtschaften und sich mit einem der Bilder abgesetzt. Vermutlich mit einem ziemlich wertvollen, denn sonst hätten sich der Aufwand und das Risiko nicht gelohnt.

Clara kündigte an, sie werde sich noch heute mit dem Groeningemuseum in Verbindung setzen und fragen, ob man über die Gruppe dort Näheres wisse.

*

17. September 1944

„Soll das heißen, du bist desertiert?"

Das Gesicht seines Gegenübers drückte eine Mischung aus Skepsis, Angst und Missbilligung aus.

„Nenn es wie du willst, Onkel. So wie sich die Dinge im Moment entwickeln, wird man dadurch morgen noch zum Helden."

„Was für ein Quatsch. Du hast deine Kameraden im Stich gelassen, um deinen eigenen Arsch zu retten. So etwas tut ein deutscher Soldat nicht."

„Ach komm, hör mir auf damit. Jeder Idiot weiß, dass der Krieg verloren ist und die Alliierten in zwei Wochen vor der Reichskanzlei stehen."

Der Mann fuhr sich ärgerlich mit der Hand durch seine kurzen grauen Haare.

„Und wenn. Es geht ums Prinzip."

„Und um des Prinzips willen soll ich mir jetzt noch eine Kugel in den Kopf jagen lassen? Mach die Augen auf! Es ist aus! Und das ist auch gut so."

Der Grauhaarige schaute seinen Neffen entsetzt an.
„Gut findest du das? Weißt du, was die mit uns machen werden, wenn sie erst einmal hier sind?"
Der Jüngere sah seinem Onkel tief in die Augen.
„Ich weiß nur, dass dann das sinnlose Sterben ein Ende hat, dass niemand mehr seine Fenster verdunkeln muss und dass ich wieder zu meiner Familie kann! Und egal wie die Zukunft aussieht: Schlimmer als im Moment unter meinen eigenen sogenannten Landsleuten kann es nicht werden."

*

Clara winkte mit der einen Hand Martin zu, der gerade hereinkam, die andere hielt das Telefon ans Ohr. Martin stand in Claras temporärer Werkstatt im Erlanger Stadtmuseum. Ihre Tätigkeit hier schien weniger handwerklich als vielmehr akademisch zu sein, denn anstelle der Pinsel, Fläschchen und Tuben, Spachtel, Gläser und Tücher, die er in Nürnberg gesehen hatte, war dieser Raum vor allem mit Büchern, Ordnern, Archivkästen und anderer Papeterie gefüllt. Während er sich umsah und die Buchrücken der Fachliteratur, Bildbände und Kataloge studierte, hörte er die hiesige Hälfte des Gesprächs. Offenbar ein Ferngespräch, denn Clara sprach englisch.

„Ich bin Ihnen wirklich sehr dankbar, dass Sie so viel Aufwand getrieben haben ... ja, ich werde sie auf jeden Fall kontaktieren. Können Sie mir ihre Nummer geben? ... Ah, verstehe. Und die Adresse?"

Clara fischte aus den Papieren auf dem Schreibtisch einen Block, zog einen Kugelschreiber aus dem orangen Utensilo-Stiftehalter und notierte etwas. Martin fragte sich, warum dieses 70er-Jahre-Stück nicht schon längst als Exponat in einer Vitrine stand.

„Ja, habe ich, danke. ... ach, das werden wir irgendwie schaffen. Natürlich bekommen Sie Nachricht, wenn sich etwas ergibt. ... Ja, Ihnen auch, vielen Dank!"

Als Clara den Hörer auflegte, strahlte sie wie ein Klotz Uran. Während sie Martin einen Kuss gab und ihre Tasche nahm, sprudelte es aus ihr heraus:

„Hallo mein Schatz, ich habe gerade mit dem Leiter des Groeningemuseums telefoniert, wir sind auf einer heißen Fährte. Vielleicht gibt es hier ein nettes Café, dann erstatte ich dir bei einem Kaffee genau Bericht. Joop van Dreema, also der Direktor, hat sofort Feuer gefangen. Er findet das auch hochspannend und hilft uns gerne, soweit er kann. Wo gehen wir hin?"

Die letzte Frage bezog sich offenbar auf ein Café. Martin lenkte sie die Hauptstraße hinunter in Richtung Innenstadt, die sich nach ein paar hundert Metern zur Fußgängerzone beruhigte und auf den Schlossplatz führte. Im Café Markgraf rechts gab es noch genau zwei Stühle in der Sonne.

„Lass hören!" feuerte Martin Clara an. Sie ließ sich nicht zweimal bitten.

„Also: Die irische Mitarbeiterin, die vor ein paar Jahren das Verfahren zum Tarnen von Gemälden wiederentdeckt hat, heißt Dr. Sinéad O'Brian. Sie hat im Moment Urlaub und ist in der Bretagne. Da verbringt sie im Sommer immer mehrere Monate, weil sie auch von dort aus arbeitet. Oft hat sie ihr Handy aber auch einfach ausgeschaltet und ist deshalb nicht so einfach erreichbar. Von der Netzabdeckung in der Gegend mal ganz abgesehen. Eine Latte macchiato, bitte!"

Der letzte Satz galt dem jungen Mann, der mit routiniertem Griff Karte und Zuckerstreuer anhob, den Tisch flüchtig abwischte und gleichzeitig „Hallowasdarficheuchbringen?" fragte.

Martin schloss sich der Einfachheit halber an und orderte noch ein Stück Apfelkuchen, während Clara fortfuhr:

„Gleich heute Morgen habe ich in Brügge angerufen, und van Dreema hat sich sofort bemüht, die entsprechenden Akten im Archiv zu finden. Leider stecken die gerade bis zum Hals in der Arbeit, weil sie eine Ausstellung vorbereiten müssen und ein Mitarbeiter spurlos verschwunden ist. Aber er erinnerte sich in groben Zügen an die Geschichte. Ob es einen Deutschen namens Weedemeyer in Brügge gegeben hat, wusste er nicht zu sagen. Aber Mrs. O'Brian könne uns da sicher weiterhelfen. Ich habe ihre Telefonnummer und ihre Adresse in Minard, in der Bretagne."

„Wäre das nicht ein schöner Anlass, den diesjährigen Urlaub in die Bretagne zu verlegen?"

Clara verdrehte die Augen.

„Ich bekomme wirklich nicht frei. Das ist ziemlich chancenlos. Das habe ich dir schon gesagt."

„Stimmt, ich hatte vergessen, dass du die Welt retten musst ..."

Die faule Bemerkung entwischte Martin bissiger als beabsichtigt, Clara reagierte dementsprechend verstimmt: „Ich habe mir das nicht rausgesucht. Die wenigsten Menschen können sich ihre Arbeitszeit so frei einteilen wie du."

Die Anlieferung von Kaffee und Kuchen nahm kaum etwas von der Spannung, Martin bot Clara versöhnlich ein Stück vom Kuchen an. Sie lehnte kühl dankend ab. Martin seufzte.

„Sorry, das wollte ich nicht so sagen, also, das war nicht so gemeint, wie es klang."

Clara grummelte nur etwas. Als ob sie freiwillig auf einen Sommerurlaub verzichten würde! Damit wollte sie sich nicht auch noch aufziehen lassen.

Im Verlauf des Kaffees schwand der spontane Ärger, aber die Kurve zum Einlenken kriegte sie nicht.

Martin seinerseits sah seine Schuld nicht groß genug für einen Kotau, und so schaufelte er lust- und wortlos den im Übrigen hervorragenden Apfelkuchen in sich hinein. Natürlich sind solche kleinen Verstimmungen ab und zu normal, sagte er sich. Gehört einfach zum Leben zu zweit. Wahrscheinlich wäre aber alles auch etwas einfacher, wenn es denn ein Leben zu zweit wäre und vielleicht auf absehbare Zeit zu dritt. Die Hängepartie musste ein Ende haben. Rolf brauchte dringend eine Bleibe.

※

An der Tatsache, dass Martin sich seine Zeit ziemlich frei einteilen konnte, gab es keinen wirklichen Zweifel. Im Grunde war es völlig egal, wo in der Welt er Texte las, korrigierte oder verfasste. Ab und zu brauchte er einen Internetzugang, um mit dem Verlag in Kontakt zu treten, aber den konnte er überall finden. Das einzige Hindernis für unendliche Fernreisen stellte Martins Kontostand dar, doch bei sparsamer Lebensweise sollten ein paar Wochen Frankreich schon herausschauen. Clara ermutigte ihn, darauf nicht aus falsch verstandener Solidarität zu verzichten.

Clara steckte, wägte Martin ab, tagsüber ohnehin im Museum, abends hatte sie oft noch Arbeiten zu erledigen. Rolf versuchte, sich unauffällig zu verhalten, aber er konnte sich schließlich nicht in Luft auflösen. Martin hatte genügend Manuskripte zu lesen und einen eigenen Roman zu schreiben. Schließlich fiel seine Entscheidung: Er würde bei Erholung in frischer Atlantikluft Geld verdienen und nebenbei die Recherchen zu ihrem Bilderrätsel vorantreiben.

Vielleicht konnte Sinéad O'Brian ja etwas Licht in das Dunkel um das Geheimnis bringen.

12. Kapitel

Die Sonne ging gerade auf, es war ungewöhnlich kalt für die Jahreszeit. Selbst so früh am Morgen. Unter der dichten Wolkendecke war vom Tagesanbruch nicht mehr zu sehen als trübes Grau. Der Zug war schon in Nürnberg mit erheblicher Verspätung losgefahren, die Lok musste noch auf die andere Seite rangiert werden. In Ansbach hieß es zur Begründung der Verzögerung lapidar: technische Störung. Man durfte sich fragen, warum die Zeit für solche Dinge nicht im Fahrplan eingerechnet werden konnte. Aber immerhin ging es jetzt weiter.

Draußen krochen Wassertropfen, vom Fahrtwind getrieben, die Scheibe entlang. War das der kondensierte Morgennebel oder schon Nieselregen? Bei jedem Halt stiegen Pendler ein und aus. Martin war zunehmend davon genervt, dass ständig Fahrgäste durch den Gang kamen, die zwar die Tür öffneten, hinter sich aber nicht wieder schlossen. Immerhin war die Frischluftzufuhr damit sichergestellt. Angesichts der eiskalten Heizung wäre ihm der lauwarme Mief aber lieber gewesen. Eine vorbeieilende Zugbegleiterin belehrte ihn auf Anfrage, die Heizung habe ja nicht funktionieren können, ohne Lok. Warum sie aber jetzt immer noch nicht ginge? Das wusste die Bahn auch nicht.

Martin wärmte sich die Finger an dem noch halbwegs temperierten Kaffeebecher. Um dem Risiko eines überteuerten und schlechten Kaffees im Zug zu entgehen, hatte er sich vorher außerhalb des Bahnhofs einen Becher „to go" erstanden, der sich leider als noch teurer und absolut ungenießbar entpuppt hatte, nun aber immerhin als Behelfsheizung taugte.

Der Lautsprecher knackte und raschelte, die Stimme der Zugbegleiterin ging im Rattern der Fahrgeräusche unter. Martin glaubte noch den Hinweis zu erkennen, man solle auch auf die Durchsage am Bahnsteig achten. Wieso hatte er auch nicht die paar Euro mehr investiert und die ICE-Verbindung genommen! Beim nächsten Halt schüttete er die kalt gewordene Kaffeeplörre zwischen Zug und Bahnsteigkante ins Gleisbett und entsorgte den Pappbecher.

Die Stunden verstrichen, der Zug fuhr den Wolkenfronten entgegen und hatte sie schließlich unterquert. Als die Sonne herauskam, wurde es gemütlicher. Martin hatte einen Platz mit Tisch gewählt, so konnte er jetzt seinen Laptop auspacken und sich der Arbeit an Kommissar Johansens Ermittlungstätigkeit widmen. Zwei junge Frauen stiegen wortreich zu und fragten, ob sie mit am Tisch Platz nehmen dürften. Martins nach außen freundlich einladende Geste verbarg geschickt die Enttäuschung über die Störung seiner Arbeit. Das folgende, angeregt und überlaute Gespräch der beiden über die „voll verpeilten" Kolleginnen in ihrer Abteilung machte es nicht besser.

Ein Gastroservicemitarbeiter der Deutschen Bahn fragte sich durch die Reihen, wer denn einen Kaffee möchte. Martin lehnte dankend ab, die beiden Damen neben ihm ignorierten ihn.

In Frankfurt stieg er um in den ICE nach Paris.

Jetzt war Zeit für ein zweites Frühstück. Martin holte gleich beim Einsteigen einen Milchkaffee aus dem Bistrowagen, stellte den Pappbecher auf den Klapptisch, fragte sich, was passieren würde, wenn sein Vordermann just in diesem Moment seinen Sitz in Liegeposition bringen würde, und tastete in seinem Rucksack nach den Käsestullen. Dabei fiel ihm noch ein Stück Obst in die Hand. Stimmte ja, eine Kaki hatte er auch noch eingepackt. Er liebte diese dicken, süßen, kernlosen Früchte. Mit etwas Sorge stellte er fest, dass das Fruchtfleisch unter der glücklicherweise festen Schale heftig unter dem Transport gelitten haben musste und sich verdächtig matschig anfühlte. Mit dem sicheren Wissen, dass es keine gute Idee sein würde, biss er vorsichtig hinein, saugte vorsorglich den Saft aus dem weichen Ding und spürte doch schon den ersten klebrigen Tropfen an seiner Hand hinunterrinnen. Geistesgegenwärtig zog er ein Papiertaschentuch aus der Seitentasche seines Rucksacks, konnte aber den Strom nur teilweise aufhalten. Bei dem Versuch, das im Mund befindliche Stück Schale ganz abzubeißen, riss die Frucht vollends ein, und mit lautem Schlürfen entschied er sich spontan gegen die ästhetischen Gefühle seiner Mitreisenden und für die Schadensbegrenzung. Die beiden Frauen neben ihm unterbrachen ihr Gespräch für einen betont schweigenden Blick angewiderter Missbilligung. Warum hatte er nicht einfach einen Apfel mitgenommen?

In Martins Hosentasche düdelte es. Er wischte sich notdürftig die Finger ab und zog das Handy heraus. Hurra! Eine Kurzmitteilung seines Mobilfunkunternehmens hieß ihn in Frankreich willkommen und teilte ihm mit, wieviel ihn ab hier Gespräche und SMS kosteten. Martin sah aus dem Fenster. Sie waren noch nicht einmal in Saarbrücken angekommen, geschweige denn an der Grenze.

Ein gutes Stück Arbeit am Krimi später durchquerte der Zug die Banlieue von Paris. Gesichtslose Wohnsilos, Autowracks, vermüllte Straßen, verunkrautete Industriebrachen. Lagerhallen, rostige Werbetafeln, spielende Kinder, denen man schon von weitem ansah, wie unerreichbar für sie auch nur die soziale Mittelschicht war. Wer die Strecke zum ersten Mal befährt, ist geneigt aufzuspringen und sich zum Aussteigen bereit zu machen. Ein Blick auf Uhr und Fahrplan verrät dann, dass man damit noch eine gute halbe Stunde warten kann, bis der Zug die ewigen Weiten der Vororte und die Häuserschluchten der Oststadt durchfahren hat und die Gare de l'Est erreicht. Die letzten Kilometer fährt die Bahn bereits fast unterirdisch zwischen immer finsterer werdendem Beton, bis es plötzlich hell wird und der Zug mitten im Getümmel der pulsierenden Metropole wieder ans Tageslicht kommt.

Die fahrplanmäßige Stunde bis zur Weiterfahrt des Anschlusszuges von Montparnasse aus verleitete Martin nicht zum Trödeln; bis man auf den verschlungenen Pfaden der Métrostationen den

Bahnhof nach Westen erreicht hatte, verging die Zeit, wie er wusste, wie im Fluge. Wer zum ersten Mal vor dieser Aufgabe steht und sich in den Bauch von Paris stürzt, kann daran verzweifeln. Wie Blutgefäße teilen sich die Gänge immer wieder, werden schmaler, wechseln die Richtung, durchflossen von eilenden Menschen, alten, jungen, schwarzen, weißen, Schülern, Hausfrauen, Touristen, Einheimischen, *maghrébiens*, Arabern im Burnus und Bankern im Anzug, alle mit Blick vor sich auf den Weg, eiligen Schrittes, viele mit Kopfhörern und meist mit sorgsam an den Körper gedrücktem Gepäck – ein bisschen unheimlich ist diese Unterwelt vielen, aber es gibt keinen schnelleren und billigeren Weg durch die Stadt – bis sich die Kapillaren schließlich wieder mit anderen vereinigen und sich die Menschenmassen auf einen Bahnsteig ergießen. Und wenn man keinen Fehler an einer Abzweigung gemacht hat, kommt innerhalb einer Minute – einem nächsten Pulsschlag gleich – die nächste Bahn in die gewünschte Richtung und leert den Bahnsteig für die wenigen Momente, bis die Lichter des Zuges in der Röhre verschwunden sind und weitere Menschen nachströmen.

Während einige Bahnhöfe in den letzten Jahren modernisiert worden sind, gibt es bis heute viele Gänge, deren schwarze, gelblichweiße und kobaltblaue Fliesen schon – wenn auch noch in schwarzweiß – auf den Fotos der vierziger Jahre zu sehen waren. Immer wieder findet man hier Gestrandete. Ihre Musik, mit der sie sich ihren Lebensunterhalt verdienen, hallt durch die Gänge, manche laufen auch von Zug zu Zug, als lebten sie in einer unterirdischen Parallelwelt, leiern wahre oder erfundene, immer aber hochdramatische Geschichten herunter, um die Herzen und Geldbeutel der sie starr Ignorierenden zu erweichen. Den Bodensatz bilden die, die ihre Hoffnung auf einen gebrauchten Kaffeebecher mit der Aufschrift „*merci*" reduziert haben, in schmutzstarrenden, stinkenden Klamotten auf den Drahtbänken schlafen und ihr Leben in den Armen billigen Rotweins verbringen. Nacktmulle der Gesellschaft, die das Tageslicht nie mehr zu erblicken scheinen.

Martin kannte die Métro, und er empfand jedesmal diese eigenartige Mischung aus Nostalgie für die ehrwürdige, geschichtsträchtige Gummireifenbahn, aus unterschwelliger Sorge, dass er auch einmal Opfer eines *pickpockets* werden könnte, aus Mitleid mit den von der Gesellschaft hierhin ausgespuckten Clochards, aus Faszination von der doch meist reibungslos funktionierenden Maschinerie im Untergrund und viel seliger Erinnerung an frühere Besuche.

Pünktlich erreichte Martin die Gare Montparnasse, er verlief sich dieses Mal nicht einmal beim Umsteigen in Châtelet/Les Halles, dem größten Untergrundbahnhof der Welt, wo jeden Tag 800.000 Menschen in kilometerlangen Verbindungstunneln zwischen acht sich hier kreuzenden Linien wechseln.

Der TGV brachte ihn von Montparnasse aus nach Guingamp im Département Côtes-d'Armor, von dort nahm Martin den TER nach Paimpol und für die letzten Kilometer schließlich einen Bus. Eine kleine Weltreise lag hinter ihm, aber dank der westlichen Lage der Bretagne war die Sonne noch nicht untergegangen, als er seine *auberge* in Minard erreichte.

Der Vorteil solch entlegener Gebiete ist, dass hier jeder jeden kennt. Martin fragte gleich die Wirtin, Mme Le Guen, nach Sinéad O'Brians Haus.

„Oh, das ist nicht weit, Sie gehen einfach nur die Straße hinunter, die im Bogen zum Meer geht, die Route de Minard. Das vorletzte Haus auf der linken Seite."

„Das werde ich finden, danke. Kann ich heute Abend hier im Ort noch etwas zu essen bekommen?"

Mme Le Guen wiegte das Haupt.

„Schwierig, die Crêperie hat heute Ruhetag. Aber wenn Ihnen eine *cotriade* recht ist, die hätte ich da, die könnten Sie bei mir bekommen."

Martin liebte diese bretonische Fischsuppe und sagte begeistert zu. Um während seines Aufenthalts mobil zu sein, bekam er noch ein Fahrrad angeboten, das für die Gäste neben dem Haus bereit stand.

Am nächsten Morgen – nach einem ziemlich traditionellen Frühstück, bestehend aus einem Bol Milchkaffee und Rosinenbrioches mit Meersalzbutter – schwang sich Martin aufs Rad und steuerte die von seiner Vermieterin angegebene Adresse an.

Schnell fand er das Grundstück mit der simplen Anschrift „7 Minard". Ein niedriges, aus losen Granitstücken aufgeschlichtetes

Mäuerchen war von einem weiß gestrichenen, hölzernen Torbogen unterbrochen, an dem ein Gewächs mit kleinen, dunkelgrünen Fiederblättchen emporrankte. Etwas zurückgesetzt lag ein kleines Häuschen aus ebenfalls jenem trübgrauen Stein, der zusammen mit dem Schiefer der Dächer die ganze Gegend prägte.

Auf einem Schild las Martin in gälischen Buchstaben „O'Brian", als sich von der Seite ein Radfahrer näherte. Ein drahtiger Mann, der den Eindruck machte, als sähe er älter aus, als er war, stieg von einem stabilen Lastenfahrrad ab, grüßte beiläufig, zog aus einer seiner dicken Satteltaschen mit dem blauen „*oiseau-flèche*" der französischen Post zwei Umschläge, steckte sie in den vom Laub halb verborgenen Briefkasten am Zaun und schwang sich, mehr zischelnd als pfeifend, wieder in den Sattel.

Martin sah genauer hin und entdeckte schließlich neben dem Kasten auch einen Klingelknopf.

Deutlich hörte man den Gong bis nach draußen. Die Sonne spielte durch die vom sanften, aber stetigen Wind bewegten Blätter. Martin versuchte es nochmals.

Rechts war dem Haus in jüngerer Zeit eine Garage angebaut worden, hinter dem geöffneten Tor parkte ein Citroën C1 mit belgischem Kennzeichen. Einer jener Kleinstwagen, die sich nur durch das Markenzeichen von den Modellen von Peugeot und Toyota unterschieden. Wenn O'Brian nicht zuhause war, konnte sie kaum weit sein. Martin beschloss, einfach morgen wieder zu kommen. Schließlich hatte er ja auch Urlaub.

So ein erster Tag bei schönem Wetter ließ sich trefflich mit einem Buch von Parkbank zu Parkbank und von Café zu Café trödelnd verbringen. Martin hatte dafür Simenons *„Maigret et les témoins récalcitrants"* eingepackt. Klassiker der Krimiliteratur, so etwas war immer die perfekte Einstimmung auf einen Frankreichaufenthalt.

Nach dem Abendessen verließ Martin nochmals die *auberge*, schwang sich auf das Rad seiner Vermieterin und machte sich zu einer kleinen Tour zu den felsigen Klippen auf. Der steinige Grund war von einer dünnen Grasnarbe bedeckt, auf den angrenzenden eingezäunten Flächen versuchte man, dem Boden wenigstens eine Weide abzutrotzen. Obwohl bereits nach 21 Uhr, war es noch ziemlich hell. Die Sonne stand tief linker Hand über dem Horizont, sie ging hier, am westlichen Rand der mitteleuropäischen Zeitzone, spät unter.

Der touristisch interessantere Weg an die *Pointe de Minard* führte in Windungen nach unten ans Meer. Martin stellte das Rad ab und ging stattdessen den Bogen des Hauptwegs weiter zur *Pointe de Kerlite*. Einen Pfad zur eigentlichen Spitze, die hier schmal in den Atlantik ragte, gab es nicht, aber man konnte zwischen den niedrigen Sträuchern überall bequem ins Niemandsland weitergehen.

Ein noch immer angenehm sommerabendlicher Wind wehte von der See her und ließ auf der Hochfläche die Spitzen der Grashalme zittern. Viel wuchs nicht hier oben auf der kargen Ebene, ein paar niedrige Gewächse mit kleinen Blättchen, Gras und Unkraut eben. Clara hätte sicher ihre Namen gewusst. Dazwischen kämpfte sich ein Käfer ungelenk durch den Sand. Von tief unten hörte Martin das rhythmische Gischten der an die Felsen schlagenden Wellen. Er stellte sich in respektvollem Abstand von der Abbruchkante an den Abhang und sah in die Ferne, wo sich das schwindende Tageslicht zwischen Wolkenfetzen glitzernd im Meer spiegelte.

Was immer bei der ganzen Bilderrecherche herauskommen sollte: diese Aussicht war die Reise allemal wert gewesen. Schön wäre es jetzt natürlich noch, wenn auch Clara dabei wäre ... Martin schloss die Augen, atmete tief in die zart salzige Abendluft hinein und stellte sich vor, dass sie neben ihm stand, dass er ihre Hand hielt, sie ihren Kopf auf seine Schulter legte und dass ihm der Wind ihre Locken ins Gesicht wehte. Er stellte sich vor, ihre Wärme zu spüren, zu sehen, wie die Abendsonne ihre Augen glitzern ließe und ihren lächelnden Mund beschiene. Barfuß würden sie hier auf dem kargen Gras stehen, ein wenig kühl wäre es, aber das wäre egal ... Er genoss es, dass seine Träume beliebig kitschig sein durften, ohne dass er sich vor jemandem dafür zu rechtfertigen brauchte.

Gemeinsam würden sie dann das Meer mit dem Watt ihrer ostfriesischen Heimat vergleichen ... Martins Gedanken wanderten zu seinen alten Freunden im Norden, er erinnerte sich an die bierseligen Abende an der Hafenmole, an jene Nacht in der Kneipe, als er ihnen erzählt hatte, dass er nach Mittelfranken ziehen würde. Wenig mehr als ein Jahr war das nun her, aber was war nicht alles geschehen seitdem? Er hatte gemeinsam mit Clara das Rätsel um die alten Bücher gelöst, einen uralten Mord aufgeklärt und war dabei seiner eigenen Familiengeschichte und der verschollenen Klosterbibliothek auf die Spur gekommen. Er hatte einen neuen Roman veröffentlicht und es geschafft, sich mit seiner schriftstellerischen und lektorierenden Tätigkeit ein weiteres Jahr finanziell ordentlich über die Runden zu bringen. Er hatte sich in seiner neuen Heimat Frauenaurach eingelebt und ein völlig neues Leben begonnen, sogar ein paar nette Leute kennengelernt. Seinen Nachbarn Willi zum Beispiel, die herzensgute Nervensäge. Und Rolf, aus dem er noch immer nicht ganz schlau geworden war, mit dem zusammen er aber schon den einen oder anderen lustigen Abend versoffen hatte.

Rolf, richtig. Da war noch etwas ... Martin durchfuhr der Blitz der Erkenntnis, dass er noch immer keine Lösung des Problems hatte, wie er Rolf in absehbarer Zeit eine neue Bleibe verschaffen konnte. Denn selber, dessen war sich Martin sicher, würde der nicht so schnell etwas finden. Doch das musste jetzt erstmal warten.

Von irgendwoher trug der Wind leise Saitenklänge heran. Spielte da jemand Gitarre? Martin horchte ungläubig in das Rauschen. Der Klang gezupfter Saiten. Kein Zweifel, da lag Musik in der Luft.

Neugierig ging er auf der schmalen Felszunge ein Stück weiter. Mit jedem Meter wurde es deutlicher. Es klang jetzt eher nach einer Harfe, aber das war ja hier draußen kaum möglich. Wahrscheinlich saß hier irgendwo ein Liebespärchen und hörte ... ja, was eigentlich? Es klang ein wenig nach keltischer Musik.

Martin zögerte, ob er stören durfte, aber schließlich siegte die Neugier. Hinter einem vom Wind gebürsteten Gebüsch sah er schließlich eine rothaarige Frau im Gras in der Abendsonne sitzen und auf einer kleinen Harfe spielen. Das Instrument ähnelte jener keltischen Harfe, die auf den irischen Münzen zu sehen ist. Anscheinend bemerkte die Frau ihn nicht, denn sie spielte ohne sich umzusehen weiter. Martin blieb mit respektvollem Abstand hinter ihr stehen und lauschte fasziniert den auf- und abschwellend perlenden, melancholischen Klängen, die fast unwirklich und übersinnlich in dieser Landschaft schienen. Strähnen ihrer Haare flatterten im Abendwind immer wieder über ihre Schulter und auf ihr schlichtes olivgrünes, langes Leinenkleid. Eine Szene, die der irische Fremdenverkehrsverband direkt für einen Werbefilm übernehmen könnte. Wenn er das in einem seiner Krimis so beschreiben würde, würde seine Lektorin quer mit rotem Edding „zu kitschig!" drüberschreiben.

Die letzten Töne verklangen im Wind.

13. Kapitel

„Kommen Sie ruhig näher", sagte die Frau in die entstandene Stille hinein und wandte sich mit freundlichem Lächeln um. Martin fühlte sich ertappt, trat aber heran und grüßte.

„Verzeihen Sie, ich wollte nicht stören. Ich fand Ihre Musik so schön und konnte nicht anders, als ein wenig zuzuhören."

Sie sah Martin mit unglaublich grünen Augen prüfend, aber nicht unfreundlich an. Sie hatte, wie man es zu roten Haaren erwartet, helle Haut mit Sommersprossen und – wie es von Kleopatra hieß – eine hübsche Nase.

„Gefällt Ihnen die *cláirseach*?"

Offenbar sprach sie von ihrem Instrument. Das gälische Wort perlte ihr mühelos von den Lippen, auch ihre Aussprache des Französischen verriet die irische Herkunft, falls Martin noch Zweifel gehabt hätte.

„Eine keltische Harfe, nehme ich an? Das war einfach wunderschön, was Sie da gespielt haben."

Martins Worte kamen in seiner Begeisterung schneller, als er darüber nachdenken konnte. Aber sie waren absolut ehrlich.

„Danke ... Seit Alan Stivell sie wieder entdeckt hat, ist die keltische Musik um ein wichtiges Element reicher geworden. Möchten Sie sich nicht setzen?"

Martin ließ sich auf einem kargen Grasflecken nieder.

„Ich weiß nicht mehr darüber, als dass sie eine Art Nationalsymbol der Iren ist und auch die Euromünzen ziert. Eine besonders alte habe ich mal in Dublin gesehen, in der Bibliothek des Trinity College."

Sie lächelte anerkennend.

„Die wahrscheinlich berühmteste. Sie stammt aus dem 15. Jahrhundert. Sie wird mit Brian Boru in Verbindung gebracht, unserem einzigen Hochkönig, und entsprechend in Ehren gehalten. Aber der lebte noch weitere fünfhundert Jahre früher."

„Der einzige? Aber es wird doch in Irland nicht nur einen König gegeben haben?"

„Es gab hunderte. Aber sie regierten nur über einen oder wenige der vielen Clans. Brian Boru war der einzige, der wenigstens für kurze Zeit die Insel vereint hatte. Sein Name lebt in den vielen O'Brians fort."

Grüne, eindringliche Augen sahen ihn an. Martin wusste nicht, wie er diese Sätze einordnen sollte. Wollte sie damit sagen, dass sie von Brian Boru abstammte? Es hätte zu der stillen Glut gepasst, der geheimnisvollen Begeisterung, mit der sie über ihr Land sprach. Eine eigenartige Frau, dachte Martin. Sie dozierte fast feierlich über ihr Land, als habe sie einen missionarischen Auftrag. Ob sie jedem Spaziergänger etwas über Irland erzählte?

Sie schaute über das Meer, dem Wind entgegen, der mit ihren Haaren spielte. Unvermittelt drehte sie sich zu Martin:

„Möchten Sie noch ein Lied aus meiner Heimat hören?"

Martin nickte stumm. Einzelne Töne kamen aus der Harfe, die sich zögernd zu einem perlenden Strom archaischer Harmonien vereinigten. Eine einfache, eingängige Melodie kristallisierte sich heraus, dann begann sie mit weicher, klarer Stimme zu singen:

Dèan cadalan sàmhach a chuilein mo rùin,
Dèan fuireach mar tha thu 's tu 'n-dràst' an àit' ùr,
Bidh òigearan againn làn beartais is cliù,
'S ma bhios tu nad airidh 's leat feareigin dhiùbh.

Gur ann an Ameireaga tha sinn an-dràst',
Fo dhubhar na coille nach teirig gu bràth,
Nuair dh' fhalbhas an Dùbhlachd 's a thionndas am blàths,
Bidh cnòthan, is ùbhlan 's an siùcar a' fàs. ...

Nach der letzten Strophe schaute sie eine Weile in die untergehende Sonne und wandte dann ihren Blick zu Martin: „Mein Lieblingslied."

Martin war ganz gefangen von ihrer eigenartigen Erscheinung, ihrer Stimme, ihrer glühenden Begeisterung und vor allem ihren grünen Augen. Tief und glitzernd, fast wie die von Clara. Mit einem Ruck, als riefe er sich selbst zur Ordnung, riss sich Martin von seinen Gedanken los und fragte:

„Sie sprechen gälisch? Ich meine: so richtig muttersprachlich?"

Sie lachte:

„Nein, aber meine Großeltern. Sie haben mir die Liebe zu unserer Insel vererbt, und ich spreche die Sprache leidlich. Aber entschuldigen Sie, ich wollte gar keine Vorlesung halten. Vielleicht interessiert Sie das alles ja gar nicht. Machen Sie hier Urlaub?"

„Nicht nur ... ich suche eine Kunsthistorikerin namens Sinéad O'Brian. Kann es sein, dass ich sie gefunden habe?"

Sie zögerte, schien abzuwägen, worauf das hinausliefe. Schließlich nickte sie.

„Und wer sind Sie?"

„Pardon, ich habe mich gar nicht vorgestellt: Martin Thormann. Ich recherchiere in einer alten Geschichte, bei der Sie mir eventuell helfen können. Joop van Dreema, der Direktor des Groeningemuseums in Brügge, hat Sie mir empfohlen. Ich hatte Sie leider nicht erreichen können, um mich anzukündigen."

Sie nickte stumm. Nach einer Pause fragte sie:

„Was ist es denn, was Sie wissen möchten?"

„Das ist eine längere Geschichte ... ich weiß auch gar nicht, ob ich Sie in Ihrem Urlaub damit behelligen darf, zumal an diesem wunderbaren Abend ... aber vielleicht haben Sie in den nächsten Tagen etwas Zeit für mich?"

O'Brian schien jede Antwort sorgsam zu überlegen. Nach einem Moment Pause schaute sie Martin an:

„Doch, gerne. Wie wäre es mit morgen Vormittag? Möchten Sie zum Frühstück zu mir kommen?"

„Äh, ja ... gerne. Ich wollte Sie aber nicht ..."

„Das Angebot ist ganz eigennützig. Minard ist zwar sehr schön, aber es gibt keine Bäckerei hier draußen. Ich koche Kaffee, und Sie holen Brot. Ich verspreche auch, Ihnen keinen Vortrag über Irland zu halten. Einverstanden?"

Sie streckte ihm ihre schmale, sommersprossige Hand hin und Martin schlug ein. Er freute sich über den Vorschlag und ließ sich eine gute *boulangerie* in Plouézec empfehlen.

*

Martin war oft genug in Frankreich gewesen, um einem Baguette bereits in der Bäckerei anzusehen, ob es aus der Backmischung stammte oder unter den Händen eines *boulanger artisanal* entstanden war. Selbst im Lande der Stangenweißbrote war es in den Zeiten industrieller Massenware alles andere als selbstverständlich, ein wirklich gutes Produkt zu bekommen. Hier dagegen stimmte alles.

Die Einrichtung des kleinen Raums schien nicht lange nach dem Krieg entstanden zu sein und war dementsprechend abgenutzt, dabei aber makellos sauber. Hinter dem Glas der Auslagen warteten die unvermeidlichen grellsüßen und zuckerbunten Törtchen auf Kunden, *éclairs* mit Mokka- und Karamellfüllung, *brioches* mit und ohne Zucker, *pains aux raisins* und *pains au chocolat*, *tartes au citron* und dergleichen. Im Hintergrund aber stand in senkrechten Körben das Wesentliche: große und kleine Brote, von den kleinen *ficelles* bis zum *gros pain*, *flûtes*, *pain de campagne*, *pain de seigle*, *pain complet*, und natürlich – drei Körbe voll – der Marktführer: die *baguettes*. Zweihundertfünfzig Gramm leicht, außen goldbraun spröde abblätternd knusprig, innen die duftige, saftige, weitporige Krume. Das perfekte Baguette erkennt man daran, dass ihm spätestens eine Minute nach Verlassen der Bäckerei ein Stück fehlt. Es ist gleichzeitig wunderbare Grundlage für den würzigen Comté, Trüffelsalami oder einfach nur gesalzene Butter, es saugt die Flüssigkeit der provenzalischen Ratatouille vom Teller oder den Knoblauchsud einer *cotriade de poisson* von den Côtes d'Armor.

Und dieses Baguette war perfekt.

Martin nahm zwei Stangen und zwei *croissants beurre*.

Zehn Minuten später parkte Martin das Rad vor dem Grundstück. Diesmal ging er gleich durch den Torbogen in den Garten.

Der Kiesweg führte über eine ordentlich gemähte Rasenfläche zu dem kleinen Haus. Linker Hand lag ein fast meterhoher Findling aus Granit inmitten eines Gebüschs aus Zwergsträuchern. Auf dem Stein saß, wie Martin erst beim Näherkommen bemerkte, eine Eidechse in der Morgensonne und tankte Wärme für den Tag. Als der Kies unter seinen Schritten knirschte, suchte das Tier das sichere Weite.

Auch an der Haustür hing das gälische Schild „O'Brian". Martin suchte hier vergeblich einen Klingelknopf, doch die Tür ließ sich einfach mit der Klinke öffnen.

„Hallo? Mrs O'Brian?"

Er klopfte vorsichtig an den Türrahmen und trat einen Schritt ins Haus. Aus dem Inneren forderte ihn eine Stimme auf:

„Bonjour, kommen Sie herein, einfach geradeaus, ich bin hier in der Küche!"

Das Haus musste älter sein, als es von außen wirkte. Die Decke aus von dicken Balken gestützten Eichenbrettern hing kaum über der oberen Kante der Türrahmen, die rauh verputzen Wände waren weiß getüncht. Das Mobiliar war sehr einfach, aber aus massivem Holz.

Martin folgte der einladenden Stimme und fand einen großen Küchenraum, der in früheren Zeiten sicher den eigentlichen Mittelpunkt des Lebens gebildet hatte. Der nicht mehr ganz ebene Boden war mit ziegelroten, sechseckigen Fliesen wabenartig ausgelegt. Den Tisch in der Mitte musste es schon immer gegeben haben: Um ihn herum waren die Fliesen tief ausgetreten. Die linke Wand war beherrscht von einer offenen Feuerstelle, die aber wohl schon lange nicht mehr in Betrieb war. Der typische Geruch älterer Küchen hing in der Luft, ohne dass Martin hätte sagen können, was ihn eigentlich ausmachte. Schränke mit einer Arbeitsplatte aus Eichenholz liefen an zwei weiteren Seiten des Raumes entlang, beleuchtet von der Sonne, die durch zwei Fensterchen hereinschien. Rechter Hand neben der Tür stand ein wuchtiger, gusseiserner Kohlenherd aus Urgroßmutters Zeiten, den Mrs O'Brian mit einer darauf platzierten zweiflammigen Gaskochstelle vorsichtig modernisiert hatte.

Heute trug die Irin ganz schlicht Jeans und einen Pullover. Martin ertappte sich dabei, darüber etwas enttäuscht zu sein, obwohl ihr auch dies durchaus gut stand. Vielleicht war ja das grüne Kleid für die irischen Momente in ihrem Leben reserviert. Während sie Martin willkommen hieß, nahm sie einen dampfenden Wasserkessel vom Feuer und füllte zwei *bols* auf.

„*Café soluble au lait*, wenn Ihnen das recht ist? Eine richtige Kaffeemaschine lohnt sich für mich nicht."

Martin hatte kein Problem mit löslichem Milchkaffee. Er legte die Croissanttüte und die Brotstangen auf den Tisch in der Mitte des Raums, wo bereits zwei Teller und Besteck lagen, eine Butterdose, ein unetikettiertes Glas Marmelade, Kastanienhonig und eine Pfanne mit Spiegeleiern und Speck. Während seine Gastgeberin die vollen *bols* auf den Tisch stellte, betrachtete Martin die dicken, blindgestoßenen Teller auf der weißgescheuerten Buchenholzplatte. Sie musste seinen Blick bemerkt haben und erzählte lachend: „Vieles, was Sie hier sehen, stammt noch von den Vorbesitzern. Ein uraltes Paar, sie sprachen noch bretonisch. Sie sind kurz nacheinander gestorben, ihre Kinder haben mir das Anwesen vor fünf Jahren verkauft. Die Kinder lebten längst in Rennes und waren froh, einen Käufer gefunden zu haben. Ich habe versucht, dem Haus seinen Charakter zu lassen, weil es mich an das meiner Großeltern in Irland erinnert, wenn ich den Sommer hier verbringe."

Martin nickte und musste an sein Häuschen in Frauenaurach denken, wo auch noch vieles aus dem Besitz seiner Urgroßtante die Zeiten überdauert hatte.

„Aber nehmen Sie doch Platz. Danke, dass Sie Brot geholt haben. Greifen Sie zu, die Orangenmarmelade hat meine Schwester in Galway gemacht, alles andere ist vom Markt in Plouézec."

„Vielen Dank, dass Sie sich Zeit für mein Anliegen nehmen. Und natürlich für das Frühstück", erwiderte Martin und setzte sich.

Die Marmelade war ein Gedicht. Bitter und süß, mit viel fein gehobelter Schale. Auf dem frischen Baguette mit etwas gesalzener Butter ein wahrer Traum. In der Pfeffermischung, die O'Brian über die Eier gemahlen hatte, machte Martin neben schwarzem und grünem Pfeffer auch Kardamom und Koriander aus. Poivre saveur, die Mischung, die er selber auch verwendete. Spiegelei gehörte normalerweise nicht zu Martins Frühstücksgewohnheiten, doch aß er sich mit Appetit durch das bretonisch-irische Angebot und schilderte währenddessen, welche Geschichte ihn überhaupt in die Bretagne geführt hatte.

*

Martin saß noch immer mit Mrs O'Brian am Küchentisch. Er hatte ihr die ganze Geschichte erzählt, soweit sie ihm bekannt war. Von Frau Kochs Großvater, dem Bild, das dieser im Krieg aus Brügge heimgebracht und das er wie seinen Augapfel gehütet hatte, der Ausstellung, Claras Bauchgefühl und dem plötzlichen Verschwinden des Gemäldes. Inzwischen hatten sie Geschirr und Krümel vom Tisch entfernt und die *bols* mit Tee gefüllt. Die Sonne schien warm herein, nur ab und zu von einem schnell vorbeiziehenden Wolkenfetzen verdeckt. Regen oder Sonne: in der Bretagne blieb das Wetter nie lange.

Den Tee brachte sich Mrs O'Brian aus Irland mit, der in dieser Hinsicht verwöhnte Martin fand ihn – obwohl im Aufgussbeutel – ausgesprochen gut. Sie stellte die Milchpackung in den Kühlschrank und setzte sich nachdenklich wieder.

„Das ist wirklich eine mysteriöse Sache ... Joop hat zwar insofern recht, als ich mich mit der Geschichte jener Zeit beschäftigt habe, aber ob ich deshalb viel Licht in das Dunkel bringen kann, weiß ich auch nicht.

Es gab tatsächlich einen Deutschen namens Friedrich Weedemeyer, der während des Krieges im Groeningemuseum gearbeitet hat. Er gehörte zu den Leuten, die für den Sonderauftrag Linz tätig waren, aber er hatte gleichzeitig auch Kontakte zur belgischen Résistance."

„Sonderauftrag Linz?" fragte Martin irritiert.

„Dass die Nazis Kunst gesammelt haben, wissen Sie sicher, das steht in den Geschichtsbüchern. Kein Geheimnis, aber weit weniger bekannt ist der „Sonderauftrag Linz". Hans Posse, der Direktor der Dresdener Gemäldegalerie, hatte den Auftrag bekommen, für ein nach dem Krieg neu zu errichtendes Führermuseum in Linz geeignete Werke der europäischen Kunstgeschichte zusammenzustellen. In ganz Europa – auch in Belgien – wurden daraufhin unter seiner Regie von einer Gruppe von Kunsthändlern Museen und Privatpersonen dafür enteignet oder gezwungen, Kunstwerke für ein Butterbrot zu verkaufen. Trotzdem kostete die Aktion Unsummen. Finanziert wurde das unter anderem durch Verkauf von ‚entarteter Kunst' aus deutschen Museen, für die man im Reich keine Verwendung hatte."

„Also Expressionisten, Surrealisten ..."

„Richtig. Oder auch Bilder jüdischer Künstler. Denken Sie an Max Liebermann."

„Was ist aus all diesen Bildern nach dem Krieg geworden?"

„Manches wurde den Besitzern oder ihren Erben zurückgegeben, vieles blieb verschollen. Auch, weil einige Beteiligte in die eigene Tasche gewirtschaftet haben – oder vielmehr in die eigene Sammlung. Nazigrößen, Kunsthändler und sogar Museen. Manches hat auch schlichtweg der Krieg zerstört oder es ist nie wieder aufgetaucht. Es existieren ja nicht einmal vollständige Verzeichnisse, was alles geraubt worden ist."

Martin dachte über das Gehörte nach, während die Sonne den sich kräuselnden Dampf über dem Tee aufleuchten ließ.

„Das heißt, Weedemeyer war einer von Posses Leuten und an dem Kunstraub beteiligt?"

O'Brian nickte.

„Er gehörte zu den Personen, die die Bilder im Museum gesammelt und zum Abtransport nach Berlin vorbereitet haben. Posse ist 1942 gestorben, sein Nachfolger Herrmann Voss und dessen Mitarbeiter Hildebrand Gurlitt waren jetzt die großen Köpfe. Ja, Weedemeyer gehörte in Brügge zu ihrem Fußvolk. Aber es ist komplizierter. Er hat nämlich – wie gesagt – auch für die Gegenseite gearbeitet und für die Résistance einige Werke auf die Seite geschafft. Das war bei der Übernahme von Museumsbeständen kaum möglich, aber aus beschlagnahmten Privatsammlungen wurde das eine oder andere wertvolle Stück abgezweigt, bevor es in den offiziellen Listen erfasst werden konnte."

„Wollte sich die Résistance damit finanzieren?"

„Auch. Vor allem ging es einer belgischen Gruppe darum, die Kunst für die zivilisierte Welt zu retten. Schon bald war bekannt, dass Werke missliebiger Künstler, wenn sie nicht verkauft werden konnten, zur Vernichtung freigegeben wurden."

„Die haben allen Ernstes Kunstwerke zerstört?"

„Einige tausend Bilder und Skulpturen sind alleine 1939 bei einer Übung der Berliner Feuerwehr verbrannt worden."

Martin schüttelte den Kopf ob dieser Barbarei. O'Brian fuhr fort: „Bilder namhafter Künstler waren für die Résistance eine ziemlich heiße Ware, jeder hätte sofort erkannt, dass es sich um hohe Werte handelte. Um sie unauffällig transportieren und lagern zu können, gab es nun ein raffiniertes Verfahren, das Weedemeyer und seine Kollegen extra dafür erfunden haben: Sie übermalten die Gemälde mit unverfänglichen Motiven und verwendeten dafür Farben mit einem Polysaccharid-Bindemittel auf einer farblosen, ablösbaren Grundierung. So war es möglich, die obere Schicht eines Tages wieder zu entfernen, ohne dem darunterliegenden Bild nennenswert Schaden zuzufügen."

„Das ist ja raffiniert! Davon habe ich noch nie gehört!"

„Das war auch völlig in Vergessenheit geraten, zumal es letztlich wohl nur noch wenige Bilder waren, die auf diese Weise gerettet werden konnten. Als die Gruppe damit begonnen hat, waren die meisten Kunstwerke schon abtransportiert. Vor einiger Zeit hat ein Archivar unseres Museums im Magazin Unterlagen aus dem Nachlass eines Mitarbeiters dazu gefunden, die genaue Beschreibung des Bindemittels und wie man die Schicht wieder ablösen kann. Ich habe letztes Jahr darüber einen Artikel in einer Fachzeitschrift geschrieben."

„Das heißt, grundsätzlich kann jeder das Rezept gelesen haben und weiß von der damaligen Kunst-Tarnaktion?"

„Jeder, der die einschlägigen Fachzeitschriften liest, ja."

„Wenn das aber stimmt, dann liegt der Gedanke nahe, dass Weedemeyer nicht ein drittklassiges eigenes Bild nach Deutschland geschafft hat, sondern ein übermaltes, getarntes. Eines, das den Aufwand lohnte. Eines, das er für sich selber auf die Seite geschafft hat."

„Das könnte gut sein. Dann hat er nicht nur für Voss und die Résistance gearbeitet, sondern auch in die eigene Tasche gewirtschaftet. Aber warum hat er das Bild nie wieder von seiner Tarnung befreit?"

„Frau Koch, die Enkelin Weedemeyers, erzählte, ihr Großvater sei kurz nach seiner Heimkehr erkrankt und gestorben. Wahrscheinlich hatte er auch allen Grund, die wahre Natur des Bildes nicht zu schnell an die große Glocke zu hängen."

„Das bedeutet, wir hätten hier eine konkrete Spur zu einem der damals verschwundenen Bilder."

Jagdinstinkt leuchtete in ihren Augen.

„Aber wir wissen nicht, welches Bild sich unter der tarnenden Farbschicht verbirgt? Ist denn etwas darüber bekannt, welche Bilder in Frage kommen?"

„Wir sollten die Akten aus Brügge durchgehen. Da könnte der eine oder andere Hinweis enthalten sein. Es sind Dokumente erhalten, die ich damals nur überflogen hatte, weil sie in keinem direkten Zusammenhang mit dem Tarnverfahren standen und nicht zu erwarten stand, dass sie eine heiße Spur abgeben."

*

Der Boden unter ihren Füßen knisterte und knackte, seit sie querfeldein marschierten. Einen Weg gab es hier nicht, im Gegenteil. Heidelbeer- und Preiselbeersträucher legten sich zäh in den Weg, ab und zu zerrten Brombeerranken an ihren Hosenbeinen. Die hoch über dem Wald stehende Sonne brach sich durch die Baumkronen Bahn, und die Hitze des Sommers floss seit ein paar Tagen auch hier über den sandigen Boden. Die drei jungen Männer waren viel zu warm angezogen, aber jetzt lohnte es sich nicht mehr, Kleidung abzulegen. Sie waren gleich am Ziel.

„Da vorne ist es, die Koordinaten stimmen", verkündete der vordere, der ein GPS-Gerät vor sich her trug. Jetzt sahen sie es auch: Der Wald stand hier auf hügeligem Gelände, und vor ihnen brach die Anhöhe jäh ab. Sie rutschten den Hang mehr hinunter als sie ihn hinabstiegen. Hier unten war Schatten, richtig angenehm. Der mit dem GPS zeigte nach vorne:

„Da ist der Eingang. Hier ist schon so lange nichts mehr los, dass alles zugewuchert ist. Aber innen müsste man gut vorankommen."

„Wenn der Gang nicht eingestürzt ist", unkte der zweite.

„Werden wir sehen. Ich war mal drin, letztes Jahr, da sah alles gut aus. Aber ich bin höchstens hundert Meter weit gekommen, weil ich keine richtige Lampe dabei hatte. Auf geht's!"

Die drei holten aus ihren Rucksäcken Helme und Stirnlampen, prüften die Karabiner an ihren Klettergurten und vergewisserten sich, dass Ersatzlampen, Brotzeit und volle Flaschen in ausreichender Menge eingepackt waren.

Der, der bisher geschwiegen hatte, hängte sich eine Kameratasche und ein Klemmbrett mit Schreibzeug um. Sie nickten einander zu und marschierten auf einen gemauerten Eingang zu, der von Sträuchern fast verdeckt zwischen den Felsen lag.

Schon nach wenigen Metern wurde es finster, und nur im Schein ihrer Stirnlampen war eine Orientierung möglich. Die Ruhe des Waldes wich einer nass knirschenden Stille, es wurde schnell feuchtkalt, und sie waren froh um ihre dicke Kleidung.

14. Kapitel

O'Brian beendete das Telefonat und legte das Handy auf den Tisch. Martin sah sie gespannt an, was der Anruf in Brügge ergeben haben mochte. Die Miene der Irin drückte verhaltene Zuversicht aus.

„Meine Kollegin hat versprochen, die Akte zu scannen und mir zu mailen. Das kann ein wenig dauern. Heute Nachmittag können wir dann sehen, ob es einen neuen Anhaltspunkt gibt. Aber versprechen Sie sich nicht zuviel davon."

Martin verabschiedete sich und versprach, gegen siebzehn Uhr wieder zu kommen.

Als er auf die Straße trat, frischte der Wind gerade wieder ein wenig auf, nichts besonderes in der Bretagne. Sonne und Wind wechselten sich hier ständig ab; die Bretagne ist ein Land der Gegensätze. Franzosen treffen auf Bretonen, eine romanische Sprache auf eine keltische. In St. Malo steht das einzige Gezeitenkraftwerk der Welt, im Hinterland fürchtet noch mancher den *Ankou*, der mit seinem Karren die Menschen in das Reich der Toten chauffiert. Hier trifft Meersalzbutter auf Marmelade, manchmal auch auf Karamell. Tradition auf Moderne. Mediterranes Klima auf rauhe Nordwinde. Der Kontinent auf den Atlantik. Diluviale Regenschauer auf strahlenden Sonnenschein. Das Meer auf das Land, bei jedem Wellenschlag. Aber nur, wenn es gerade da ist, das Meer. Ausgerechnet in der Bucht von St. Malo, die den höchsten Tidenhub der Welt hat, ist die Küste flach wie ein Brett, und das Wasser schiebt sich bei jeder Flut 25 Kilometer auf den Strandhafer zu, um sechs Stunden später wieder am Horizont zu verschwinden.

Die Bretagne ist das Land endloser Salzgärten, das Land der Granithäuser, das Land des Asterix, der Druiden, Hinkelsteine und Dolmen, das Land des Calvados, des Cidre, der Galettes und der Crêpes. Hier finden wir den höchsten Menhir der Welt und durch den *kouing amann* wahrscheinlich auch den höchsten Pro-Kopf-Butterverbrauch. Ob das wirklich stimmt, sei dahingestellt. Aber man darf es hier mit der gleichen stillen, fast feierlichen Selbstverständlichkeit sagen, mit der jeder Bretone die Einzigartigkeit seines Landes im Allgemeinen und aller seiner Facetten im Besonderen unverrückbar und keinem Zweifel Raum lassend behaupten wird.

Martin mochte dieses rauhe und doch gastfreundliche Land. Bei aller Liebe zur Provence und dem flirrend heißen Süden mit seinen Zikaden und Düften schätzte er auch dieses urige Land zwischen den Hinkelsteinen Carnacs und den rosa Granitfelsen der Nordküste, nicht zuletzt der freundlichen Menschen wegen.

*

Clara legte ihren Schlüsselbund auf den Tisch, hängte ihre Jacke in die Garderobe und blätterte den Inhalt des Briefkastens durch. Eigenartig still war es im Haus, jetzt, wo Martin auf Reisen war. Rolf war noch nicht da, er kam immer etwas später als sie heim. Im Grunde hatte sie nichts gegen ihn, genoss aber doch diese nachmittägliche Stunde alleine, um derentwillen sie morgens pünktlich das Haus verließ und abends lieber Arbeit mitnahm als vor Ort Überstunden zu machen.

Während der Teekessel zu singen begann, sortierte sie die Umschläge. Was dringend schien, öffnete sie gleich. Rechnungen und Infopost konnten warten. Die Absender mussten damit rechnen, dass der Adressat im Urlaub ist.

Ein zusammengefalteter Zettel lag zuunterst. Er musste schon eingeworfen worden sein, bevor die Post gekommen war. Clara faltete ihn auf und las: „Letzte Warnung!"

*

„Hier zweigt links etwas ab!"
Er leuchtete flüchtig in den Gang und korrigierte sich gleich: „Da geht's nicht weiter. Zehn Meter, schätze ich."
„Eingestürzt?"
„Sieht nicht so aus. Einfach ein blindes Ende."
Der dritte sagte nichts, skizzierte aber um so eifriger.
Dann gingen sie weiter. Millionen von Kubikmetern Gesteins über ihnen, feuchte, alte Wände neben ihnen, ein schmaler Gang vor und hinter ihnen. Erdrückende Stille. Oft zweigten Seitentunnel ab, aber meistens endeten sie dann bald wieder.
„Wie weit sind wir schon?"
Der andere schaute auf die Uhr.
„Erst eine halbe Stunde. Fühlt sich länger an. Gefühlte fünf Kilometer."
Er lachte sich die auch für ihn beklemmende Atmosphäre von der Seele.

*

Nach einem ausgiebigen Spaziergang über die Klippen – das Rad hatte er in Minard stehengelassen – und einem eher enttäuschenden Mittagessen in einem Restaurant im Nachbarort klingelte Martin gegen siebzehn Uhr wieder bei Mrs O'Brian. Gerade rechtzeitig, denn der Himmel war schon wieder zugezogen und begann, seine Schleusen zu öffnen.
„Kommen Sie herein, Sie wissen doch: die Tür ist offen!", empfing sie ihn mit einladender Geste.
„Danke, das ist für mich etwas ungewohnt. Vielleicht bin ich dafür zu deutsch."
„Bei meinen Großeltern in Lackaghbeg war die Tür tagsüber auch nie verschlossen, das war einfach schön. Jeder war willkommen und man ging einfach hinein. Aber kommen Sie doch!"

Sie gingen wieder in die Küche, wo der Wasserkessel auf der Gasflamme bereits zu singen begonnen hatte.

„Kaffee oder Tee?"

„Tee gerne, danke."

„Schlechte Nachrichten aus Brügge", erzählte sie, während sie zwei *bols* mit Teebeuteln bereitstellte und die Milch aus dem Kühlschrank holte. „Die Akte ist verschwunden."

„Verschwunden?"

„Wahrscheinlich hat sie nur irgendjemand nicht ordentlich aufgeräumt, jedenfalls findet sie meine Kollegin im Archiv nicht."

Vielleicht lag es an Martins professionell kriminalistischer Phantasie, dass er sofort Unrat witterte. O'Brian goss den Tee auf.

„Meine Kollegin hat versprochen, nochmals gründlich zu suchen. Vielleicht haben wir ja Glück."

Martin wollte nicht recht daran glauben, und er sah seiner Gastgeberin an, dass es ihr im Grunde ähnlich ging.

„Eine Möglichkeit gäbe es noch ... vielleicht weiß der alte Le Baher etwas."

„Wer ist das?"

„François Le Baher, ein Veteran der Résistance, der zwar nicht zum Kreis des Brügger Museums gehörte, aber mit der Gruppe damals in Kontakt stand. Er wohnt hier ganz in der Nähe, allerdings weiß ich nicht, wie er inzwischen ... gesundheitlich beisammen ist."

Das klang danach, dass er möglicherweise nicht mehr völlig Herr seiner geistigen Fähigkeiten war. Aber ein Strohhalm war es allemal.

„Und der lebt hier bei Ihnen um die Ecke? Das ist ja mal ein Zufall!"

„Überhaupt nicht. Es ist umgekehrt: Wegen ihm bin ich hier gelandet. Als ich vor sechs Jahren für meine wissenschaftliche Arbeit die noch lebenden Zeitzeugen der Résistance aus Brügge gesucht habe, stieß ich auf ihn – und dabei zufällig auch auf dieses Haus, das gerade zum Verkauf stand. Ich schreibe Ihnen die Adresse auf."

Martin steckte den Zettel in seine Brieftasche und goss einen Schluck Milch in seinen Tee.

„Für heute müssen wir einfach abwarten, aber vielleicht haben wir ja Glück und Mieke findet die Papiere noch. Ich rufe Sie dann an. Aber wenn Sie möchten, begleite ich Sie morgen auch zu Le Baher. Vielleicht erinnert er sich an mich."

Martin fand die Idee ausgesprochen gut. Dr. O'Brian kannte die Geschichte gut genug, um die richtigen Fragen zu stellen, falls es doch noch verwertbare Hinweise geben würde.

„Es wäre mir aber unangenehm, wenn Sie jetzt Ihren Urlaub für meine Recherche opfern", glaubte er doch noch höflichkeitshalber einwenden zu müssen. Die grünen Augen lachten ihn unternehmungslustig und einladend an.

„Machen Sie sich deswegen keine Sorgen. Ich arbeite hier ohnehin viel, deshalb kann ich auch weit mehr Zeit in der Bretagne verbringen, als mir urlaubshalber zustünde. Ich finde die Sache selber interessant, Sie haben meinen Jagdinstinkt geweckt. Und im Grunde hat mein Museum auch ein großes Interesse daran, den Verbleib der damals geraubten Bilder aufzuklären."

Sie prostete Martin mit dem Tee zu.

✳

Alle drei blieben im selben Moment wie angewurzelt stehen.

„Oh Mann!" flüsterte er, kaum hörbar, und holte sie alle damit wenigstens ein Stückchen zurück in die Welt aus Raum und Zeit.

Eine Mischung aus Angst, Schrecken, Kälte, Ratlosigkeit, Fluchtinstinkt und Platzangst in der feuchten Enge des Stollens durchweichte sie, lähmte sie, schmolz sie auf dem Untergrund fest.

Die deutlich verweste Leiche vor ihnen lag in unnatürlicher Haltung verdreht auf dem Boden. Die Augen starrten aufgerissen und gallertig eingefallen an die Decke, wie die eines toten Fisches. Der Körper schien aus der nassen Kleidung zu fallen.

Pierre konnte sich als erster aus der Starre lösen.

„Mach ein Foto", flüsterte er André zu, „halt auf dem Plan fest, wo wir sind. Für die Polizei. Wir dürfen nichts anfassen – und dann raus hier."

Seine ersten Sätze halfen ihm, den Schrecken zu versachlichen, die letzte Aufforderung entsprang wieder seinen natürlichsten Instinkten.

Der Blitz flammte auf. Zweimal. Dreimal, immer wieder, wie irre, immer aus der gleichen Richtung.

„Ist ja gut, reicht schon!"

„Reicht schon, ja ... klar", sagte André tonlos. Dann packte er die Kamera ein, erleichtert, sich auf etwas anderes konzentrieren zu dürfen.

*

Bei einem Blick auf die Uhr überkam Martin ein Anfall von Taktgefühl, schließlich hatte er Mrs O'Brians Zeit schon reichlich strapaziert, und schon morgen würde sie ja mit ihm schon wieder unterwegs sein und den Résistance-Veteranen besuchen.

An der Tür erinnerte er sich noch seines unbefriedigenden Mittagessens und fragte nach einem brauchbaren Restaurant im Ort. Sie dachte nur einen Moment nach: „Wenn Sie mit einfacher bretonischer Küche vorlieb nehmen, gehen Sie ins *„Kroaz du"* in Kerminalouët. Unten können Sie ab sechs Uhr essen, ich empfehle den *kig ha farz*. In der oberen Etage gibt es so ab acht Musik. Da kommen jeden Freitag Leute ganz spontan zusammen, die bei einem Bier keltische Musik machen."

„Das klingt doch gut. Gehen Sie dort auch hin?"

Martin biss sich sofort nach diesem Satz auf die Zunge, als er merkte, wie die Frage klingen musste. Die Irin nahm das offenbar nicht krumm.

„Ja, und ich bin nicht einmal die einzige von meiner Insel. Sam Heaney aus Cork arbeitet in einem Laden in Paimpol und spielt freitags bei uns immer *bodhrán*. Der ist so gut wie Johnny McDonagh."

Martin konnte den Vergleich nicht würdigen, nahm aber an, dass es sich um eine Berühmtheit an der irischen Handtrommel handelte.

*

Kig ha farz ist ein bretonischer Eintopf mit Rinder- und Schweinefleisch, Gemüse, Ei und natürlich Butter. Gesalzener Butter. Viel gesalzener Butter, denn es gibt kein bretonisches Rezept, das sich mit wenig Butter begnügt. O'Brian hatte nicht übertrieben: Das Essen war ausgesprochen lecker und ziemlich reichlich, der Preis dabei erstaunlich moderat. Martin hatte sich dazu einen großen Krug Cidre bestellt.

Das Lokal war mit viel dunklem Holz und etlichen Bretagne-Devotionalien ein wenig touristisch-rustikal, aber ansonsten gemütlich eingerichtet und gut besucht. An der Rückwand der Theke reihten sich Dutzende von Spirituosenflaschen aneinander, vor allem Whisky aus Schottland und Irland, sogar einer aus der Bretagne. Seitlich an der Wand hing der „*Gwenn ha du*", zu deutsch „weiß und schwarz", die bretonische Flagge. Über den Gesprächen der Gäste und dem Klappern von Besteck und Gläsern lag unaufdringlich Klaviermusik aus der Konserve. Didier Squiban. Clara hatte die gleiche CD, erst neulich war sie gelaufen, als sie gemeinsam in ihrer Wohnung Tee getrunken hatten. Martin schaute einen Moment lang voller Erinnerung in die Ferne und wünschte sich, sie wäre jetzt hier. Und dabei fiel ihm siedendheiß ein, dass er sie ja unbedingt anrufen sollte … *merde*! Gleich nach dem Essen würde er das nachholen.

Gerade hatte er seinen Teller geleert und sich ein weiteres Glas Cidre eingeschenkt, als sich drei asiatisch aussehende junge Männer auf der Suche nach einem Platz zwischen den vollen Tischen hindurchschoben und Martin auf englisch fragten, ob sie sich zu ihm setzen dürften. Mit einladender Geste wies er auf die drei leeren Stühle an seinem Tisch.

Die drei, stellte sich heraus, waren Studenten aus Cambridge und verbrachten gerade drei Wochen Ferien in Frankreich. Im Moment tourten sie mit einem Mietwagen die bretonische Küste entlang von einem im Reiseführer genannten Highlight zum nächsten. Diesen Nachmittag hatten sie in Tréguier verbracht und dort den heißen Tipp bekommen, das „*Kroaz du*" als typisch bretonisches Restaurant zu besuchen.

Da keiner der drei nennenswerte Französischkenntnisse hatte, sprachen sie Englisch. Martin erfuhr, dass sie auch untereinander diese Sprache verwendeten, da sie aus unterschiedlichen Ecken Chinas stammten und keine gemeinsame Muttersprache hatten. Sie erzählten von England, ihrem Studium und tauschten sich über Besonderheiten des Alltags in China und Europa aus. Martin orderte noch einen weiteren Krug Cidre und genoss ein amüsantes Gespräch mit den drei unkonventionellen Frankreichtouristen.

Gegen halb zehn verabschiedeten sich die drei wieder und fuhren in ihr Hotel nach Tréguier zurück. Von der urtümlichen Bretagne hatten sie heute Abend im englischen Gespräch mit einem Deutschen nicht viel kennengelernt, lustig war es trotzdem gewesen.

Martin erinnerte sich bei einem Blick auf die Uhr, dass sich heute Abend einen Stock höher die Musiker trafen. Er zahlte und tastete sich neugierig die schlecht beleuchtete Wendeltreppe nach oben, von wo bereits einzelne Töne hörbar wurden.

15. Kapitel

Die obere Etage war wie ein irischer Pub eingerichtet. Die Whiskysammlung hinter der Theke stellte das Sortiment im Erdgeschoss weit in den Schatten, außerdem lag der Schwerpunkt hier auf irischen Destillaten. Eine altmodisch wirkende Werbetafel pries Guinness als *good for you* an, natürlich auch in der gälischen Version *„is fearrde tú guinness"*. Von den vier großen runden Tischen war nur einer besetzt, die Runde bestand aus Männern und ein paar Frauen verschiedenen Alters, die sich augenscheinlich gut kannten. Einen Moment zögerte Martin und überlegte, ob er sich jetzt alleine an einen Nachbartisch setzen sollte – was er irgendwie blöd fand – oder ganz offensiv fragen, ob er sich der Tischgesellschaft anschließen dürfe – was er sich auch nicht wirklich traute – oder am einfachsten wieder gehen. In diesem Moment drehte sich eine rothaarige Frau nach ihm um und rief quer durch den Raum:

„Hallo Herr Thormann, das ist ja schön. Kommen Sie, wir haben noch Platz!"

Er hatte O'Brian von hinten nicht erkannt, war aber erfreut, ein bekanntes Gesicht zu sehen. Heute Abend trug sie wieder das grüne Kleid, ihre roten Haare hatte sie zu einem französischen Zopf geflochten, was Martin sofort gefiel.

„Danke, gerne. Darf ich das denn auch ohne Instrument?" fragte Martin lachend in die Runde und setzte sich.

„Sie können uns ja etwas singen!" schlug unter allgemeinem Beifall einer der Anwesenden vor, ein sicher mindestens sechzigjähriger, hagerer Althippie mit einer abgegriffenen Schiebermütze aus kariertem Tweed, Holzfällerhemd, Lederweste und langem, strähnigem Bart. Die Fältchen an den Augenwinkeln verrieten, dass sein Grinsen fester Bestandteil seiner Mimik war. Vor ihm lag eine *bodhrán* mit einem traditionellen, knochenförmigen Schlägel. Und natürlich, wie bei allen anderen, ein Glas Guinness. Martin vermutete, dass es sich um Sam Heaney handelte, von dem O'Brian erzählt hatte.

Noch bevor sich Martin auf die Offerte, eine Gesangseinlage zu geben, eine schlagfertige Antwort überlegen konnte, hatte O'Brian ihn kurz den Anwesenden vorgestellt, die ihn freundlich nickend, manche zuprostend, willkommen hießen.

„Ich hätte gar nicht gedacht, dass Sie sich hier alleine her trauen", lachte sie dann.

„Ich auch nicht", bekannte Martin, „aber wenn ich schon mal da bin, setze ich mich gerne auf ein Glas dazu."

Die Irin gab dem jungen Mann hinter der Theke ein Zeichen, der sofort routiniert ein Glas unter den Zapfhahn hielt. Kurz darauf stellte ein mit wilden, für Martin keltisch wirkendenen Mustern tätowierter Arm ein schwarzes Pint mit cremiger Schaumhaube vor ihm ab.

Die Runde erhob wie auf Kommando die Gläser und plapperte allerlei bretonische und irische Trinksprüche durcheinander.

Das erste Glas Guinness war schnell getrunken, und Martin hatte nichts gegen ein zweites einzuwenden.

Er war fast ein wenig enttäuscht, dass O'Brian nicht ihre Harfe dabei hatte, aber immerhin, sagte er sich, war er dadurch nicht der einzige Zuhörer in der Runde. Plötzlich düdelte es unter dem Tisch und sie kramte, eine Entschuldigung murmelnd, ihr Handy aus der Tasche. Martin versuchte, diskret wegzuhören, schließlich ging ihn das Gespräch nichts an. Er nutzte die Gelegenheit, ein paar Worte mit seinem linken Nachbarn zu wechseln. Mit seinem dunklen Anzug wirkte er wie gerade einer Bankfiliale entsprungen, fast ein wenig deplaziert. Er outete sich als Liebhaber und Kenner der irischen und schottischen Whiskyszene und schwärmte von den wunderbaren Destillaten, die man hier probieren konnte.

O'Brian hatte das Telefonat beendet und berichtete erfreut, dass die Akte doch noch aufgetaucht sei, ihre Kollegin habe sie eigenartigerweise in einer völlig anderen Schachtel gefunden. Irgendjemand musste sie falsch zurückgelegt haben. Die Scans würden morgen Mittag in der Mailbox liegen. Das war doch eine gute Nachricht, darauf stießen sie an. Martin hatte den Überblick verloren, wieviel er bereits getrunken hatte, trotz der Grundlage durch das opulente Essen machte sich der Alkohol deutlich bemerkbar. Vielleicht sollte er nun etwas langsamer tun.

„Haben Sie eigentlich schon mal einen bretonischen Whisky probiert?"

Die Frage seines dunkelbezwirnten Nebenmannes musste Martin verneinen, und ihm schwante, dass sie die Einleitung zu einer unguten Entwicklung des weiteren Abends werden würde. Auch O'Brian pries sofort das jüngste Kind der Brennerei Warenghem.

„Der Armorik kommt aus Lannion, das ist gleich um die Ecke. Wer Whisky mag, muss davon mal gekostet haben."

Sprach's und bestellte drei.

„*Yec'hed mat!*"

Der Mann mit der *bodhrán* hatte unterdessen begonnen, seinem Instrument leise rhythmische Töne zu entlocken. Seine linke Hand lag auf der Innenseite des Fells und konnte je nach Bedarf die Schwingungen dämpfen, die Rechte ließ den knochenförmigen Schlägel locker und routiniert aus dem Handgelenk mit kreiselnden Bewegungen über die Fläche wirbeln. Das schalkhafte Lächeln im Gesicht des Spielers wirkte nun eher selig meditativ entspannt, fast in Trance, was auch an den bereits geleerten Gläsern liegen mochte. Ein anderer Mann, der auf den ersten Blick auch nicht nach einem Musiker ausgesehen hätte, zog eine Mandoline hervor und begann, sie zu stimmen, ein paar Töne zu testen und schließlich in den Rhythmus mit einer einfachen Melodie einzufallen. Das war dann auch das Signal für die anderen, die jeweiligen Gespräche langsam zu beenden, ein Glas auf Vorrat zu bestellen und das eine oder andere Instrument auszupacken.

Der dunkelblaue Anzug neben Martin zog – es sah aus, wie ein Taschenspielertrick – aus der Innentasche des Jacketts eine *tin whistle*, eine jener irischen Blechflöten, die an ein Spielzeug aus einem Kaugummiautomaten erinnern, denen der geübte Spieler aber virtuose Klänge zu entlocken vermag. Martin erkannte irische Traditionals, aber auch Lieder in bretonischer und französischer Sprache. Manches war rein instrumental, zu manchen der Stücke sang jemand. Und bei manchen summte er sogar leise mit. Als er begann, den Rhythmus auf der Tischkante mitzuklopfen, zog Sam, der Mann mit der *bodhrán*, ein paar verbogene Suppenlöffel aus Blech aus der Tasche und schob sie Martin mit aufmunternder Geste über den Tisch. O'Brian nahm sie und zeigte Martin, wie man sie zwischen die Finger der rechten Hand klemmen und dann zwischen dem Knie und den Fingern der linken Hand auf verschiedene Weisen recht effektvoll im Takt klappern lassen konnte. Martin versuchte es ganz mutig, und die Blicke der Bretonen rechts von O'Brian zeigten, dass er sich gar nicht so dumm dabei anstellte – oder sie waren einfach nur nett, aber das minderte nicht den Spaß dabei.

Zwischendrin erzählte O'Brian von ihrem Leben zwischen Irland, Brügge und Minard, von ihrer Leidenschaft für die keltische Kultur und ihrer geschiedenen Ehe. Sie hatte ihren Exmann auf der Universität in Dublin kennengelernt und war ihm in seine belgische Heimat gefolgt.

„Es ist mir klar, dass das aus seiner Sicht anders aussah, aber für mich führte er bald einen ständigen Kampf um den größeren beruflichen Erfolg mit mir. Ich glaube, er hätte mich lieber mit Kindern am Herd gesehen."

Sie machte eine kleine Pause und fügte dann fast etwas wehmütig an: „Nicht dass ich etwas gegen Kinder gehabt hätte ... hast du Kinder?"

Martin schüttelte den Kopf. Die Frage traf ihn unvorbereitet. Doch, auch er, wurde ihm wieder bewusst, hätte gerne mal Kinder. Wobei er sich mit dem „mal" gar nicht mehr so viel Zeit lassen durfte, auch wenn er sich im Moment gar nicht vorstellen konnte, wie er eine Familie in sein Leben integrieren sollte. Und was vor allem Clara dazu sagen würde.

Clara! Sein Hirn flashte ihn plötzlich in eine andere Welt. Er hatte sie noch anrufen wollen! Mist.

Ein Blick zur Uhr an der Theke ließ es allerdings ratsam erscheinen, damit lieber bis morgen zu warten. Der Abend war doch schon reichlich fortgeschritten. Er ließ seine Gedanken wieder in die obere Etage des *Kroaz du* zurückwandern.

Trotz ihrer Trennung war Sinéad in Belgien geblieben, hatte die Stelle am Groeningemuseum angenommen und nebenbei promoviert. Durch ihre Recherchen zum belgischen Widerstand war sie auf das Haus in Minard gestoßen und hatte es zu ihrem Sommersitz mit Zugang zur keltischen Kultur gemacht.

Der Mann mit der Mandoline schaute den Flötenspieler auffordernd an, dieser sah fragend zu Sinéad: „Next market day?"

Sinéad nickte und begann nach einem kurzen, tänzerischen Vorspiel zu singen.

A maid goin' to Comber, her markets to larn,
To sell for her Mammy three hanks o' fine yarn.
She met with a young man along the highway
Which caused this young damsel to dally and stray.

„Sit ye beside me, I mean ye no harm.
Sit ye beside me this new tune to larn.
Here is three guineas your Mammy to pay,
So lay by your yarn till the next market day."

They sat down together, the grass it was green.
The day was the fairest that ever was seen.
„Oh the look in your eye beats a mornin' o' May,
I could sit by your side till the next market day."

This young maid went home and the words that he said,
And the air that he played her still rang in her head.
She says, „I'll go find him by land or by sea
Till he larns me that tune called The Next Market Day."

Wieder hatte Martin Gelegenheit, ihre glockenhelle Stimme zu bewundern. Fast respektvoll spielten die Instrumentalisten etwas leiser, wenn die Verse begannen. Ein paar Männer begleiteten den Refrain mit Unterstimmen. Martin lauschte fasziniert der Musik, während sein Blick, vom Bier bereits schwer geworden, die Tafelrunde entlang wanderte und schließlich an O'Brians von der schwachen Lampe über dem Tisch romantisch beleuchtetem Profil hängenblieb. Fast fühlte er sich ertappt, als sie plötzlich ihre grünen Augen zu ihm drehte und ihn anlächelte.

„Schön?"

„Wunderschön!", und Martin meinte damit nicht nur die Musik. Ihre Sommersprossen, fand er, ließen sie jünger wirken als die feinen Fältchen an den Augenwinkeln, doch insgesamt schätzte er sie auf höchstens Anfang vierzig. Er bemühte sich, ihr nicht in die Augen zu schauen und merkte dabei, dass er nicht mehr nüchtern genug war, um zu beurteilen, ob gerade das jetzt komisch wirkte oder nicht, aber er wusste ja um seine Macke, von schönen Augen so fasziniert zu sein, dass er sich in einem Blick selbstvergessen verlieren konnte, und zumal, wenn er – oh Mann! wieviel Whisky hatte er heute Abend schon? – nicht mehr ganz nüchtern war, aber dieser Armorik war schon wirklich gut, und seit Sam – nur mal zum Vergleich, wahrscheinlich aber, um zu sehen, wie Martin auf diese extrem torfrauchigen Aromen reagieren würde – noch einen Lagavulin und einen Octomore für sie beide bestellt hatte – nur so, um die mal zu vergleichen, aber das hatte er ja gerade schon gesagt – und Martin sich nicht nur keine Blöße geben wollte, sondern im Grunde auch echten Gefallen an den Destillaten von Islay zeigte, was Sam mit einem Lächeln zur Kenntnis nahm und Martin in der Runde zu adeln zu schien, während er sich fragte, ob das frische Glas Guinness vor ihm von vorhin noch nicht getrunken war, von jemandem anders war oder er es nachbestellt hatte oder es von jemandem anderen nachbestellt worden war aber auch egal immerhin enthielt es weniger Alkohol als der Whisky und würde vielleicht verdünnend wirken, was natürlich auch Quatsch war ...

Belustigt – hatte er jetzt hörbar gekichert? – nahm Martin zur Kenntnis, wie sich das feucht beschlagene Glas anfühlte, obwohl: was war daran lustig? Oh Mann, wo sollte dieser Abend noch hinführen? Vielleicht sollte er, so raffte er sich in einem letzten Anfall von vernünftigem Denken auf, um seines Ansehens willen einen unauffälligen Abgang machen.

Sie prosteten schon wieder einander zu, alle am Tisch. Martin hob sein Glas – offenbar war es doch seines –, hatte aber noch genug

Selbstbeherrschung, nur einen kleinen Schluck zu nehmen. Trotz allem angenehm kühl, der weiche, feine Schaum kitzelte an der Nasenspitze. Ein Schleier über der Szenerie ... Es reichte jetzt wirklich. Nicht, dass das wolkige Gefühl nicht ausgesprochen schön gewesen wäre ... Martin genoss es, sich in der Musik treiben zu lassen, freute sich an den urigen Gestalten und Sinéads grünen Augen und war sich ab und zu dennoch mit rudimentärer Vernunft bewusst, dass ihm morgen möglicherweise der heutige Abend peinlich werden könnte. Jede Bewegung nahm er zeitverzögert wahr und war sich dessen einigermaßen bewusst. Es kostete ihn die letzte Konzentration, das Glas sanft wieder abzusetzen und sich mit sich aufbäumendem Restverstand kontrolliert zu Sinéad umzudrehen:

„Ich glaube ... es wäre gut, wenn ich mich dann mal ... verabschiede."

Er hörte sich reden und war sich nicht sicher, ob die Worte so verständlich, wie er sie dachte, auch aus seinem Mund kamen. Eigentlich war er sich sogar recht sicher, dass er nur noch unkontrolliert nuschelte. Auch sein Blick war so ... eingeengt, oder wie sollte man das beschreiben, wenn man sich nur noch auf das konzentrieren kann, was man direkt fixiert ... Und er merkte, dass er nicht wusste, was er jetzt weiter sagen sollte. Sie sah auf die Uhr und verkündete mit einem Lächeln, das Martin nicht recht deuten konnte, dass es ja tatsächlich schon reichlich spät sei. Plötzlich standen alle um den Tisch herum und schickten sich an, sich zu verabschieden – es konnte aber auch sein, dass er ein paar Minuten nicht bewusst mitbekommen hatte, wofür auch sprach, dass er sein Portemonnaie in der Hand hielt, ohne sich erinnern zu können, dass er es gezückt hatte. Richtig, er musste ja bezahlen. Aber bei wem? Und wieviel? Er steckte, überfordert von der Situation, den Geldbeutel wieder ein und sah sich nach Sinéad um ... pardon, Dr. O'Brian. Sie zog sich eben eine Jacke über und wechselte ein paar Worte mit einem der Bretonen. Von hinten schlug eine Hand auf seine Schulter. Sams fröhlich grinsender Vollbart schob sich in sein Gesichtsfeld und sagte ein paar absolut unverständliche Sätze zu ihm. Martin fragte sich einen Moment, ob das gälisch war, bretonisch oder nur besoffenes Französisch und antwortete spontan auf Deutsch:

„Da schimmern in Abendrots Strahlen von Ferne die Zinnen von Syrakus!"

Sam stutzte kurz, brach dann in herzliches Lachen aus und schlug Martin abermals auf die Schulter. Der blaue Anzug mit der *tin whistle* gab ihm die Hand und lud ihn ein, mal wieder vorbeizukommen.

Kurz darauf standen sie auf der Straße und winkten den anderen Gästen zu, die in die verschiedenen Richtungen im Dunkel verschwanden. Vom Summen der Straßenlaterne abgesehen war es plötzlich ganz still, und Martin hatte an der frischen Luft mit einem Mal das Gefühl, ein wenig mehr Herr seiner Sinne zu sein. Seltsam, dass seine Stimme trotzdem verwaschen klang.

„Ich glaube, ich muss mich entschuldigen. Ich habe schlichtweg zu viel getrunken. Ich hoffe, ich habe mich nicht allzu peinlich benommen."

Sie schaute erst etwas irritiert, dann brach sie in Gelächter aus: „Mach dir keine Sorgen. Wenn, dann habe ich es jedenfalls nicht bemerkt. Aber es ist es tatsächlich spät. Gehen wir?"

Sie legte ihre Hand auf Martins Schulter und er ahnte, dass auch sie tatsächlich alles andere als nüchtern war. Er sah in ihre lachenden Augen und registrierte seine spontane Lust, seinen Arm um sie zu legen, aber das ging ja gar nicht. Morgen wäre es ihm unendlich unangenehm, soviel Selbsterkenntnis war ihm noch geblieben.

„Wie willst du jetzt zurück ins Hotel kommen?" fragte sie.

Martin musste zugeben, das noch nicht bedacht zu haben. Tagsüber hatte es eine Buslinie gegeben, mit der war er auch hergekommen, aber um diese Zeit würde er hier draußen nicht einmal ein Taxi auftreiben können. Und selbst wenn er das Rad mitgebracht hätte, wäre es nicht gut gewesen, damit jetzt noch zu fahren.

„Ein kleiner Abendspaziergang ist jetzt kein Problem," spielte er ohne Überzeugung die Strecke herunter.

„Das sind einige Kilometer. Ich könnte dir Asyl geben – und morgen ein Frühstück."

Benebelt wie er war, brachte er es nicht fertig, darüber nachzudenken, ob er ihren Vorschlag besser ablehnen sollte und zumal, wie er das höflich formulieren könnte. Ohne eine Antwort abzuwarten, legte sie ihren Arm um seine Schulter, lachte in die Nacht hinein und dirigierte ihn sanft die Straße entlang. Ein von Flechten bewachsenes, abgestoßenes Betonschild, eines der letzten Überlebenden seiner Art, wies „Minard 2 km" aus.

Die frische Nachtluft wehte um ihre Nasen, Fledermäuse tanzten um die Straßenlaternen und sammelten die umherschwirrenden Nachtfalter ab. Martin bemühte sich, geradeaus zu laufen, stieß immer wieder an Sinéad und schmiegte sich schließlich doch haltsuchend an sie. Irgendwie war es jetzt auch schon egal.

16. Kapitel

Es gibt Tage, da weiß man schon vor dem Öffnen der Augen, dass der Vorabend üble Spuren im Kopf hinterlassen hat. Die freundlich ins Zimmer scheinende Morgensonne änderte nichts daran, dass es in Martins Schädel bei jeder Bewegung heftig bohrte. Eher im Gegenteil. Vorsichtig spähte er durch die Augenlider und versuchte, das Ende des letzten Tages gedanklich zu sortieren, bevor er den neuen begann.

Irgendwie war er mit Sinéad prächtig albernd Arm in Arm zu deren Haus gewankt. Sie hatte ihm Kissen und Decken auf dem Sofa bereitgelegt und eine gute Nacht gewünscht. Richtig, umarmt hatte sie ihn auch, und übermütig kichernd geküsst. Schön war das, und das letzte, an das Martin sich erinnerte, waren ihr grüner Blick und wie er ihre Hand auf seinem Gesicht spürte.

Aus der Küche hörte er jetzt Klappern von Geschirr. Und aus seiner Tasche sang Louis Armstrong „What a wonderful world". Wie aus einer anderen Welt suchte das Telefon einen Zugang zu seinem Bewusstsein: Clara rief an. Mit dem sicheren Gefühl, dass er den Anruf jetzt nicht annehmen sollte, fischte er das Handy heraus und drückte auf den grünen Hörer.

„Ja?"

„Martin, hallo? Wo treibst du dich denn herum?"

Martin erschrak etwas, denn diese Frage wollte er ohne seinen Anwalt jetzt nicht rundheraus beantworten.

„Warum? Was meinst du? Sorry, der gestrige Abend war etwas ... feucht-fröhlich. Hattest du schon mal angerufen?"

Auf dem Display standen fünf verpasste Anrufe. Clara präzisierte: „Allerdings. Ich hatte mir schon Sorgen gemacht, auch in deiner Pension konnte mir niemand sagen, wo du bist."

Es gelang ihr nicht restlos erfolgreich, jeglichen Vorwurf aus ihrer Stimme zu nehmen.

Martin kratzte alle Konzentration zusammen und versuchte, den Schraubstock um seinen Schädel zu ignorieren.

„Das ist etwas kompliziert, ich erkläre dir das später. Ich habe offenbar deine Anrufe nicht gehört, tut mir leid. Aber wir kommen weiter: Ich habe tatsächlich eine Spur von Friedrich Weedemeyer gefunden, er hat in Brügge wohl einerseits für die belgische Résistance gearbeitet, andererseits für den Sonderauftrag Linz."

Er war froh, das Gespräch auf eine sachliche Ebene lenken zu können.

„Sonderauftrag Linz! Das ist ja ein Ding!"

„Du weißt, was das ist?"

„Natürlich. Aber ich wusste nicht, dass ein Weedemeyer zum Kreis der Ankäufer gehört hat."

„Ich habe heute noch ein Gespräch mit einem Veteranen der Résistance, der weiß möglicherweise noch etwas über unseren Mann."

„Wow, das ist ja ein Volltreffer. Dann wünsche ich dir mal viel Erfolg!"

„Danke. Ich melde mich, sobald ich schlauer bin."

„Mach das. Und sonst? Ist es schön dort oben?"

Martin war klar, dass Clara nichts über den gestrigen Abend wissen konnte, fühlte sich aber angesichts der Frage unwillkürlich unwohl. Er versuchte es locker und unverbindlich:

„Doch, natürlich. Du weißt ja, dass die Bretagne immer wunderschön ist."

„Das freut mich. Vergiss nicht, auch etwas auszuspannen. Kommissar Johansen kann auch mal warten. Und jetzt solltest du schnellstens etwas gegen deinen Kater tun."

„Woher ...?"

Martin sah förmlich Claras spöttisches Grinsen.

„Ich kenne dich doch ... ciao, mein Schatz!"

Das Gespräch endete keine Sekunde zu früh. Die Tür öffnete sich, Sinéad schaute fröhlich lächelnd herein, wünschte einen guten Morgen und kündigte das Frühstück an. Martin fragte sich, wie sie so taufrisch aussehen konnte. Irische Gene vermutlich. Irischer Stoffwechsel. Irische Leberenzyme.

Er nickte, machte sich im Bad leidlich frisch, pries die Umsicht, in seiner Tasche stets eine Packung Ibuprofen mit sich herumzutragen und erschien kurz darauf in der Küche.

„Gut geschlafen?" fragte die wohlgelaunte Irin, während sie den Tee aufgoss.

„Danke, alles prima. Ein wenig lädiert von gestern ... Aber es war ein toller Abend. Und ich bin Ihnen ... bin dir sehr dankbar für die Herberge."

Irgendwann waren sie beim Du gelandet, aber er konnte sich nicht mehr daran erinnern, wie und wann genau.

Martin registrierte erleichtert, dass sich Sinéad beim Frühstück ganz sachlich gab.

„Ich habe vorhin bei François angerufen. Er ist daheim und hat nichts dagegen, wenn wir vorbeikommen. Aber ich muss dich warnen ..." – sie hielt kurz inne, es war, als schaute sie Martin einen Moment lang an, ob der whiskyselige Wechsel zum Du auch heute Morgen noch in Ordnung war – „sein Wein ist furchtbar!"

Die Tragweite dieser Äußerung konnte Martin, als sie eine halbe Stunde später bei François Le Baher vor der Tür standen, zunächst nicht erfassen. Das Haus befand sich zwischen zwei größeren Gebäuden direkt an der Ausfallstraße des Ortes und machte einen stark renovierungsbedürftigen Eindruck. Le Baher teilte Sinéads Liebe zu offenen Türen offenbar nicht, denn erst einige Zeit, nachdem sie den Türklopfer betätigt hatten, hörte man das Geräusch mehrerer sich öffnender Riegel und Schlösser. Erst einen Spalt weit gab die Tür den Blick ins Innere frei, wo ein von spärlichen weißen Haaren besetzter Kopf erschien, das Gesicht darunter mit unendlich vielen Falten in einer ledrigen, von Pigmentflecken gesprenkelten Haut. Zwei wasserblaue, kleine Augen schauten aus der Tiefe viel zu großer Höhlen durch eine starke Brille hindurch kritisch auf die Besucher. Das altmodische Gestell ließ ahnen, dass Le Baher seit vielen Jahrzehnten nicht mehr beim Optiker vorgesprochen hatte.

Seine kritische Miene hellte sich glücklicherweise schnell auf, als er Sinéad erkannte. Er öffnete die Tür ganz und winkte sie mit etwas gichtgebremsten Bewegungen herein.

„Das irische Fräulein, richtig. Sie hatten ja angerufen. Kommen Sie herein. Und das ist also der *boche*, den Sie mitgebracht haben?"

Martin war der Bezeichnung „*boche*" wegen im ersten Moment irritiert, glaubte dann aber im Gesicht des Alten keine Feindseligkeit zu entdecken.

„Richtig, Martin Thormann. Guten Tag, Monsieur Le Baher. Danke, dass wir Ihre Zeit in Anspruch nehmen dürfen."

Le Baher trug eine total verschlissene Hose und eine ausgeleierte Jacke über einem karierten Holzfällerhemd, die aber immerhin nicht unsauber wirkten. Die Kleidung machte den Eindruck, als sei ihr Träger vor Jahren deutlich umfangreicher gewesen, und den Hosenträgern war somit eine bedeutende Aufgabe zugefallen.

Er winkte seine beiden Besucher durch einen niedrigen Flur in einen größeren Raum, wo ein schwerer Eichentisch und zwei Bänke zum Sitzen einluden. Martin verglich das Haus mit dem von Sinéad und stellte fest, dass es – freilich seit Jahrzehnten unrenoviert – recht ähnlich wirkte. Auch hier gab es eine offene Feuerstelle, die aber, dem Geruch kalten Rußes nach zu urteilen, noch in Betrieb war. Der Boden bestand aus rohen Ziegeln und war dementsprechend uneben, die Wände waren vor langer Zeit sicher einmal weiß gewesen, nun aber vom Rauch der Zeit ergraut. Die Einrichtung war karg, nur auf einer Kommode standen mehrere sorgfältig gerahmte Bilder aus alter Zeit. Martin erahnte den jungen Le Baher, wie er lachend mit einer Angel in der Hand einen ansehnlichen Karpfen vor die Kamera hielt. Ein sepiafarbenes Portrait zeigte eine hübsche junge Frau mit schwarzen Augen und schwarzen Locken. Auf einer anderen Aufnahme standen vier junge Männer in Zivil, aber mit Gewehren in der Hand vor einer Baracke. Das Hochzeitsfoto daneben war winzig und arg ramponiert, es musste noch eine Generation älter gewesen sein. Auf einem Bild von einem Kutter im Hafen waren die an der Reling angetretenen Personen kaum zu erkennen, da ihre Mützen harte Schatten auf ihre Gesichter warfen.

Mit der einen Hand wies Le Baher seine Besucher an den Tisch, mit der anderen öffnete er einen Schrank und holte, ohne groß nach den Wünschen seiner Gäste zu fragen, drei Gläser und eine unetikettierte Weinflasche hervor. Sinéad schaute Martin vielsagend an, ihm schwante Ungutes. Vielleicht um auch aus diesem Grund den Besuch nicht zu sehr in die Länge zu ziehen, kam die Irin gleich zur Sache: „François, mein Freund Martin forscht in einer alten Geschichte, und ich glaube, Sie können ihm helfen."

Der Alte setzte sich ungelenk und kniepelte konzentriert den Korken aus dem Flaschenhals. Seine Finger waren knotig verdickt, die Nägel holzig und die Haut wie von Maschinenöl gebeizt. Ein ereignisreiches Leben zeichnete sich auf ihnen ab.

„Alte Geschichten ... ja, da habe ich schon viel erlebt. Was will er denn wissen?"

„Es geht um die Zeit der Besatzung, vierundvierzig, in Brügge ..."

Ein schwer zu deutendes Zucken lief durch sein Gesicht, als habe François auf eine andere Zeit umgeschaltet.

„Vierundvierzig in Brügge, ja ... das war im Krieg, die Résistance. Oh ja, das sind alte Geschichten, o ja ..."

Bedächtig nickend schenkte er die drei dickwandigen, vom langjährigen Gebrauch blinden Gläser voll und schob seinen Besuchern jeweils eines hin. Sinéad nickte höflich dankend und erklärte: „Eure Gruppe stand damals mit den Leuten des Kunstmuseums in Verbindung, wenn ich mich recht erinnere?"

„Das Kunstmuseum? Kann sein. Ich weiß gar nicht mehr. Wir haben mal versucht, die Telefonleitungen der Kommandantur anzuzapfen. Die *boches* hatten sich im Rathaus breitgemacht, und wir saßen im Keller des Nachbarhauses, und Michel hatte etwas gebastelt, womit wir die Gespräche mithören konnten. Aber nein, das war nicht im Museum ..."

„Nein, aber im Museum wart ihr doch auch aktiv. Du hattest erzählt, dass ihr Bilder auf die Seite geschafft habt. Wer war denn damals alles dabei?"

„Im Museum, im Museum ... ja, richtig. André hatte uns mit denen zusammen gebracht. Eigentlich wollte er nur Kunst retten, wie er es nannte. Wir haben dann aber auch manches verkauft." Er kicherte.

„Wer war dieser André?"

„Ich weiß nicht mehr, er nannte sich immer nur André. Ich glaube, er kam aus Brüssel. Hat er zumindest gesagt. Wir haben nicht viel über uns erzählt, dann konnten die *boches* auch wenig aus uns herausfoltern."

„Gab es einen Friedrich Weedemeyer bei der Museumsgruppe?"

François dachte lange nach, dann schüttelte er langsam den Kopf.

„Ich bin mir nicht sicher. Der Name kommt mir irgendwie bekannt vor. Vielleicht."

Martin hatte bisher das Gespräch schweigend verfolgt, nun fragte er: „Es mag seltsam klingen, aber gab es in einer der Gruppen vielleicht auch einen Deutschen?"

Er hatte eine verständnislose Reaktion befürchtet, doch François nickte nachdenklich.

„Bei den Museumstypen, die mit uns zusammengearbeitet haben, war tatsächlich ein Deutscher. Der könnte Friedrich oder so geheißen haben, ja. Wir haben ihm nicht recht vertraut, naja, man weiß ja nie, die *boches* hatten ja überall ihre Spione. Ich glaube, er arbeitete offiziell für die deutsche Verwaltung, oder er hatte zumindest mit ihnen zu tun."

„Aber er hat mit der Widerstandsgruppe zusammengearbeitet?"

„Ja, schon. Auch. Er war dabei in der Nacht, als die Gestapo bei Shlomo Goldmann die Wohnung ausgeräumt und die ganzen Bilder mitgenommen hat. Eine Stunde vorher bekamen wir Wind davon", – Le Baher kicherte bei der Erinnerung – „und dann haben wir die besten Stücke vorher weggeschafft. Und Goldmann hat sich mit seiner Familie zu Freunden abgesetzt."

„Weißt du, wer euch damals informiert hatte?"

Der Alte schaute nachdenklich auf die zerfurchte Tischplatte. Dann schüttelte er den Kopf.

„Wir durften das gar nicht wissen, damit wir niemanden verraten konnten. Wir wussten ja nie, wen sie als nächstes schnappen würden."

„Was passierte später mit den Bildern, die ihr in Sicherheit gebracht habt?"

Le Baher zuckte die Schultern. Darum hatten sich die anderen gekümmert.

„Erinnerst du dich an noch andere Aktionen mit der Museumsgruppe?"

„Zwei, drei Mal haben die uns Bilder vorbeigebracht, die sie unauffällig abzweigen konnten, bevor sie in irgendwelchen Listen auftauchten. Sie mussten ja auch vorsichtig sein, damit keiner Lunte roch. Ja, wenn ich mich recht erinnere, da war der Deutsche auch dabei. Aber – wartet mal!"

Er erhob sich ungelenk, ging zum Schrank und kramte in einer Schublade. Schließlich zog er eine stark zerfledderte Mappe aus graugrünem Karton hervor und legte sie auf den Tisch.

„Da sind noch so ein paar Andenken drin. Vielleicht ist da etwas dabei, was euch interessiert."

Sinéad wechselte rasch einen Blick mit Martin, der diesem verriet, dass sie diese Mappe auch noch nie gesehen hatte. Le Baher blätterte sich langsam durch ein paar Zeitungsartikel und Papiere. Dann zog er ein altes Foto heraus. Braunweiß. Sepia auf mattem Papier. Eine gutbürgerliche Familie stand mit gemeinsamem Blick zur Kamera um einen gedeckten Kaffeetisch. Im Hintergrund sah man schwere, dunkle Möbel, Bücherregale und Bilder an der Wand. François sah es kurz an, hielt inne, zögerte, es gleich wieder wegzulegen.

„Das waren die Edelmans. Die waren richtig reich. David, daneben seine Frau Else, vorne ihre Tochter Esther und ihr Sohn Benjamin."

Das Bild war nicht sehr groß, aber gestochen scharf. Esther war offenbar bedeutend älter als ihr Bruder, eigentlich mehr eine junge Dame. Martin erkannte in ihr die junge Frau auf dem Portrait, das bei Le Baher auf der Kommode stand. Sicher hatte der Alte das Familienfoto nicht zufällig aufbewahrt. Martin hatte das Gefühl, er erzähle nur etwas betont Sachliches über das Bild, um etwas Anderes nicht ansprechen zu müssen.

Sinéad hatte, während Le Baher weiterblätterte, ihren Laptop aufgeklappt.

„François, schau mal. Erkennst du hier irgendjemanden?"

Der Gefragte schaute auf den Bildschirm, wo ein Gruppenfoto zu sehen war. Ein gutes Dutzend Männer in dunklen Anzügen, manche in Uniform und mit Hakenkreuzarmbinden. Das Bild war offensichtlich in einem Museumsraum aufgenommen worden.

Le Baher schüttelte lange nachdenklich über dem Bild den Kopf. Fast geistesabwesend tippte er auf einen grauhaarigen Mann in Generalsuniform.

„Das da, das war der … na, der aus Paris, du weißt schon, den kennst du sicher auch."

Plötzlich blieb sein Blick an einem Gesicht hängen.

„Der hier, der ganz hinten steht, den kenne ich. Das ist der Deutsche, der bei der Résistance war."

Sinéad nickte ruhig.

„Das ist Friedrich Weedemeyer."

17. Kapitel

Die bretonische Sonne und ein sommerlicher Wind in der Straße bildeten einen harten Kontrast zu der vergangenheitsdurchtränkten Atmosphäre im Hause Le Bahers.

„Woher stammte eigentlich das Foto, auf dem François Weedemeyer erkannt hat?"

„Ich fand es unter den Unterlagen, die mir Mieke aus Brügge gemailt hat. Es entstand Anfang 1943, anlässlich des Besuchs des Militärgouverneurs der französischen Nordzone."

„Der in der Mitte, mit der Generalsuniform?"

„Genau. Carl Heinrich von Stülpnagel. Interessanterweise war auch er im Widerstand, aber auf einer ganz anderen Ebene. Er gehörte zur Gruppe der Offiziere des 20. Juli. Und das, obwohl er erklärter Antisemit war."

„Schräg. Und die anderen auf dem Bild?"

„Entourage des Generals, Stadtverwaltung und Mitarbeiter des Museums. Deshalb ist wohl auch Weedemeyer mit dabei. Außerdem Hermann Voss, der Sonderbeauftragte für den SA Linz, und sein Hauptaufkäufer, Hildebrand Gurlitt."

Sinéad schloss ihr Auto auf und verstaute die Tasche mit dem Laptop im Kofferraum.

„Wie geht es jetzt weiter?" fragte Martin, nachdem sie losgefahren waren.

„Wir wissen jetzt, dass Weedemeyer für die Résistance und für den Sonderauftrag Linz gearbeitet hat. Dadurch hatte er sicher die Möglichkeit, beschlagnahmte Bilder unauffällig auch für sich selber abzuzweigen. Das Verfahren zum Übermalen hat er in Brügge entwickelt, wo die Résistance damit einige Bilder getarnt hat."

„Und nach dem, was Frau Koch erzählte, dürfen wir vermuten, dass er sich Ende 1944 mit seiner Beute, die er vorher übermalt hatte, in die Heimat abgesetzt hat, um sich von den Alliierten als Zivilist überrollen zu lassen."

„Was ganz schön riskant war, als Deserteur. Wahrscheinlich hatte er mit einem schnelleren Sieg der Alliierten gerechnet."

„Möglich. Mit seinem geheimen Schatz erlebte Weedemeyer jedenfalls das Kriegsende bei Verwandten in Norddeutschland, kehrte heim zu seiner Familie nach Frauenaurach und starb wenig später an einem Schlaganfall."

„In der Familie wurde dann das Bild weitervererbt, ohne zu wissen, was sich unter der obersten Farbschicht verbirgt."

„Genau. Seine Enkelin, Frau Koch, stellt es dann schließlich arglos aus, bis jemand darauf aufmerksam wird und es stiehlt."

„Aber woran hat derjenige das Bild jetzt plötzlich erkannt?"

„Das bleibt zu klären. Und manches andere auch."

„Und warum ist Frau Koch nicht zur Polizei gegangen?"

„Zu diesem Zeitpunkt hat sie wohl schon geahnt, dass das Bild als Beutekunst nach Deutschland gekommen ist und ihr rechtmäßig gar nicht zusteht."

„Wer könnte aber dahinterstecken?"

„Jemand, der erst jetzt von der alten Geschichte erfahren hat. Vielleicht hat er sich der Suche nach verschollenen Bildern verschrieben – das ist schließlich lukrativ, wenn man wertvolle Originale findet, die keinen Besitzer mehr haben."

„Also jemand, der sich ziemlich sicher sein kann, dass unter dem mittelprächtigen Bild seit Jahrzehnten etwas Wertvolles schlummert, und dass die heutigen Besitzer das nicht ahnen. Wer auch immer das Bild jetzt hat, er kann das Original freilegen und als Dachbodenfund oder Flohmarktkauf ausgeben."

Martin nickte.

„Dann ist hier vermutlich Ende der Fahnenstange."

„Sieht so aus. Aber wenn wir auch nicht wissen, wo das Bild jetzt ist, immerhin haben wir nun eine konkrete Vorstellung davon, was es für eine Geschichte hat."

Schweigend fuhren sie durch mehrere Ortschaften. Unter dem jetzt zur Abwechslung mal wieder trüben Himmel wurde der Wind kräftiger. In Plouézec bogen sie von der D786 in Richtung Kerminalouët ab. An der roten Ampel stehend sahen sie, wie im Windschatten der Häuser ein paar Blätter, etwas Staub und das eine oder andere Papierchen, das sich nicht im Abfalleimer gehalten hatte, im Kreis verwirbelt wurden. Eine füllige Frau mit Schürze kam aus einer Ladentür, las einen mit Kreide beschrifteten Aufsteller von der Straße auf und lehnte ihn gegen die Hauswand. Ein paar alte Männer standen gestikulierend um ein paar am Boden liegende Stahlkugeln und diskutierten deren Lage gegenüber dem *bouchon*. Lange hatte sich Martin gefragt, wie die kleine Holzkugel zu diesem Namen gekommen war, vielleicht hatte man früher einfach einen alten Korken verwendet. In Arles klärte ihn eines Tages seine Vermieterin auf, dass das im Okzitanischen schlichtweg „kleine Kugel" bedeutete. Viele nannten sie auch *cochonnet*, aber das war nicht minder rätselhaft.

Das aufziehende Wetter schien die Herren nicht zu beeindrucken, schließlich würde es hierzulande ohnehin nicht von Dauer sein. Die Ampel wurde grün.

Gute zwei Kilometer weiter parkten sie vor Sinéads Garageneinfahrt.

Sie stiegen aus, und Martin schulterte seine Tasche. Sinéad lächelte ihn an: „Und was machst du nun? Urlaub?"

„Ja, ich denke, ich bleibe noch ein paar Tage. Die Gegend ist schön, um an meinem nächsten Buch weiterzuarbeiten. Danke für alles!"

Sie zögerte einen Moment, schaute Martin fragend an.

„Wenn du möchtest, könntest du auch noch ein paar Tage bei mir verbringen ..."

Martin überfluteten einander widerstrebende Gefühle. Die Lust, mit Sinéad noch ein paar Tage zu verbringen, war groß. Und natürlich wäre auch nichts dabei, wieso auch? Indes rief ihm ein verzweifelter Schrei aus der Tiefe seines Ichs warnend zu, jetzt bloß nicht darauf einzugehen. Nur ein Vollidiot konnte übersehen, dass Sinéad Martin gerne näher kommen würde – oder bildete er sich das doch nur ein? Aber das Risiko war zu groß. Kein Spiel mit dem Feuer, ermahnte er sich. Es war ihm, als könne er jetzt nichts richtig machen. Vielleicht sollte er beiläufig bemerken, dass er quasi verlobt war – aber wie würde das wirken, wenn sie in Wirklichkeit gar kein Interesse an ihm hätte und er aber damit die Vermutung, es könnte so sein, offenbaren würde? Idiot, schalt er sich, warum hatte er das nicht gleich klargestellt? Wäre, könnte, täte, hätte, würde ... sein Hirn bestand aus einem Karussell von Konjunktiven, und er schaffte es plötzlich nicht mehr, einen objektiven Gedanken zu fassen.

Herrgott, nun sag doch mal etwas, schrie in ihm eine zweite Stimme die erste an. Ich weiß doch auch nicht!, schien diese zu erwidern. Gewiss, auch er fühlte sich mehr zu dieser Frau hingezogen, als er wollte, als gut war und als er wahrhaben wollte. Er fühlte sich wie ein Magnet, der nicht auf den anderen knallen wollte, aus Angst, sich dann nicht wieder lösen zu können. Vernunft gegen Gefühl. Sinéad war eine intelligente, attraktive, nette Frau, und irgendwann würde er bei erhöhtem Alkoholpegel mit ihr zu flirten beginnen, ganz harmlos, nur zum Spaß, unverbindlich, und schließlich würde er wie ein Insekt in einer Kannenpflanze aus der Sache nicht mehr heil herauskommen. Nur allmählich gewann die Ratio die Oberhand.

Langsam, fast widerstrebend schüttelte er den Kopf.

„Danke, das ist sehr freundlich, aber ich glaube, das wäre nicht gut."

Sinéad nickte.

„Verstehe. Schade."

Sie lächelte ein wenig geknickt, wollte sich das aber nicht anmerken lassen.

Jetzt, wo die Grenzen abgesteckt waren, fiel es ihm plötzlich leicht, ihre Umarmung zum Abschied zu genießen. Sie küsste Martin flüchtig auf die Wange und flüsterte ihm ins Ohr:

„Venez me rendre visite, si vous êtes dans ce coin!"

War sie zum förmlichen „Sie" zurückgekehrt oder verwendete sie für ihre Einladung, sie mal wieder zu besuchen – im Französischen ist das nicht zu unterscheiden – die Pluralform? Hatte sie gemerkt, dass Martin nicht solo war? Oder einfach nur aus seiner Zurückhaltung geschlossen? Martin entschloss sich zur klaren Aussage: „Wenn wir einmal in der Gegend sind, machen wir das wirklich gerne. Vielen Dank für alles."

Sinéads Angebot, ihn noch zur *Auberge* zu fahren, hatte er dankend abgelehnt. Ein paar Schritte an der frischen Luft waren jetzt nicht schlecht, um wieder einen klaren Kopf zu bekommen. Sie hatten vereinbart, sich gegenseitig über Neuigkeiten zu dem geheimnisvollen Bild auf dem Laufenden zu halten.

Auf den ersten Metern war es Martin, als wühle er sich durch die Eindrücke der letzten Tage, ein ungeordneter Haufen aus Informationen, Emotionen und Erinnerungen. Und immer wieder drängte sich das Bild der sympathischen Irin mit den grünen Augen nach oben.
Schon am Ortsausgang von Minard musste er aber – und er stellte das selber mit Erleichterung fest – lächelnd des Kopf schütteln über sein kurzzeitiges pubertäres Gefühlschaos, sah die Schönheit der grauen Wolken über den grünen Wiesen, die archaischen Findlingsmauern, die an den Wegrändern entlang verliefen und rekapitulierte die Enthüllungen, die die letzten Tage gebracht hatten. Selbst wenn sich die Ermittlungen an dieser Stelle festfahren sollten, hatte er einiges in Erfahrung gebracht, was er Frau Koch würde erzählen können. Und sein Urlaub war um ein paar spannende Tage bereichert worden.

Wenn er jetzt nicht komplett die Füße in den bretonischen Sand steckte, sondern jeden Tag ein paar Stunden an seinem Krimi weiterarbeitete, konnte er problemlos noch zwei Wochen Aufenthalt hier rechtfertigen.

*

Der nächste Tag ermutigte ihn gleich, für diesen Vorsatz etwas zu tun. Es regnete auch für hiesige Verhältnisse gründlich, und die *Ouest-France* prophezeite keine Änderung vor morgen früh. Seine Vermieterin brachte ihm auf seine Bitte hin mit dem Frühstück gleich noch ein Brot und ein Stück Camembert mit, die zusammen mit der verbliebenen Flasche Wein, einer zeitlosen Salami, einem Apfel, einer Schachtel Keksen („*Galettes St. Michel*") und dem unerschöpflichen Vorrat an Kaffee und Tee sein Überleben in der Wohnung auch dann sichern sollten, wenn er sich heute ausschließlich dem Schreiben widmete. Um nicht abgelenkt zu werden, stellte er sein Handy auf Vibration und machte sich ans Werk.

Dass ein Anruf die Arbeit nicht weniger unterbricht, wenn er sich durch Vibration ankündigt, wurde Martin in dem Moment bewusst, als Clara anrief. Sie wirkte energiegeladen, regelrecht aufgedreht.

„Es gibt gute und weniger gute Neuigkeiten! Was zuerst?"

„Erst die weniger guten natürlich. Ist Kohl etwa noch Kanzler?"

Die Frage war eine Zeitlang in seiner WG während des Studiums ein running gag.

„Im Groeningemuseum gibt es einen mysteriösen Todesfall. Habe ich eben im Internet gelesen und gleich angerufen. Anscheinend ist ein Mitarbeiter, der seit einiger Zeit vermisst wurde, erschossen in einem stillgelegten Bergwerk in der Wallonie bei La Roche-en-Ardennes gefunden worden."

„Das ist ja ein Ding ... hatte er irgendetwas mit der Bildersache zu tun?"

„Eigentlich wüsste ich nicht, was. Aber das sollte man nachprüfen."

„Aber wie kommt er in das Bergwerk? Die Ardennen sind doch ziemlich weit weg von Brügge?"

„Frag mich nicht. Möglicherweise wäre die Leiche jahrelang nicht entdeckt worden, wenn nicht ein paar Jugendliche die Gänge trotz des Verbots erkundet hätten. Die stießen dabei auf die schon ziemlich verweste Leiche."

„Nette Vorstellung. Kommen jetzt die guten Nachrichten?"

Clara wurde eine Spur nüchterner.

„Noch nicht ... gestern ist hier ein Typ aufgetaucht ... der kam bei uns vorbei und wollte dich sprechen. Er war ziemlich sauer. Das ist noch milde ausgedrückt. Du hättest etwas mit seiner Freundin ...?"

Clara machte eine Sprechpause, um Martin Gelegenheit zu einer Reaktion zu geben.

Martin war erst völlig konsterniert und suchte fieberhaft nach Gelegenheiten, wo er mit fremden Frauen geflirtet haben könnte. Plötzlich fiel ihm Sinéad ein. Aber das war doch absurd: Wer in Deutschland könnte mit ihr in Verbindung stehen? Und wer konnte überhaupt wissen, dass er mit ihr nach einem durchzechten Abend Arm in Arm kuschelnd durch die bretonische Nacht gewandert war? Aber selbst wenn: Sinéad war schließlich ungebunden. Oder hatte sie ihm etwas verschwiegen? In Sekunden sortierte Martin alle Möglichkeiten und landete schließlich bei der rationalen Betrachtung, dass das einfach nicht sein konnte und dem unbestimmten Gefühl, dass er Clara die Episode trotz allem nicht unbedingt auf die Nase binden wollte.

„Das ist doch Quatsch! Wer soll das sein? Hat er seinen Namen genannt?"

„Seinen Namen hat er nicht genannt. Aber er hat getobt, er lasse sich seine Rebecca von dir nicht wegnehmen. Als er dann handgreiflich werden und ins Haus kommen wollte, habe ich gedroht, die Polizei zu holen."

„Eigenartig. Zumal ich gar keine Rebecca kenne."

Martin sagte das mit ehrlicher Überzeugung, er war auch erleichtert, denn Sinéad hieß nunmal nicht Rebecca, doch die Erinnerung an die letzten Tage schwangen in seiner Stimme wohl etwas mit, und Clara wurde das Gefühl nicht los, irgendetwas stimmte vielleicht doch nicht so ganz. Trotzdem beschloss sie, das erst einmal auf sich beruhen zu lassen. Es gab schließlich noch die richtig gute Katze aus dem Sack zu lassen.

„Komisch. Na gut." – Innehalten zur Betonung des Folgenden – „Aber das können wir dann ja auch persönlich besprechen."

Sie machte eine erwartungsvolle Pause, ob Martin etwas auf dieses Stichwort entgegnen würde. Der aber dachte nur fieberhaft nach, was sie damit sagen wollte. Sie half nach.

„He, mit persönlich meine ich: nicht am Telefon."

„Äh, jaja, willst du damit sagen, ich soll zurückkommen? Es war doch ausgemacht ..."

„Nein, das wäre ja blöd, in der Bretagne ist es doch viel schöner."

Plötzlich ging ihm der Kronleuchter auf: „Soll das heißen, du hast doch noch frei bekommen?"

Claras fröhliches Lachen explodierte noch im fernen Minard.

„Fast. Eigentlich noch viel besser. Pass auf: Ich habe mit Frau Koch gesprochen, sie ist einverstanden, dass wir ganz offiziell nach dem Bild suchen, und wenn sie es nicht einem eventuellen rechtmäßigen Erben zurückgeben muss, soll es das Stadtmuseum als Dauerleihgabe bekommen. Ihr ist die Sache nun doch zu heiß geworden. Wenn es sich wirklich um etwas enorm Wertvolles handeln sollte, gehört das eher ins Museum. Schon wegen der Sicherheit. Und das wiederum hat meine Chefs so begeistert, dass sie mir die Reise quasi als Sonderurlaub genehmigen. Zur Recherche."

Martin jauchzte begeistert ins Telefon und feuerte angesichts dieser Nachricht im Geiste eine Batterie Feuerwerk ab.

Sie beschlossen, sich zunächst in Brügge zu treffen, um dort persönlich das Museumsarchiv in Augenschein zu nehmen. Das hatte Clara wiederum bereits mit van Dreema abgesprochen.

*

Martin hatte das Handy eben wieder eingesteckt, als es sich erneut meldete.

Sinéad. Eigentlich wäre es ihm recht gewesen, von ihr in den nächsten Tagen erst einmal nichts zu hören.

„Gerade hat mich François angerufen, ihm ist noch etwas eingefallen. Und ich dachte, das möchtest du gleich wissen."

Martin wollte. Sinéad berichtete weiter: „Es lebt noch eine Frau, die damals mit dem Museum vielleicht etwas zu tun hatte. François war sich nicht sicher, aber möglicherweise gehörten ihre Eltern zu denen, die Bilder verkaufen mussten, um ihre Flucht zu finanzieren. Rosemarie Hertzberger. Sie wohnt heute in Huelgoat. Ich schick' dir die Adresse. Das ist auch in der Bretagne, in ..."

„... in Finistère, ich weiß. Bei Morlaix."

„Wow!"

„Ich war da schon mal. Rosemarie Hertzberger ... der Name klingt jüdisch. Und deutsch."

„Sie ist auch ursprünglich keine Französin, ihre Familie lebte vor dem Krieg in Belgien oder den Niederlanden ... Aber das kann sie dir sicher besser erzählen. Vielleicht weiß sie ja etwas, was dir weiterhilft. Wenn sie die Kunsthändler des Sonderauftrags Linz getroffen hat, kennt sie vielleicht sogar unseren Weedemeyer."

Martin fand das jetzt nicht übermäßig wahrscheinlich, aber er bedankte sich für den Hinweis und schrieb sich die Adresse auf.

Viele Neuigkeiten für eine Viertelstunde, zu viel, um die Konzentration gleich wieder auf seine eigentliche Arbeit zu richten. Martin sortierte im Kopf, was er gerade erfahren hatte.

In ein paar Tagen würde er sich mit Clara in Brügge treffen. Gemeinsam konnten sie im Groeningemuseum das Archiv durchsehen, vielleicht gab es dort weitere Hinweise auf die Herkunft des Weedemeyer-Bildes. Vielleicht erfuhren sie auch etwas über den Tod des Mitarbeiters, falls das überhaupt etwas mit ihrer Angelegenheit zu tun hätte.

Anschließend könnten sie ihren geplanten Urlaub in der Bretagne verbringen, irgendwo, ganz spontan. Und sollten sie in Huelgoat vorbeikommen, könnten sie Madame Hertzberger aufsuchen. Das war doch ein feiner Plan.

Was sich nicht einordnen ließ, war der Typ, der ihn eines Techtelmechtels mit seiner Freundin Rebecca bezichtigt hatte, was ja ... ach herrje, aber natürlich! Plötzlich rieselte es Martin wie Schuppen von den Augen, und er musste herzlich lachen. So musste es sein, so und nicht anders! Darauf hätte er auch gleich kommen können!

Solchermaßen erheitert setzte er sich beschwingt wieder an seine Arbeit. Für heute konnte er in der Bildersache ohnehin nichts weiter unternehmen. Umso sinnvoller war es, den Tag, wie geplant, dem Broterwerb zu widmen.

18. Kapitel

Brügge ist eine Perle, selbst wenn man mit Kunst nicht viel am Hut hat. Vor allem verdankt die Stadt das – paradoxerweise – ihrem wirtschaftlichen Stillstand, da sie nach ihrer Blüte im Mittelalter nie mehr an die alte Größe anknüpfen konnte. Die Innenstadt hat daher nie eine grundlegend neue Bebauung erfahren und besteht somit auch heute noch nahtlos aus hübschen alten Backsteinhäusern. Und wo die Geschichte doch Lücken gerissen hat, sind sie meist anderweitig sehenswert geschlossen worden. Der Provinciaal Hof am Grote Markt etwa, der im 19. Jahrhundert niedergebrannt ist, wurde durch einen Bau mit filigraner neugotischer Fassade touristisch attraktiv ersetzt.

Von der ehemaligen Bedeutung der Stadt als Handelsmetropole ahnt man etwas, wenn man in der Vlamingstraat vor dem Haus der Kaufmannsfamilie van der Beurse steht, deren Name – so wird überliefert – bis heute mit allen Orten des Wertpapierhandels verknüpft ist.

Clara sollte heute Nachmittag mit der Bahn ankommen; Martin verbrachte die Stunden bis dahin in Gesellschaft eines Manuskripts, das ihm der Verlag gemailt und das er in einem Copyshop ausgedruckt hatte. Mit diesem Stapel Papier saß er nun im Schatten des mittelalterlichen *beffroi*, des höchsten Turms der Stadt, direkt am Markt, mit einem Glas Lambic unter den roten Sonnenschirmen einer großen belgischen Brauerei. Die Auswahl belgischer Biere konnte der mittelfränkischen Vielfalt durchaus das Wasser reichen, und selbst wenn man hier über Kleinigkeiten wie das berühmte Reinheitsgebot kein Wort verlor, bestanden die Traditionsprodukte Lambic oder Gueuze aus nichts Anderem. Martin probierte sich in Belgien immer wieder gerne durch Kriek & Co, auch wenn ihm schon eingefleischte Bierfetischisten wahre Horrorgeschichten über Galle statt Hopfen, Bilsenkraut und andere Rauschdrogen oder eine ganze Palette zugelassener chemischer Substanzen erzählt hatten. Gerade die Hersteller, die hier heute Spontangärung praktizierten, erfüllten die bayerische Vorschrift von 1516 im Grunde weit genauer als jede deutsche Brauerei.

Neben seiner Lektüre gab sich Martin einer Portion *moules frites* hin. Ein großer dampfender Emailletopf voller Miesmuscheln in Knoblauch-Weißweinsud wurde ihm serviert, dazu eine Schüssel jener knuspriger Fritten, die das belgische Nationalgericht stets üppig krönen.

Der Marktplatz war gut von Touristen besucht, doch viele begnügten sich mit einer Pommestüte von der Bude und verzehrten sie im Spazierengehen, weshalb noch einige der Tische um Martin herum frei waren. Ein paar Spatzenfamilien wuselten von Tisch zu Tisch und inspizierten die noch nicht abgeräumten Teller. Meist wurden sie fündig.

*

Der Bahnhof von Brügge liegt vor den Toren der Altstadt. Martin hatte – was ihm nicht leichtgefallen war – rechtzeitig seinen behaglichen Platz im Grand Café Belfort aufgegeben und sich zum Bahnsteig eins begeben. Gerade eine halbe Minute nach seiner Ankunft rollte auch schon der Zug ein. Zu früh, zitierte er im Geiste Erich Kästner, wäre genauso unpünktlich gewesen wie zu spät.

Auch niederländische Züge erzeugen beim Bremsen ein unerträgliches Geräusch. Wahrscheinlich könnte die Bahn dem PKW mühelos den Rang ablaufen, würden ihre Züge nicht immer beim Einfahren in den Bahnhof mit sadistischer Penetranz in die Trommelfelle ihrer Kunden schneiden. Vergrämen durch abschreckende Geräusche funktioniert bei Mardern und Wühlmäusen ja auch. Selbst ein eingefleischter Bahnfan wie Martin konnte das als verbesserungswürdig empfinden.

Das Quietschen riss ab, der Zug stand. Sekunden später bildeten sich Menschentrauben rund um die aufbrechenden Türen, aus denen die aussteigenden Fahrgäste trotz des Gegendrucks der Wartenden platzten. Martin trat ein paar Schritte zurück, um möglichst viele Wagen überblicken zu können, da leuchteten auch schon Claras blonde Locken aus dem Gewühl. Sie fielen einander lachend in die Arme, genossen küssend ihre Wiedersehensfreude und ließen sich von den anderen Angekommenen in Richtung Ausgang treiben. Martin hatte natürlich seiner Freundin ihre Reisetasche abgenommen und schlug vor, das Gepäck erst einmal ins Hotel zu bringen und dann einen Stadtrundgang zu machen.

„Gibt es Neuigkeiten aus Frauenaurach?"
„Nichts, was ich mitgekriegt hätte, aber ich war ja auch tagsüber im Museum."
„Stapelt sich die Post?" Martin fürchtete, der Verlag könnte in seiner Abwesenheit die Bibliothek von Alexandria angeliefert haben.
„Gar nicht. Ein paar Werbeschreiben, eine Urlaubskarte, die Rechnung der Stadtwerke – aber die buchen ja sowieso ab, und ein Brief von Deinen Eltern. Ach, blöd, den hätte ich natürlich mitbringen können."
„Nicht so wild. Ich ruf sie mal an, dieser Tage. Rolf hat immer noch nichts gefunden?"
„Frag nicht. Immerhin hat er inzwischen zwei Wohnungen angeschaut. Die eine wäre eigentlich gut gewesen, aber die hat ein anderer bekommen."
Martin schwieg angesichts dieses Problems ziemlich ratlos. Wie lange würde die Asylsituation noch dauern?
Obgleich er die Frage selber aufgebracht hatte, war er Clara für den Themenwechsel dankbar: „Van Dreema lässt uns morgen Vormittag ins Archiv. Ein Mitarbeiter wird uns dabei zur Seite stehen."
„Hoffentlich finden wir dann auch etwas. Nicht, dass es dein Chef noch bedauert, dir frei gegeben zu haben."
Obwohl es einen Bus in die Innenstadt gegeben hätte, hatten sie sich entschlossen, den Weg zum Hotel zu Fuß zurückzulegen. Sie gingen die Oostmeers entlang, nach rechts führte ein touristischer Wegweiser zum Beginenhof. Eine Rotte Kinder tobte quietschend aus einer Seitenstraße hervor, zwei mit Tretrollern, die anderen zu Fuß. Einer dribbelte einen Ball vor sich her, schaute flüchtig nach dem Verkehr und querte, mit der Meute im Schlepptau, die Straße. Martin fühlte sich an die „Kleinen Strolche" erinnert.

※

Joop van Dreema empfing seine Gäste am nächsten Morgen im Foyer des Museums. Zwei Angestellte bereiteten gerade alles für die Öffnung in einer Viertelstunde vor. Der Kassencomputer fuhr hoch, ein glatt geleckter junger Mann mit schwarzen Haaren und zu weitem weißem Hemd richtete die Stapel mit Broschüren, Postkarten und Katalogen aus.

Der Chef begrüßte Clara wie eine leitende Kollegin des eigenen Hauses und erklärte es zur Selbstverständlichkeit, dass ihr das hauseigene Archiv samt seinen Mitarbeitern zu Füßen lägen. Offenkundig waren die Drähte zum Germanischen Nationalmuseum inzwischen heißgelaufen, und die Aussicht, von den Nazis geraubter Kunst auf die Spur kommen zu können, erhöhte sicher auch seinen Pulsschlag.

Das Archiv des Museums befand sich in einem nach hinten liegenden Flügel des Gebäudes.

Hinter einem Tresen erhob sich etwas mühsam ein stark übergewichtiger Mann. Er mochte um die fünfzig sein, van Dreema stellte ihn als Dirk Mohr vor. Der Herrscher des Archivs nuschelte eine Begrüßung und schien nur mäßig begeistert davon, in seiner Ruhe gestört zu werden. Zumal von zwei Ausländern. Schließlich nickte er, schob seine Lesebrille aus dem ungesund roten Gesicht über die großflächig haarlose Stirn nach oben und winkte seine Gäste ins Allerheiligste.

Clara trug ihm vor, was sie suchten: Unterlagen über den Widerstand in Brügge, Personalakten von 1940 bis 1943 und alles, woraus hervorgehen könnte, welche Werke in dieser Zeit in die Bestände des Museums übernommen bzw. aus den Beständen abgegeben worden waren.

Dirk Mohr atmete angesichts dieser Wunschliste tief durch.

„Ich bin ja nun nicht der Weihnachtsmann. Aber wir sehen mal, was sich machen lässt."

Dann schritten sie durch viele Räume mit noch viel mehr Regalen, in denen unglaublich viele sauber etikettierte Kartons standen. Die meisten Schilder waren von Hand mit Tusche beschriftet.

„Haben Sie keine Kartei? Oder ein Repertorium?" fragte Clara.

Mohr schnaubte verächtlich.

„Ich weiß schon, wo alles steht, junge Frau. Machen Sie sich da mal keinen Kopf."

Vielleicht um nicht unkooperativ oder unprofessionell zu wirken, schob er nach: „Doch, wir haben natürlich auch Findbücher, alles digital. Viele Akten sind auch schon digitalisiert. Aber das, was Sie suchen, noch nicht. Das finden wir besser so. Ist alles in meinem Kopf!"

Er tippte sich nicht ohne Selbstgefallen an die Stirn.

„Hier zum Beispiel."

Er hielt an einem Regal an und zog eine ziemlich große Schachtel heraus.

„Hier ist alles zur Résistance in Brügge. Bringen Sie es nicht durcheinander. Aber der Chef hat ja gesagt, Sie können damit umgehen."

Der letzte Satz klang ein wenig nach banger Frage, zeigte aber auch, dass van Dreema schon im Vorfeld den Weg geebnet hatte. Clara versicherte ihm, sie würden alles wieder minutiös geordnet zurücklegen. Mohr nickte und stellte den Karton auf einen Schreibtisch.

Vier weitere Kisten kamen dazu, eine kurze Einführung in den Inhalt und die Versicherung, weiteres Material zu den gewünschten Themen gäbe es nicht.

„Sie können den Tisch hier benutzen, der ist zur Zeit frei."

Der Schreibtisch sah durchaus bewohnt aus, voller persönlicher Arbeitsmaterialien und mit einer vollen Pinnwand. Martin dämmerte, er könnte dem getöteten Mitarbeiter gehört haben.

„Müssen Sie denn hier alles alleine machen?" erkundigte er sich mitfühlend.

Mohrs Geste lag zwischen Kopfschütteln und Nicken.

„Im Moment schon. Eigentlich haben wir ja noch jemanden, der Akten digitalisiert. Aber vielleicht haben Sie es ja in der Zeitung gelesen ..."

Martin stellte sich unwissend. Mohr fuhr sich vielsagend mit der Handkante unter dem Kinn am Hals entlang.

„Was, ermordet?"

Mohr nickte.

„Das hier war sein Tisch. Deshalb ist der jetzt frei. Die Polizei hat schon alles durchwühlt, aber nichts Auffälliges gefunden."

Martin schaute angemessen betroffen. Schließlich ließ Mohr sie alleine. Clara hatte sich schon über die erste Kiste hergemacht und den Inhalt durchgesehen.

*

Von der Sonne über Brügge hatten Clara und Martin in den kunstlichtbefunzelten Katakomben des Archivs bis in den Nachmittag hinein nicht viel mitbekommen. Martin hatte zwischendurch ein paar Sandwiches besorgt, Mohr hatte sie dazu mit Kaffee versorgt, dann lasen sie weiter. Wenn es eine Spur gab, dann gab es sie hier.

Die Kisten enthielten alles, was aus der damaligen Zeit noch übrig war: Verlautbarungen der deutschen Verwaltung, Briefe, Ausstellungsprospekte, Rechnungen, Belangloses. Größte Aufmerksamkeit schenkten sie den Hinweisen über Ein- und Ausgänge des Museums. Die meisten davon ließen sich anhand der aktuellen Inventarlisten abhaken, anderes fotografierten sie vorsichtshalber. Zu manchen Bildern gab es eigene Akten, andere tauchten nur in einer Liste auf.

„Eine Kiste noch!"

Martin streckte sich, gähnte, stand auf und brachte sein Skelett wieder in Bewegung.

„Das hier sind noch die Personalakten. Dann haben wir alles."

„Reicht ja auch."

Clara verschloss die vorletzte Schachtel und stellte sie zu den anderen auf einen Rollwagen. Martin schaute derweil versonnen auf den Tisch des toten Mitarbeiters.

„Ob er irgendetwas mit der Bildergeschichte zu tun hatte?" fragte er.

„Glaube ich eher nicht. Die Polizei hat schließlich hier nichts gefunden."

Martin schaute eine Weile auf den Laptop, den sie vorhin nach hinten geschoben hatten. Dann zog er ihn langsam nach vorne und klappte ihn auf.

„Nur mal schauen ..." gab er zur Erklärung ab.

Nach kurzer Zeit erschien der Startbildschirm und fragte nach dem Passwort für den einzigen User mit dem Namen „Archiv". Der Account schien seinem Namen nach zu urteilen rein dienstlich.

Martin versuchte ein paar Standards:
1-2-3-4-5. hallo. hallo123. qwertz. passwort.
Nichts.
Er schaute sinnierend nach oben und blieb an einem Notizzettel hängen. Offenbar eine Gedächtnisstütze für Telefonnummern: Sekretariat, Direktor, Archiv, Kundendienst Kopiergeräte, Pforte, Pizzadienst, TC, Taxizentrale ... wäre ja auch zu schön gewesen. Plötzlich stutzte er. Wozu gab es hier eine Durchwahl zum Direktor? „12349876" las Martin. Warum war die naturgemäß hausinterne Nummer so lang?

Er tippte den Code in das Eingabefeld.

Bingo!

Clara pfiff anerkennend und schaute ihm über die Schulter. Auf dem Bildschirm reihten sich die Icons der üblichen Office-Anwendungen auf, ein Zugriff auf eine Datenbank, ein paar Programme, die Martin nicht kannte und ein Ordner mit dem Namen „ArchiDig". Martin öffnete ihn und fand, säuberlich nach Signaturen sortiert, unzählige Dokumente.

„Offensichtlich bestand seine Tätigkeit darin, Archivalien zu digitalisieren."

Es war nicht schwierig, den Ordner mit dem Schlagwort „Widerstand" zu finden.

„Hatte Mohr nicht gesagt, dieser Bereich sei noch gar nicht digitalisiert?"

Martin öffnete den Ordner. Er war leer.

„Stimmt. Noch nichts drin."

„Aber warum gibt es den Ordner dann schon?"

„Vielleicht war ja schon mal etwas drin, ist aber später gelöscht worden?"

Martin klickte auf das Papierkorbsymbol.

„Leer. Da ist nichts gelöscht worden."

Sie suchten noch ein wenig vergeblich auf dem Laptop und fuhren ihn schließlich wieder herunter. Dann öffneten sie die letzte Schachtel und gingen die Personalakten der vierziger Jahre durch.

*

Kurz vor sieben Uhr kam van Dreema persönlich vorbei und bat um Verständnis, dass das Museum jetzt seine Pforten schloss. Selbstverständlich könnten Martin und Clara morgen wiederkommen.

„Vielen Dank, wahrscheinlich wird das nicht nötig sein", sagte Clara, „Wir haben alles durchgeschaut, einiges kopiert und müssen jetzt erstmal unsere Beute sichten."

„Wenn Sie etwas in Erfahrung bringen ..."

„... werden Sie selbstverständlich informiert. Aber im Moment habe ich nicht viel Hoffnung."

„Ich bin nicht immer erreichbar, aber meine Sekretärin leitet alles an mich weiter. Ich gebe Ihnen mal die Nummer, warten Sie ..."

Er kramte nach einem Blatt Papier in seinen Taschen.

„Hab schon!" sagte Martin und richtete die Kamera auf den Notizzettel mit den Telefonnummern. „7754, und davor die 66, stimmt doch?"

„Richtig", lachte van Dreema, „so geht's am schnellsten. Ist das Ihre Kamera?"

„Ja, natürlich, warum?"

„Weil Herr Bloom – das war der verstorbene Mitarbeiter hier, an dessen Tisch wir gerade stehen – hier immer eine liegen hatte. Sie sah so ähnlich aus. Die weniger wichtigen Dokumente fotografierte er einfach ab, das ging schneller als auf dem Scanner."

„Nein, diese Kamera ist meine. Aber wo ist dann die von Herrn Bloom?"

Van Dreema zuckte die Schultern.

Clara schaltete sich ein:

„Herr Mohr sagte, die Polizei habe schon alles durchsucht. Haben die vielleicht die Kamera behalten?"

„Ausgeschlossen, sie haben nur den Laptop mitgenommen und auch den wieder zurückgebracht."

„Seltsam. Nun gut, wir räumen dann hier noch schnell auf und gehen dann auch. Vielen Dank erstmal, Herr van Dreema."

„Gerne. Sagen Sie bitte noch Herrn Mohr Bescheid, wenn Sie gehen."

Van Dreema verabschiedete sich. Clara und Martin stellten sicher, dass sie alles so ordentlich verließen, wie sie es vorgefunden hatten.

Als sie gerade gehen und den Archivar benachrichtigen wollten, durchzuckte Martin eine Idee. Er nahm einen Bleistift aus dem Glas und begann, vorsichtig mit der flachen Seite über Blooms Notizblock zu schraffieren. Clara musste lachen.

„Oh Martin, du hast zu viele Krimis gelesen."

„Spotte nicht, es könnte ja sein ... hier, schau!"

Triumphierend hielt er das Blatt hoch, auf dem tatsächlich der Abdruck einer alten Notiz sichtbar geworden war. Claras Lachen wich schlagartig einem anerkennenden Staunen. Mit angehaltenem Atem schauten sie prüfend über die blassen Buchstaben.

„Spülmittel, Taschentücher, Zwiebeln, Tomaten" las Martin mit resignierender Stimme.

„Toller Fund, Kommissar Johansen", prustete Clara.

„Lach nicht."

Martin zerknüllte das Blatt grummelnd und warf es in den Papierkorb.

Während sie die Stufen vom Museumsportal hinuntergingen, summte es in Martins Tasche. Rolf.

Er wolle nicht stören, aber im Garten würden jetzt massenweise Tomaten reif, und er war sich nicht sicher, was er damit anfangen solle: hängenlassen, einfrieren, verschenken?

„Wenn du jemanden findest, der Tomaten brauchen kann, kannst du sie gerne verschenken. Frag bei Horns an, den Nachbarn. Die nehmen sicher gern welche."

„Alles klar, du weißt ja, dass ich nicht so auf das Gemüse stehe."

Zumindest, ergänzte Martin im Stillen, solange es nicht zu Ketchup verarbeitet ist.

„Ach ja, noch was: Deine Mutter hat angerufen. Ich hab gesagt, ihr seid gerade unterwegs."

„Ah, okay. Ja, ich ruf sie mal demnächst an."

Martin erinnerte sich schlagartig wieder, dass er seinen Eltern ein Lebenszeichen versprochen hatte. Das war nun auch schon wieder eine ganze Zeit her. Irgendwie war das von den ganzen Ereignissen der letzten Zeit etwas verdrängt worden.

„Hat sie noch etwas gesagt?"

„Nur gefragt, ob ich bei dir wohne."

Martin konnte sich lebhaft vorstellen, welches Kopfkino bei seiner Mutter nun ablief, wenn sie unerwartet auf einen männlichen Mitbewohner bei ihrem Sohn stieß. Ja, ein Anruf wäre wohl gut, um Missverständnisse auszuräumen.

*

Nachdem sie schon den ganzen sonnigen Tag zwischen staubigen Akten verbracht hatten, sehnten sich Clara und Martin nach Licht und frischer Luft. In einer Seitenstraße fanden sie ein nettes Lokal, das unter freiem Himmel ein bezahlbares Abendessen verhieß. Das Geklapper von Geschirr und Besteck, das vielsprachige Geplapper der Touristen, das abendliche Konzert der Spatzen auf Beutefang und sogar die Geräusche vorbeiknatternder Vespas hatten den Wohlklang von Leben und Freiheit.

Sie orderten eine Flasche Sauvignon blanc und eine große Karaffe Wasser, um den Staub des Tages herunterzuspülen. Clara freute sich auf die landestypischen *moules frites*, Martin wählte das Rindersteak mit grünem Pfeffer. Der Kellner nickte bestätigend, dankte und zündete noch das Windlicht an.

„Vielleicht solltest du mal gleich bei deinen Eltern anrufen?" schlug Clara vor.

Martin griff den Vorschlag einsichtig auf, obgleich er mit den Gedanken gänzlich woanders war und zog das Handy aus der Tasche. „Muddl" war der Kontakt überschrieben. Die Anrede hatte seine Schwester vor so vielen Jahren erfunden, dass niemand mehr hätte sagen können, wie sie zustande gekommen war. Es handelte sich um die Festnetznummer seiner beiden Eltern, aber sein Vater nahm praktisch nie den Hörer ab, weshalb Martin ihn im Kontakt gar nicht erwähnt hatte.

Er schaute konzentriert in eine andere Dimension, das Handy am Ohr, und wartete ein Dutzend Klingeltöne ab.

„Keiner da?"

„Keiner da", zuckte Martin die Schultern und steckte das Gerät wieder ein.

Der Sauvignon blanc kam.

Die Gläser klangen billig, der Wein war schön kalt und gar nicht schlecht. Nach dem zweiten Schluck war es an der Zeit, Bilanz zu ziehen.

Clara zog ihr Notizbuch heraus. Sie notierten gemeinsam alles, was sie bisher in Erfahrung bringen konnten, die Namen, Orte, Zusammenhänge. Soweit es eben Zusammenhänge gab. Wo es keine gab, stellten sie Theorien auf.

Gegen Mitternacht – die anderen Gäste waren längst gegangen – klappte Clara das Notizbuch zu, und Martin bat um die Rechnung. Der Kellner zeigte sich sichtlich erleichtert und räumte die drei leeren Weinflaschen ab. Ein ordentliches Trinkgeld akzeptierte er gerne als Versöhnungsangebot. Als Clara und Martin sich die Jacken überzogen und in die nächtliche Straße schritten, sahen sie noch, wie hinter ihnen das Licht erlosch.

19. Kapitel

Da Clara ihren Sonderurlaub zu Recherchezwecken bekommen hatte, wandten sie sich den beiden noch verbliebenen Spuren zu: Mme Hertzberger, die alte Frau in Huelgoat, und Béatrice LaCroix, die geheimnisvolle Dame in Rot.

„Stimmt, die haben wir ja auch noch!", erinnerte sich Martin.

„Ich denke, wir sollten uns zunächst nach Huelgoat wenden. Das liegt im schönsten Teil der Bretagne."

„Mit anderen Worten: Es spricht alles dafür."

Die Anreise verzögerte sich aus touristischen Gründen um ein paar Tage. Clara hatte im Reiseführer ein paar höchst romantische Orte in der Normandie ausgemacht, und Martin wollte unbedingt in Saint-Aubin-du-Cormier vorbeischauen.

„Was gibt es da zu sehen?"

„Im Grunde gar nichts. Eine Ruine im Wald, eigentlich nicht mehr als ein paar überwachsene Steine. Und einen Campingplatz an einem kleinen See. Zumindest war es vor gut 25 Jahren so."

„Klingt nach Reise in die Vergangenheit?"

„Ich war damals auf Schüleraustausch in der Bretagne, und meine Gastfamilie hatte in St. Aubin einen Wohnwagen. Wir haben dort ein paar prächtige Tage verbracht, mit meinem Austauschschüler Jean und seiner Schwester sind wir über die urigen Ruinen getobt, schliefen im Zelt, kochten die zuvor an der Küste gesammelten Schnecken und Muscheln ... das war mein Erstkontakt mit Frankreich."

„Und der hat offensichtlich Spuren hinterlassen?" lachte Clara.

„Und wie. Es war eindrucksvoll und spannend, interessant und schön, und das, obwohl mein Schulfranzösisch damals gerade erst eineinhalb Jahre alt war und ich mehr mühsam überlebte als wirklich sprach."

„Hat deine Gastfamilie denn wenigstens Englisch gesprochen?"

„Kein Wort. Aber Jean hatte schon viele Jahre Deutsch gelernt, und das konnte er richtig gut. Allerdings hatte er sich in den Kopf gesetzt, dass ich zum Französischlernen in der Bretagne war ... und mich meist zappeln lassen. Im Grunde hatte er ja recht. Damals habe ich übrigens zum ersten Mal von der Tour de France gehört, dafür hat man sich in jenen Zeiten in Deutschland ja gar nicht weiter interessiert."

„Stimmt, das kam erst mit Jan Ullrich und Erik Zabel so richtig, als das Team Telekom groß wurde."

„Jean war ganz erstaunt, dass ich davon noch nie gehört hatte, wo doch sogar ein Deutscher ein paar Jahre zuvor an prominenter Stelle teilgenommen hatte. Er erzählte immer von ‚Diditüroo', und irgendwann erfuhr ich dann, dass er von Dietrich Thurau sprach."

Martin musste lachen bei der Erinnerung.

„Habt ihr noch Kontakt?", fragte Clara.

„Leider nein, ich habe damals auch nicht viel dafür getan, das aufrecht zu erhalten. Ein paar Jahre später habe ich ihn mal spontan besucht, das war zwar ganz nett, aber er hatte sich damals schon so sehr auf Englisch geworfen, dass er sein gutes Deutsch fast komplett verlernt hatte."

Als sie den Mietwagen langsam durch den kleinen Ort steuerten, fand Martin tatsächlich alles noch so vor, wie er es in Erinnerung hatte. Sogar den Teich gab es, wenn auch kleiner, wie es mit alten

Erinnerungen aus der Kindheit eben so ist. Vermutlich hatte er sich an das Gewässer nur erinnert, weil Jeans Vater einmal unter dem großen Hallo der Campingfreunde einen riesigen Karpfen aus dem Wasser gezogen hatte.

Die *boulangerie* gab es nicht mehr. Auch hier mussten mehr und mehr die kleinen Bäcker dem Druck der *grandes surfaces*, der billigen Supermärkte auf der grünen Wiese, weichen. Selbst in Frankreich ließ sich diese Entwicklung nicht leugnen, auch wenn Martin hoffte, dass sich die kulinarische Kultur hier noch etwas zäher würde halten können als in Deutschland.

Sie übernachteten in einer einfachen Pension in Morlaix und fuhren am nächsten Tag weiter nach Huelgoat. Während die weite Heidelandschaft an ihnen vorbeizog, erinnerte sich Martin wieder, dass er noch immer nicht mit seinen Eltern gesprochen hatte. Da Clara gerade am Steuer saß, konnte er die Zeit dazu nutzen. Doch ein Dutzend Klingeltöne später gab er wieder auf.

„Vielleicht sind sie im Urlaub?" mutmaßte Clara.

Martin erbleichte bei dem Gedanken.

„Schei ... natürlich! Wenn das stimmt ... meine Mutter hatte gesagt, sie wollten bei mir vorbeikommen!"

„Hätten sie dann nicht vorher Bescheid gesagt?"

„Am Ende haben sie das! Sagtest du nicht, sie habe einen Brief geschrieben?"

„Ups. Stimmt. Obwohl: Hätten sie dann nicht erstmal auf eine Antwort gewartet?"

Martin verzog zweifelnd das Gesicht.

„Du kennst meine Eltern nicht. Die bringen das fertig. Ausgemacht war, dass sie Bescheid sagen, haben sie getan. Ich habe gesagt, ich sei sicher im Lande. Womöglich stehen sie jetzt vor der Tür, und ich weiß nicht was besser ist: Wenn gar niemand da ist oder wenn Rolf sie empfängt."

Im Stillen malte sich Martin mit sich ausbreitender Panik ein weiteres Szenario aus: Seine Mutter klingelt, und Rolfs Freundin – oder was auch immer sie war – öffnet die Tür. Rolf traute er alles zu. Nervös scrollte er sich durch die Kontaktliste seines Handys. Pah... Rei... Roh... Rolf!

„Willst du ihn vorwarnen?" versuchte Clara der Situation etwas Humor abzugewinnen.

„Rolf soll den verdammten Brief öffnen und nachschauen, ob meine Eltern sich angekündigt haben. – Nun geh schon ran, du Schnarchnase!"

Die letzten Worte äußerte Martin bereits in der sicheren Erkenntnis, dass Rolf abermals nicht erreichbar war.

„Kannst du nicht einen Nachbarn anrufen und darum bitten?"

„Willi Horn, ja, im Grunde schon. Aber leider habe ich ihm nie einen Schlüssel gegeben."

Notgedrungen schob Martin das Problem vorerst in einen hinteren Winkel seines Gedächtnisses. Im Moment konnte er nicht viel tun.

※

Huelgoat ist nicht eben der Nabel der Welt. Der Ort liegt im Herzen der Bretagne, also: der echten Bretagne, dort, wo man noch bretonisch spricht, wo der *Parc Naturel Régional d'Armorique* beginnt. Hier finden sich die urigen Wälder, die für den Karnutenwald Pate standen, in dem Miraculix Misteln geschnitten haben soll, hier vollbrachte König Artus so manche Heldentat, hier ragen die zerklüfteten Granitfelsen der Halbinsel Crozon in den Atlantik, hier liegen heidebewachsene Hochebenen, über die nachts der *Ankou*, der Todesbote, seinen Karren durch den Nebel zieht.

Überall stößt der Reiseführerbewaffnete auf Menhire, Dolmen und andere geheimnisvolle Zeugnisse der keltischen Kultur. Und auf Ortsnamen, die man in Paris kaum aussprechen kann: Roudouderc'h, Letiez Izella oder eben Huelgoat.

Die kleine Gemeinde zählte gerade mal 1500 Seelen, so hatten Martin und Clara das gesuchte Anwesen am Ende der Rue de Kermaria schnell ausgemacht. Sie parkten den Mietwagen am Straßenrand und stiegen aus. Der Anblick des verwilderten Grundstücks verhieß nichts Gutes.

„Ich fürchte, Le Baher ist nicht auf dem neuesten Stand. Wenn Rosemarie Hertzberger noch hier lebt, ist ihr zumindest die Gartenarbeit etwas entglitten."

„Sie muss ja auch schon ziemlich alt sein. Aber vielleicht mag sie es nur etwas urwüchsiger."

Clara glaubte allerdings auch nicht daran. Der Vollständigkeit halber drückten sie auf die Klingel.

Nichts.

Einem Haus sieht man an, wenn es nicht mehr bewohnt wird. Kein Licht, keine persönlichen Gegenstände im Garten, graue Vorhänge, leere Fensterbänke, Unkraut auf dem Weg zur Haustür, vertrocknete Pflanzenleichen in den Blumentöpfen. Es lohnte sich nicht, weiter zu warten.

„Suchen Sie Mme Hertzberger?"

Eine Frau mittleren Alters rief durch das Gesträuch vom Nachbargrundstück herüber. Clara trat an den Zaun und grüßte.

„Die wohnt hier schon seit einem Jahr nicht mehr. Was wollen Sie denn von ihr?"

„Wir haben ihre Adresse bekommen, weil wir ein paar Fragen haben, bei denen sie uns weiterhelfen kann."

Bon Dieu! Viel Glück. Sie finden sie auf der anderen Seite von Huelgoat, in der Rue de la Roche Tremblante."

„Ah, dann ist sie also umgezogen?"

„Sie ist ja nicht mehr die Jüngste, und weil sie keine Angehörigen mehr hat, die sich um sie kümmern können, hat sie letztes Jahr ihr Grundstück hier verkauft und ist in die Seniorenresidenz gezogen. Gleich an der Abzweigung des Fußwegs zum Wackelfelsen. Das größere Haus mit der Magnolie im Garten."

„Vielen Dank, Madame, das finden wir!"

„Erstmal in Richtung Berrien auf der D14, dann am Ende von Huelgoat rechts."

Sie bestiegen wieder das Auto und durchquerten den kleinen Ort nach Norden. Einem Impuls folgend, hielt Martin an einem Blumenladen an und erstand einen hübschen Strauß, bevor sie den Weg fortsetzten.

Die Beschreibung erwies sich als treffend. Die Straße, die in einem Bogen von der D14 abzweigte und sie später wieder traf, war nach dem über hundert Tonnen schweren Granitfelsen benannt, der seiner Form und exponierten Lage wegen von Menschenhand leicht zum Schaukeln gebracht werden konnte. Um das Naturdenkmal zu sehen, zweigte man auf einem schmalen Weg von der gleichnamigen Straße ab. Direkt gegenüber dieser Abzweigung lag ein größeres Haus mit einem riesigen Magnolienbaum.

„Nicht zu verfehlen", freute sich Martin. Sie stiegen aus und traten an den Zaun. Clara las das Schild am Tor.

„Eine Art Seniorenresidenz, betreutes Wohnen oder so etwas."

„Schaut nicht schlecht aus. Das kann nicht ganz billig sein."

„Sie hat ja auch ihr Haus dafür verkloppt."

Sie klingelten. Eine Frau von ungefähr fünfzig Jahren kam heraus und öffnete das Gartentor ein Stück.

„Bonjour m'sieurdames, zu wem möchten Sie?"

Ihr selbstbewusstes Auftreten stellte klar, dass das Öffnen des Tors eine höfliche Geste war, an ein weiteres Eindringen aber nur bei Vorliegen eines plausiblen Grundes zu denken war. Clara hatte ein Gespür für den richtigen Tonfall.

„Bonjour madame, mein Name ist Clara Rienecker, das ist mein ... Mann Martin. Wir würden gerne Mme Hertzberger besuchen."

„Sind Sie Angehörige? Verwandte?"

„Entfernt, ja. Wir kommen aus Deutschland. Wir wissen ja, dass Rosemarie schon ... älter ist und wollten sie noch einmal sehen."

Die Sprechpause suggerierte Kenntnisse über ihren wirklichen Zustand, von dem Clara nur vermuten konnte, dass er von Gebrechlichkeit gezeichnet war. Die Nennung von Mme Hertzberger beim Vornamen wirkte dann so vertraut, dass der Widerstand der Dame schmolz. Sie trat zur Seite und ließ ihre Gäste eintreten.

„Kennen Sie unser Haus denn?"

„Wir wissen nur, dass Rosemarie jetzt seit letztem Jahr hier lebt. Offen gestanden hatten wir schon lange nichts mehr von ihr gehört. Wie geht es ihr denn?"

Die Dame seufzte.

„Nun, an manchen Tagen erinnert sie sich an wirklich vieles, oft aber vergisst sie sogar, was sie fünf Minuten vorher tun wollte. Wir versuchen eben, es ihr so angenehm wie möglich zu machen."

„Dessen bin ich sicher, danke. Sie haben ja auch ein wunderbares Anwesen."

Das Gebäude war in der traditionellen, landestypischen Weise erbaut worden, allerdings bedeutend größer als die meisten bretonischen Häuser auf dem Lande. An den Wänden aus tiefgrauen Bruchsteinen rankte Clematis in bunten Farben empor. Vom Granit der Mauern hoben sich geschmiedete und weiß lackierte Buchstaben ab, die den Namen das Hauses anzeigten. *Les Cérisiers*. Bretonische Häuser tragen oft eigene Namen. Nicht immer erschließt sich dem Besucher deren Sinn. Das kann daran liegen, dass es Namen in bretonischer Sprache sind oder schlicht daran, dass die namensgebenden Kirschbäume längst das Zeitliche gesegnet haben.

„Kommen Sie, Rosemarie wohnt hinten links. Ich vertraue Sie unserer Linda an, sie ist die Pflegerin, die für sie zuständig ist."

Bei diesen Worten winkte sie einer jungen Frau im Arbeitskittel, die gerade ein Wägelchen mit Geschirr durch den Gang schob. Sie instruierte ihre Mitarbeiterin kurz.

Martin war nicht so angetan davon, dass ihr Gespräch mit Mme Hertzberger wohl in Gegenwart der Pflegerin ablaufen sollte, aber immerhin wurden sie überhaupt recht unbürokratisch vorgelassen.

Clara bedankte sich, und Linda ging, freundlich den Gästen zunickend, den Gang hinunter. Linda hatte, trotz ihres europäischen Namens unzweifelhaft asiatische Eltern. An der hintersten Tür klopfte sie kurz, offenbar mehr eine Formalie, und trat gleich ein.

„Allo 'osmaïe, aben Besuk!" kündigte sie der alten Dame in fröhlichem Singsang an. Martins Furcht, das Gespräch könnte mitprotokolliert werden, verflog angesichts Lindas offenbar sehr rudimentärer Sprachkenntnisse. Linda nahm Clara den Blumenstrauß ab und suchte ein Vase.

Das Zimmer war nicht übermäßig groß, aber recht gemütlich eingerichtet. Schwer zu sagen, inwieweit es sich um Mme Hertzbergers eigene Möbel handelte oder nur eine vorgegebene Einrichtung des Hauses. In der Luft hing eine Mischung von Lavendel – Martin sah ihn in einer Schale auf einem Schränkchen – und, naja, alten Menschen eben, assoziierte er spontan.

Die Bewohnerin des Zimmers saß in einem Sessel und blickte verträumt aus dem Fenster in den Garten.

„Fau Heesbege imme gerne Besuk!", verkündete Linda mit Strahlen im Gesicht und ging zu ihr hin. Sie fasste sie an der Hand, um ihre Aufmerksamkeit zu bekommen und zeigte auf Clara und Martin.

„Habe Besuk, 'osmaïe."

Sie stellte die Blumen auf ein kleines Tischchen und rückte zwei Stühle für die Gäste heran. Dann machte sie sich daran, ein paar Dinge aufzuräumen. Wahrscheinlich hatte sie von der Chefin den Auftrag, die Gäste nicht alleine zu lassen.

Clara begrüßte die Seniorin und stellte Martin vor. Mme Hertzberger schaute erst ein wenig irritiert, als erwache sie aus der Trance, dann strahlte sie ihre Besucher an, nicht ohne etwas Fragendes in ihrem Gesichtsausdruck. Wahrscheinlich überlegte sie, ob sie Martin und Clara kennen sollte und woher.

„Wissen Sie, der Kopf funktioniert in meinem Alter nicht mehr so ... ich vergesse so vieles. Aber hier passen sie ja auf mich auf."

Sie lachte selbstironisch.

„Sie haben es ja auch wirklich schön hier, die Aussicht auf den tollen Garten ..."

„Ja, da haben Sie recht, aber so ein Garten macht ja auch viel Arbeit. Ich muss noch dran denken, den Apfelbaum zu schneiden."

„Oh, gibt es hier einen Apfelbaum? Den habe ich noch gar nicht gesehen."

„Na da draußen, der große ... ist das kein Apfelbaum? Da war doch immer der Apfelbaum."

Clara ahnte, dass sich gerade alte Erinnerungen durcheinanderwirbelten. Vorsichtig wandte sie ein:

„Der sieht doch von hier aus wie eine Magnolie aus, nicht?"

„Ja? Vielleicht. Ja, Sie haben Recht. Komisch. Dann war das wohl in meinem alten Haus. Sehen Sie, das passiert mir ständig," schalt sie sich, „deshalb bin ja auch hierher gezogen. Ich habe ja keine Kinder, keine Verwandten, die mir helfen können."

Clara half mit ein wenig Smalltalk darüber hinweg. Glücklicherweise war die alte Dame nicht schwerhörig, so mussten sie nicht jedes Wort bis zu Linda hinüberbrüllen, die währenddessen die Zeit nutzte und das Bad putzte.

Clara brachte das Gespräch auf die alten Zeiten, an die sich gewöhnlich Menschen mit beginnender Demenz noch am besten erinnern.

„Sie waren damals doch auch mal in Brügge, nicht wahr?"

Die Frau schaute missbilligend. Ihre Antwort klang vorwurfsvoll, fast unwirsch, als müsste Clara das besser wissen.

„Nein, das war doch nicht in Brügge, wir wohnten in Oostkamp. Das gehört nicht mehr zu Brügge."

„Ach ja richtig, Verzeihung ..."

„Jaja, ich weiß, das dachten viele immer, weil es direkt an der Stadt liegt. Wir hatten da ein wunderbares Haus mit Garten, damals. Aber das ist ja alles im Krieg kaputt gegangen."

„Sind Sie selber während des Krieges in Oostkamp geblieben?"

Sie schüttelte langsam den Kopf und sah auf das Teppichmuster vor sich, als müsse sie erst einmal die alten Erinnerungen sammeln.

„Nein ... Wir mussten doch weg, wir sind nach Schweden geflohen. Mit dem Schiff. Mein Vater hatte eine Schiffspassage für uns bekommen. Natürlich ging das damals nicht so einfach, wissen Sie, 1940 waren ja schon die Deutschen da, und wir galten als Juden, weil mein Vater Jude war. Aber wir waren reich," – an dieser Stelle schaute sie Clara tief in die Augen – „mein Vater hatte selbst nach der Enteignung noch viel Geld versteckt, und unsere ganzen Sachen, die konnten wir sowieso nicht mitnehmen, das hat er alles verkauft. Sogar den großen Teppich, auf dem ich als Kind immer so gerne gespielt habe, der hatte so ein tolles Muster mit Linien, das waren die Wände, und dazwischen war das Zimmer für meine Puppen ..."

Offensichtlich waren ihre Erinnerungen an lange Vergangenes noch sehr klar, und auch wenn sie gedanklich abschweifte, verriet ihre Ausdrucksweise einen hohen Bildungsstand.

„Haben Sie damals auch Ihre Bilder verkauft?"

„Verkauft? Wen? Ach so, die Bilder. Aber die hingen doch bei uns an der Wand ... ach so, für die Flucht, ja, natürlich. Wie hätten wir die auch mitnehmen sollen? Ja, wir hatten viele, und auch wertvolle. Das war schade, da war ich sehr traurig als Kind, manche habe ich sehr gemocht. Da waren flämische Maler dabei, herrliche Kunstwerke, aber auch moderne Sachen, ein kleines von Max Slevogt, kennen Sie Slevogt? Und eines sogar von van Gogh."

Martin und Clara wechselten rasch einen Blick.

„An wen haben Sie die verkauft? Wurde der Kunstmarkt nicht von den Deutschen überwacht?"

Clara versuchte, einen lockeren Plauderton beizubehalten, obwohl sie die brennenden Fragen immer schwerer im Zaum halten konnte. Frau Hertzberger fand das Interesse an der Vergangenheit aber offenbar nicht seltsam, wahrscheinlich freute sie sich, jemanden zum Reden zu haben.

„Ja, doch. Die Deutschen haben alles überwacht. Vieles haben sie uns einfach weggenommen. Einmal kamen sie in unser Haus, die Gestapo, ich weiß nicht, was sie gesagt haben, aber meine Eltern hatten große Angst. Danach hat mein Vater entschieden, das Land zu verlassen."

„Konnten Sie die Bilder dann überhaupt noch verkaufen?"

„Ja, wie war das doch gleich ...? Das ist so lange her. Ich weiß nicht mehr. Eines Tages waren die Bilder alle weg, und viele andere wertvolle Sachen. Die Wohnung sah dann richtig leer aus, aber wir mussten dann sowieso alles dalassen. Nachts hat uns unser Nachbar mit dem Auto zur Küste gefahren, und da hat uns ein Boot aufgenommen. Irgendwo gingen wir dann an Bord eines Schiffes."

„Und Sie konnten gar nichts mitnehmen?"

„Doch, ich hatte so eine kleine Tasche, da waren Fotos drin, und die Kette von meiner Tante, und mein Ausweis ... und ich weiß nicht mehr. Und ein Schal, es war ja kalt auf dem Schiff. Jeder von uns dreien hatte eine Tasche dabei. Und mein Vater hatte das ganze Geld, was ihm Frederik gegeben hatte, in seine Jacke eingenäht."

Clara und Martin durchzuckte bei diesen Worten ein Adrenalinstoß. Frederik, Friedrich?

„Wer war dieser Frederik?" fragte Martin.

„Das habe ich doch gerade gesagt, oder? Habe ich das nicht gesagt? Ich weiß nicht mehr ... Frederik hat unsere Bilder verkauft. Wir konnten ja selber nichts verkaufen, aber Frederik war kein Jude. Er ist mit unseren Bildern nach Brügge gefahren und hat sie für uns verkauft, so gut es halt ging. Und er hat das Geld für uns umgetauscht, wir konnten in Schweden ja kein deutsches Geld brauchen."

„Dieser Frederik ... hat der für das Museum gearbeitet?"

Sie schüttelte den Kopf.

„Das weiß ich nicht. Nein, er hat eben unsere Bilder verkauft. Ich weiß nicht, was er sonst gemacht hat. Mein Vater hat ihn kennengelernt ... Das war ein Glück für uns. Wir haben viel Geld für die Bilder bekommen. Dieses hier, das wollte ich nicht hergeben, das habe ich nach Schweden mitgenommen."

Sie drehte sich ein Stück nach rechts und zeigte auf eine gerahmte Bleistiftzeichnung an der Wand. Man sah, dass sie einst gefaltet gewesen war. Sie zeigte die Skizze eines Mädchens mit einem Pferd. Rundherum hingen viele weitere kleine und größere Bilder, Aquarelle, Zeichnungen, Fotos – eine ganze Wand voller Erinnerungen aus der Vergangenheit der Besitzerin. Sie würden ihr Geheimnis bewahren, wenn Rosemaries Gedächtnis zu zerfallen begann. Denn wem könnten sie ihre Geschichten dereinst preisgeben? Wer würde sie zu lesen verstehen?

„Das ist aber schön!" sagte Clara mit Überzeugung, „Wer hat es gezeichnet?"

Die Alte kicherte listig, als empfände sie Schadenfreude.

„Das ist von meinem Großvater, aber die Deutschen haben das nicht gewusst."

Martin konnte mit der Aussage nicht viel anfangen, aber offenbar fand die alte Frau die Vorstellung sehr lustig. Vielleicht war ihr Großvater ja ein bekannter Künstler, und das Bild wäre ansonsten requiriert worden. Martin schaute nach der Signatur und las „van Dyssel". Das sagte ihm nichts, aber es wunderte ihn auch nicht. Offenbar irgendein niederländischer Maler, dem Namen nach.

Sie sprachen noch eine gute halbe Stunde über dies und jenes. Madame Hertzberger hatte anscheinend keine weiteren Erinnerungen, die Clara und Martin weiterhalfen, aber die alte Dame hatte so viel Freude an der Abwechslung. Zum Abschied schlug Clara vor, ein Foto mit ihrem Handy zu machen, das versprachen sie in den nächsten Tagen zu schicken. Als Erinnerung. Mme Hertzberger war ganz begeistert. Sie bestand darauf, dafür sogar aufzustehen – was einigermaßen mühsam gelang – damit sie sich vor die Wand mit den vielen Bildern stellen konnten, während Linda auf den Auslöser drückte.

Sie verabschiedeten sich. Auf dem Weg nach draußen fragte Clara Linda, ob Frau Hertzberger denn öfters Besuch bekäme?

„Naaain, laide nik." Linda antwortete in dramatisch betrübtem Singsang. „Abe voa Monate wa hier ... wie heißt? Kind von Kind von Fau Heesbege ..."

„Ihr Enkel?"
„Ja, hiktik. Enke. Abe sons fas nie Besuk. Ah ja, Nakbahin komt mankmah."
„Ihre frühere Nachbarin? Das ist ja auch schön."
„Ja, bhingt Kuhen mi, dann Kaffee. Fau Heesbege imme feut sih."

20. Kapitel

Clara wirkte sehr schweigsam, in Gedanken versunken, als sie wieder das Auto bestiegen. Martin sagte mit ehrlicher Überzeugung: „Du hast eine tolle Art, mit ihr zu reden, den richtigen Ton zu treffen. Ich glaube, das war eine wunderbare Stunde für die Frau. Ich hätte das nicht so hingekriegt."

Clara starrte, ohne den Zündschlüssel herumzudrehen, nach vorne aus dem Fenster. Martin glaubte, in ihren Augen das Wasser stehen zu sehen. Er erschrak richtig darüber, weil er nicht damit gerechnet hatte, dass der Besuch Clara so bewegt hatte.

„Sie erinnerte mich so sehr an meine Großmutter. Ich war zehn, als sie dement wurde. Anfangs bin ich immer wieder zu ihr gegangen, um sie zu besuchen. Sie war zerstreut, schien es mir, und am Anfang fanden wir beide das lustig. Vielleicht fand sie es gar nicht so lustig, aber sie wollte mich das nicht merken lassen. Sie war auch zu dieser Zeit noch so ein fröhlicher, unbeschwerter Mensch. Sie erzählte immer viel von früher, das wusste sie alles noch. Nach den Sommerferien wurde es aber schlimmer. Ich ging zu ihr und brachte ihr eine Muschel mit, die ich in Kroatien am Strand gefunden hatte. Sie hat sich gefreut, aber ich habe gemerkt, dass sie irgendwie komisch war. Sie verlor beim Gespräch den Faden, sie sprach mich immer wieder mit dem Vornamen meiner Mutter an ... es war nicht mehr so unbeschwert wie immer. Sogar die alten Geschichten brachte sie durcheinander. Ich bekam richtig Angst.

Meine Mutter versuchte mir zu erklären, was Demenz ist. Sie ermutigte mich, Oma auch weiterhin zu besuchen, weil ihr das gut tat, auch wenn man ihr das nicht so anmerkte. Am Anfang bemühte ich mich auch, obwohl es immer schwerer wurde. Sie weinte viel, sie erkannte mich oft nicht, und ich konnte als Kind nicht richtig damit umgehen, weil ich meine Oma eben ganz anders kannte und mir klar wurde, dass sie zwar lebte, aber doch immer mehr für mich starb.

Irgendwann bin ich gar nicht mehr zu ihr gegangen. Meine Mama war traurig darüber, aber sie hat mich auch verstanden. Sie hat oft versucht, mit mir darüber zu reden, aber ich wollte das nicht, ich wollte es einfach nicht wahr haben, habe es versucht auszublenden. Nachts in meinen Träumen hat es mich verfolgt, aber ich wollte mit niemandem darüber sprechen. Auch für meine Mama war es natürlich eine furchtbare Zeit, und ich habe ihr das sicher nicht leichter gemacht. Es tut mir heute so unendlich leid – und als wir eben bei Frau Hertzberger waren, kamen die Erinnerungen daran wieder hoch, und mir wurde klar, auch wenn sie noch ganz am Anfang steht, welcher Weg ihr bevorstehen wird."

Clara liefen immer mehr Tränen über ihr Gesicht, dann brach die Erinnerung völlig über ihr zusammen, sie drehte sich zu Martin und vergrub sich schluchzend in seinen Armen. Lange saßen sie da, Martin konnte sie in seiner Ratlosigkeit nur stumm umarmen. In seiner Familie hatte er so etwas bisher nie erleben müssen, aber natürlich gab es Fälle in seinem Bekanntenkreis, und stets erfüllte ihn eine Mischung aus Angst, Mitleid und Ratlosigkeit angesichts der unausweichlichen Erosion erst der Erinnerungen, dann der täglichen Fähigkeiten und schließlich jeglicher Persönlichkeit.

*

„Entschuldige bitte meinen Ausbruch eben", sagte Clara, als sie im Café von Huelgoat saßen und zwei *grand café crème* serviert bekamen, „ich hätte nicht gedacht, dass das nach so vielen Jahren noch so durchbrechen kann."

„Kein Grund, dich zu entschuldigen. Du hast eine tiefe Beziehung zu deiner Großmutter gehabt?"

„Ja, sie stand mir sehr nahe. Als es ihr noch gut ging, war ich fast jeden Tag bei ihr, sie wohnte auch gleich um die Ecke. Wenn meine Eltern beruflich unterwegs waren, ging ich zu ihr nach der Schule, es gab Nudeln mit Tomatensoße …"

Clara lachte plötzlich.

„Natürlich gab es immer etwas anderes, aber in meiner Erinnerung waren immer Nudeln mit Tomatensoße auf dem Teller."

Martin erkannte diese Sorte von Erinnerungen sofort.

„Bei meiner Oma gab es immer Nudelsuppe mit Rindfleisch. Genauso immer", lachte er.

„Das ist so wie der Schnee im Winter, oder?"

„Schnee im Winter?"

„Naja, der lag doch auch immer. Den ganzen Winter. Und an Weihnachten auch."

„Stimmt. Nur irgendwelche durchgeknallten Meteorologen behaupten, neun von zehn Weihnachtsfesten seien auch damals schon grün gewesen."

„Sicher eine Verschwörung der Klimaforscher. Aber wir gehen denen nicht auf den Leim."

Sie prosteten sich mit dem Kaffee zu.

„Auf die Erinnerungen!"

„Auf die Großmütter!"

„Sehr ergiebig war unser Recherchegespräch trotz allem nicht", resümierte Martin.

Clara wiegte ihr Haupt, kaute etwas auf ihren Worten herum:

„Vielleicht doch. Irgendwie habe ich das Gefühl, dass wir hier eine heiße Spur haben, auch wenn wir sie noch nicht erkennen."

„Weil sie einen Frederik erwähnte? Der vielleicht unser Friedrich Weedemeyer gewesen sein könnte?"

„Vielleicht ist es das. Natürlich kann das auch eine falsche Fährte sein."

„Und wenn: Wer weiß, wieviele Bilder durch Weedemeyers Hände gegangen sind. Und wir wissen nicht mehr, als dass bei den Bildern aus ihrer Familie flämische Künstler, Slevogt und ein van Gogh dabei waren."

„Immerhin sind das Kandidaten für ein wertvolles Bild, das es sich zu unterschlagen lohnt. Aber du hast ja recht. Nur, wie geht es jetzt weiter?"

Martin zuckte die Schultern.

„Wir könnten jetzt noch versuchen, die Rote Frau zu finden. Die Adresse haben wir ja. Wie hieß sie doch gleich?"

„LaCroix. Béatrice LaCroix."

„Richtig. Oder wir könnten auch einfach Urlaub machen."

„Nachdem ich vom Museum für die Recherche frei bekommen habe, wäre es nur fair, die Spur der Roten Frau zu verfolgen, oder?"

Martin hatte sich diese Antwort nicht gerade gewünscht, musste Clara aber insgeheim recht geben.

Sein Handy klingelte.

Innerlich zuckte er zusammen, als er Sinéads Stimme hörte. Obwohl Clara nur neben ihm saß und nicht einmal mitbekam, was die Irin sagte, verknotete sich sein Magen im ersten Moment in einem unbestimmten Gefühl des Unbehagens. Glücklicherweise blieb Sinéad ganz sachlich und ließ sich nur berichten, was es an aktuellen Erkenntnissen gab. Martin erzählte von der Recherche im Museumsarchiv und dem Besuch bei Mme Hertzberger, wobei sein Adrenalinpegel langsam wieder sank. Sinéad unterbrach ihn plötzlich wie elektrisiert: „Was war das für ein Bild, die Skizze? Beschreib nochmal genauer!"

„Das Bild? Einfach eine Skizze eines Mädchens oder einer jungen Frau, die rechts ein Pferd am Zügel hält. Drumherum angedeutete Landschaft."

„Und die Signatur?"

„van Dyssel oder so."

Sinéad blieb eine Weile ruhig. Dann fragte sie: „Du hast nicht zufällig ein Bild davon?"

„Nein, wieso auch ... obwohl, warte mal –"

Martin wandte sich an Clara: „Hast du nicht vorhin ein Foto von Frau Hertzberger gemacht, wo die Skizze mit dem Pferd mit drauf war? Schau mal bitte nach!"

Jetzt wäre eines von diesen modernen Handys praktisch gewesen, die gerade auf dem Markt erschienen. Martin hatte vergessen, wie die hießen, aber sie wurden direkt über einen großen Bildschirm bedient und waren wohl wie geschaffen für solche Zwecke. Clara meldete Erfolg, das Bild war im Hintergrund recht gut zu erkennen. Martin ließ sich Sinéads Nummer geben und bat Clara, das Bild gleich als MMS an sie zu schicken.

„Hallo? Wir haben tatsächlich ein Foto, da ist die Skizze gut zu sehen. Sollte gleich bei dir ankommen ... Ja, ich bleib dran."

Es dauerte eine Weile, bis die Daten durch den Äther bis Minard vorgedrungen waren, dann hörte Martin die Irin laut ausatmen.

„Mann, das ist ein Ding. Habt ihr das Gutachten in Brügge gelesen?"

„Welches Gutachten?"

„In den Akten im Archiv muss ein Gutachten von 1940 gewesen sein. Ein Zertifikat, das die Echtheit eines Gemäldes bestätigt. Da lag ein Foto dabei. Kannst du dich erinnern?"

Martin schüttelte den Kopf.

„So ein Gutachten war nicht dabei, das hätten wir sicher gesehen."

„Das muss da drin gewesen sein, ich habe es selber gesehen. Pass auf, können wir uns nächste Woche in Brügge treffen? Es dürfte sich lohnen, das zu überprüfen. Wenn das stimmt, was ich denke, dann ist die Skizze eine Vorzeichnung zu einem echten van Gogh, und die Eltern Hertzberger haben ihn 1940 an Weedemeyer verkauft, um ihre Flucht nach Schweden zu finanzieren."

„Mein Gott, dann wäre das getarnte Windmühlenbild am Ende ..."

„... ein übermalter van Gogh, ja. Das erklärt auch, warum das Bild gestohlen worden ist."

*

Nach einem Bonustag auf der Île de Bréhat gaben sie den Mietwagen in Morlaix zurück und erreichten über viele Schnipsel des französischen und belgischen Regionalbahnnetzes Brügge. Clara hatte inzwischen van Dreema im Groeningemuseum und pro forma auch das Erlanger Stadtmuseum über den Stand der Dinge informiert. Am Dienstag fanden sie sich verabredungsgemäß am Groeningemuseum ein. Für Besucher war das Museum noch geschlossen, aber van Dreema war höchstpersönlich um Punkt neun Uhr am Haupteingang erschienen.

„Mrs O'Brian kommt auch jeden Moment. Im Grunde hätte auch sie die Schlüssel gehabt, aber ich muss gestehen, selber neugierig zu sein, wie weit Sie mit Ihren Nachforschungen gekommen sind."

Obwohl vereinbart gewesen war, dass sie sich heute hier alle treffen würden, wurde es Martin bei der Nennung von Sinéads Namen flau im Magen. So sehr er sich immer wieder sagte, dass es nichts gegeben hatte, was ihm irgendwie peinlich sein müsste, blieb ihm doch das unbestimmte Gefühl, dass er diese Tage in der Bretagne gerne für sich behalten hätte.

„Schau an, da ist sie ja!"

Van Dreema zeigte die Straße entlang. Auf der anderen Seite, unter den Bäumen am Dijver, kam eine Frau mit rotblonden Haaren auf sie zu. Martin erkannte sie sofort, ihre hübsche Nase und die Sommersprossen. Beim Näherkommen stieg seine Nervosität, und er hoffte inständig, niemand würde es bemerken.

Die Irin kam lächelnd auf die wartende Gruppe zu und stellte sich ganz ungezwungen und fröhlich zuerst Clara vor – „Sinéad O'Brian, ... einfach Sinéad, wenn das in Ordnung ist. Freut mich sehr." –, begrüßte dann Martin – freundlicher Händedruck, zu Martins Erleichterung nicht mehr, oder hatte sie ihm jetzt zugeblinzelt? – und schließlich ihren Chef.

„Gehen wir gleich hinein", schlug dieser vor. „Ich habe Herrn Mohr gebeten, sich bereit zu halten, falls Sie Fragen haben."

Van Dreema und O'Brian gingen voran. Clara zog Martin ein wenig zu sich und flüsterte grinsend: „Sie hat tolle grüne Augen, nicht?"

Martin errötete und nickte nur, etwas zustimmend murmelnd. Natürlich wusste Clara, dass ihm das nicht entgangen sein konnte. Und sie weidete sich mit diebischer Freude an seiner Verlegenheit.

Im Archiv begrüßte sie Dirk Mohr. In Anwesenheit des Chefs bemühte er sich um höfliche Freundlichkeit, soweit sein Naturell dies zuließ.

Zunächst ließen sie sich nochmals die Kartons bringen, die sie neulich schon durchsucht hatten. Diesmal griff Sinéad selber mit hinein, sie wusste, wo sie suchen musste.

Während sie die alten Papiere durchblätterte, wiederholte sie, was sie schon telefonisch erzählt hatte: „Ich erinnere mich genau, dass ich hier für meine Arbeit über den Widerstand dieses Dokument gefunden hatte. Für mein damaliges Thema war es weniger bedeutend, aber es fiel mir natürlich auf, weil es um einen van Gogh ging. Ich hatte damals das Bild sogar mit den Beständen im Museum abgeglichen, aber da war es auch nicht zu finden. Über das Internet suchte ich in der Lost-Art-Datenbank, wo seit 2001 Informationen über Raub- und Beutekunst katalogisiert werden. Da taucht das Bild aber bisher auch nicht auf. Aber das will nichts heißen ... meine Güte, wo ist das Blatt hingekommen?"

Sinéad begann, nervöser zu werden, legte die Papiere zurück und filzte eine andere Kiste.

„Ich weiß noch genau, wie das Papier aussah. Der Briefkopf eines Kunstsachverständigen aus Brüssel, Experte für Impressionisten, darunter ein Foto, schwarzweiß natürlich. Das Gemälde war genauso aufgebaut, wie die Skizze von Frau Hertzberger. Und unter dem Gutachtertext das Fazit: Es handelt sich um einen van Gogh."

„Wie verlässlich ist so ein Gutachten?" wagte Martin zu fragen.

„Eigentlich gar nicht. Jeder kann alles schreiben, ein Gutachten kann leichter gefälscht werden als ein Bild. Interessant ist ein Gutachten dann, wenn es, wie hier, von einem ausgewiesenen Experten für den betreffenden Künstler kommt. Und interessant ist in diesem Fall, dass wir über dieses Gutachten überhaupt etwas über ein Bild erfahren, was wir gar nicht haben."

„Wie kann man überhaupt feststellen, ob so ein Bild echt ist?"

„Ich nehme an, dass das damalige Gutachten einfach auf genauer Kenntnis des Künstlers, seines Stils, seiner Maltechnik beruhte. Im Idealfall kennt man außerdem lückenlos die Provenienz ..."

„Die was?"

„... die Geschichte des Bildes, wer es wann gemalt, besessen, verkauft oder weitergegeben hat. Und heute kann man außerdem die Malmittel genau untersuchen: Bindemittel, Pigmente, Untergründe. Wenn zum Beispiel ein Aquarell von Dürer gefunden wird, das Azofarbstoffe enthält, ist es mit Sicherheit falsch."

Martin konnte die Information nicht einordnen, doch Claras Lachen zeigte ihm, dass das Beispiel ziemlich extrem sein musste.

„Das Gutachten schrieb über die Herkunft und die Chemie der Farben nichts, aber damals gab es auch nicht so viele Möglichkeiten. Verdammt. Das Ding ist weg. Wer war hier und hat das mitgenommen?"

Sie holten Mohr, doch der schüttelte den Kopf.

„Aus dem ganzen Bereich des Archivs ist derzeit nichts verliehen. Sie können im Verleihbuch nachschauen. Und die letzten, die diese Kisten geöffnet hatten, waren Sie selber neulich. Und vor ein paar Wochen war in Ihrem telefonischen Auftrag Mieke Broog hier unten. Und davor Sie, Frau O'Brian, aber das ist ja schon ein paar Jahre her."

Sinéad nickte.

„Und doch muss irgendjemand zwischendrin hier gewesen sein. Wie sieht es mit dem Mitarbeiter aus, der die Akten digitalisiert hat?"

„Gerrit war noch nicht einmal im Raum A fertig. Hier hat er noch keine einzige Kiste aufgemacht."

Clara mischte sich ein. Sie erinnerte sich an den Ordner „Widerstand" auf Blooms Rechner. Der Laptop stand noch immer auf dem Schreibtisch, doch sie wollte nicht zugeben, dass sie neulich darin herumgeschnüffelt hatten.

„Ist es ausgeschlossen, dass Herr Bloom trotzdem schon mal Akten aus einer anderen Abteilung vorgezogen hat? Vielleicht sogar auf eigene Faust?"

„Das glaube ich nicht. Wieso hätte er das tun sollen?"

Darauf hatten die anderen auch keine Antwort.

„Mohr, könnten Sie uns bitte einen Kaffee machen?" fragte van Dreema zu Martins Freude. Mohr nickte fast verbeugend und walzte schnaufend nach hinten.

Clara hatte sich entschlossen, nun doch mit offenen Karten zu spielen.

„Ich würde Ihnen gerne erklären, wie ich zu meiner Frage kam. Als wir neulich hier gewesen sind, haben wir – fragen Sie mich jetzt nicht warum – einen Blick in den Laptop Ihres Mitarbeiters geworfen. Und da gibt es neben den vielen Ordnern mit den digitalisierten Dokumenten einen Ordner mit Namen „Widerstand". Ich nehme an, dass Bloom aus irgendwelchen Gründen Akten aus diesem Bereich digitalisiert hat. Und irgendjemand hat dafür gesorgt, dass davon nichts mehr zu finden ist. Denn der Inhalt des Ordners ist gelöscht, der Papierkorb des Rechners ist geleert, die Kamera, mit der er vieles reproduziert hatte, ist verschwunden – Sie erinnern sich sicher, Herr van Dreema, Sie selber hatten uns darauf aufmerksam gemacht – und heute sahen wir, dass zumindest ein Dokument aus diesem Teil des Archivs fehlt."

„Meinen Sie, dass Gerrit Bloom sich Informationen besorgt und danach alle Spuren beseitigt hat?"

„Ich bin nicht sicher, ob er selber es war. Er hätte nicht seine Kamera verschwinden lassen, sondern einfach die Speicherkarte gelöscht. Er hätte auch keinen Grund gehabt, ein Original verschwinden zu lassen."

Van Dreema kraulte mit verkniffenem Gesicht zweifelnd seinen Bart.

„Vielleicht ist der Ordner auf dem Laptop ja schon immer leer gewesen?"

Martin argumentierte: „Möglich. Aber dann bleibt verdächtig, warum der Papierkorb geleert ist. Wie oft leeren Sie den Papierkorb Ihres Computers?"

Der Direktor pflichtete bei.

„Irgendjemand war hier, ich nehme an, nach dem Tod von Bloom, und hat Spuren beseitigt. Vielleicht sogar sein Mörder."

„Sein Mörder, der vielleicht hinter dem gleichen Bild her ist wie wir", sinnierte Sinéad.

Einem Geistesblitz folgend fragte Martin: „Sagt Ihnen der Name Béatrice LaCroix zufällig etwas?"

Van Dreema schüttelte den Kopf.

„Nie gehört. Warum?"

„Sie hat vermutlich das Bild in Frauenaurach gestohlen. Entweder ist sie diejenige, die hinter dem van Gogh her ist oder ihre Auftraggeber. Hätte ja sein können, dass sie hier ihre Finger im Spiel hatte."

„Ich könnte meine Sekretärin fragen, die hat mehr Überblick, wer hier mit dem Haus Kontakt aufnimmt. Und das bessere Namensgedächtnis", fügte er schmunzelnd hinzu.

Clara hatte noch eine Idee.

„Vielleicht ist sie auch unter falschem Namen hier gewesen. Kann ich mal ein Blatt Papier und einen Bleistift haben? Martin, du bist der Frau doch ein paar Mal begegnet. Kannst du sie beschreiben?"

Martin war von der Idee ebenso verdutzt wie von dem Gedanken, Clara könnte eine taugliche Phantomzeichnung anfertigen. Aber so langsam erstaunte ihn nichts mehr, was die Fähigkeiten seiner Freundin betraf.

Mohr kam mit dem Kaffee herein, stellte ihn leise mit Tassen,

Milch und Zucker auf den Tisch und fragte nicht, was seine vier Archivgäste stumm brütend um ein Blatt Papier geschart taten.

21. Kapitel

Während Sinéad versuchte, den letzten Tropfen Kaffee aus der Kanne zu wringen, lehnte sich Clara zurück und fragte abschließend:

„So kann es bleiben?"

„Perfekt!", bestätigte Martin.

Als hätte es in der letzten halben Stunde ein Sprech- und Atemverbot gegeben, kam wieder Bewegung in die Gruppe. Auf dem Blatt war die Rote Frau zu sehen, und sogar die Farbe des Mantelkragens hatte Clara als wichtiges Erkennungszeichen mit einem Rotstift hervorgehoben.

„Damit können wir hier im Haus herumgehen, ob irgendjemand die Frau schon mal gesehen hat", schlug van Dreema vor.

Das Telefon klingelte. Mohr kam von hinten und nahm ab.

„Mohr, Archiv", meldete er sich und reichte den Hörer gleich weiter.

„Für Sie, Herr Direktor. Ihre Sekretärin."

Van Dreema hörte kurz zu und dankte für die Auskunft. Während er den Hörer wieder auflegte, kam ein Ausruf des Schreckens von Mohr. Der Archivar flüsterte „Cora", versuchte sofort wieder, sich zu fangen, doch das Zittern und sein bleiches Gesicht konnte er nicht kaschieren.

„Was ist denn mit Ihnen, haben Sie ein Gespenst gesehen?", fragte van Dreema.

Mohr nuschelte etwas von „nein, schon in Ordnung" und wollte sich nach hinten verziehen. Clara hatte seinen Blick auf ihre Zeichnung bemerkt.

„Warten Sie. Kennen Sie diese Frau?"

Mohr blieb stehen, schüttelte stumm den Kopf, aber es war lächerlich. Sowohl die Schweißperlen auf seiner Glatze als auch die zitternde Unterlippe hätten jeweils für sich alleine dieses Leugnen unglaubwürdig gemacht. Van Dreema hakte nach:

„Mohr, das ist doch Quatsch. Woher kennen Sie die Frau? Wer ist sie?"

Der dicke Archivar war käsebleich und setzte sich. Er schien den Tränen nahe, schüttelte stumm den Kopf und schaute nach unten.

„Herr Mohr", schaltete sich nun auch Martin ein, „wir müssen wissen, wer das ist. War diese Frau hier?"

Es dauerte noch fast eine halbe Stunde, bis Mohr unter Qualen die gesamte Geschichte geboren hatte: Vor einigen Wochen hatte er diese Frau kennengelernt, sie nannte sich Cora Jensen. Sie hatte den in dieser Hinsicht wenig verwöhnten Mohr im Nu umgarnt, ihm einen heißen Flirt vorgespielt und ihn dazu gebracht, ihr sein Büro zu zeigen. Hier aßen sie gemeinsam Pizza und leerten eine Flasche Wein. Vermutlich hatte sie Mohr dabei irgendetwas in sein Glas gegeben, denn Mohr fühlte sich bald elend müde und schlief ein. Früh am Morgen, als er erwachte, was die Frau weg. Mohr hatte selbst jetzt noch nichts Böses gedacht, alle Spuren des nicht regelkonformen Feierabendgelages beseitigt und sich eingeredet, Cora eines Tages wiederzusehen.

Mohr war nur noch ein Häufchen Elend, vielleicht auch in erster Linie deshalb, weil ihm erst jetzt restlos klar geworden war, dass er einer Betrügerin auf den Leim gegangen war, die in jener Nacht Daten, eine Kamera und zumindest ein Dokument aus dem Archiv gestohlen hatte und die – was für Mohr die eigentliche Katastrophe war und noch schwerer wog als die Scham seinem Chef gegenüber – an ihm selber nicht das mindeste Interesse gehabt hatte.

Einerseits tat er Martin leid, andererseits konnte er nur den Kopf schütteln über so viel Blindheit.

Clara rief zur Sache: „Jetzt müssen wir als nächstes die LaCroix finden."

„Das hat langsam etwas von einer Schnitzeljagd", belustigte sich Martin.

„Jetzt hätte ich es fast vergessen!", schaltete sich van Dreema ein, „Der Anruf eben: Meine Sekretärin hat den Namen Béatrice LaCroix tatsächlich gefunden. Sie arbeitet für eine Galerie in Enkhuizen, in den Niederlanden. Die Galerie hatte uns damals ein Bild zur Prüfung geschickt, jetzt erinnere ich mich auch wieder daran. Es ging um einen Vermeer, bei dem die Echtheit anfangs in Zweifel gezogen wurde. Die erste Anfrage hatte Mme LaCroix als Sekretärin der Galerie unterzeichnet."

„Tolles Gedächtnis!", lobte Clara.

„Ich weiß nicht, wie es Euch geht, aber ich habe jetzt erstmal einen Bärenhunger", warf Martin ein. Das kam etwas plötzlich, aber Clara sah Martins Gesicht sofort an, dass die Äußerung nicht ohne Hintergedanken getan worden war. So pflichtete sie ihm bei, neugierig, was dahintersteckte.

Sinéad war – wie die anderen im Grunde auch – gerade vom Frühstück gekommen und winkte daher ab. Martin schlug vor, schnell in der Bäckereifiliale gegenüber eine Kleinigkeit zu essen und dann wieder zu den anderen dazuzustoßen.

Sie überquerten die Straße, auf der das Leben so langsam erwachte. Ein Mitarbeiter der Bäckerei war gerade damit beschäftigt, ein paar Stühle in der Sonne aufzustellen.

„Ich würde gerne etwas ausprobieren, und es wäre mir recht, wenn ich es nicht van Dreema sagen müsste. Das ist ein wenig indiskret. Im Grunde haben wir auch Glück, dass Sinéad oben geblieben ist, sie ist auch Mitarbeiterin des Museums. Was ich vorhabe, könnte sie in einen Loyalitätskonflikt bringen …"

Martin grinste verschmitzt unternehmungslustig. Sie setzten sich an einen der Tische an der Straße und bestellten Sandwiches und Kaffee. Martin klappte seinen Laptop auf.

„Perfekt!", sagte er mit Blick auf den Bildschirm.

„Verrätst du mir, was du im Schilde führst?"

„Gerne. Ich breche jetzt in die Privatsphäre des Museums ein. Meine Hoffnung wurde nicht enttäuscht, dass das interne WLAN des Museums bis hier reicht."

Martin tippte ein wenig herum und zog seine Kamera hervor. Unter den Bildern fand er das Foto, das er neulich von dem Zettel mit den Telefonnummern gemacht hatte.

„So langsam verstehe ich", sagte Clara anerkennend, „aber wenn du auch in das WLAN kommst, wirst du nicht den Inhalt der Museumscomputer so einfach auslesen können."

„Wart's ab. Ich habe heute früh etwas gesehen, was mir plötzlich den Sinn eines weiteren Telefoneintrags auf der Liste klar gemacht hat."

„Zeig her! Was ist das? Der Chef, Sekretariat ... ach so, das unter dem Kürzel TC kann auch unmöglich eine Telefonnummer sein."

„Richtig. Und TC steht für TimeCapsule, eine drahtlos verbundene Festplatte, die automatisch alle 60 Minuten ein Backup des angeschlossenen Rechners macht."

„Nicht schlecht. Und die hast du gesehen?"

„Unter der Tischplatte ist so ein Gerät befestigt, und da fiel mir plötzlich ein, was die Nummer bedeuten könnte. Voilà!"

Martin hatte sich inzwischen zu den Files auf dem Speichermedium Zugang verschafft und drehte den Bildschirm zu Clara.

„Ich klicke mich jetzt mal schnell durch die letzten Wochen und siehe da: Ab diesem Tag hier ist der Ordner ‚Widerstand' leer."

„Kannst du die alten Dateien wiederherstellen?"

„Das ist ja das Schöne an dem System. Alles noch da. Ich ziehe uns das mal rüber."

*

28. Mai 1945

„Frau Weedemeyer, ist alles in Ordnung?"

Frau Weedemeyer nickte unter Tränen lachend und hielt ihrer Nachbarin die Postkarte hin, die sie gerade bekommen hatte.

„Alles in Ordnung, Frau Reim. Danke, alles ist gut. Mein Mann schreibt mir gerade, er wird in den nächsten Tagen hier sein."

„Allmächd! Haben Sie nicht gesagt, dass er in Belgien vermisst wird?"

*

Blooms Datensicherung war ein Volltreffer. Obwohl sie sich vorläufig nur quer durch die Dateien klickten, erkannten sie sofort die Akten der belgischen Résistance wieder, die sie durchgesehen hatten. Säuberlich abfotografiert, Stück für Stück. Die Dateinamen gaben leider nichts her, es handelte sich um die automatisch vergebenen Bezeichnungen aus der Digitalkamera. Immerhin verriet diese das Datum, und über die Dateiinformationen konnte man sehen, dass die Bilder vor längerer Zeit und spät abends gemacht worden waren.

„Das hat der mit Sicherheit nicht in seiner Arbeitszeit gemacht", folgerte Martin.

„War ja wohl auch nicht seine reguläre Aufgabe. Aber für wen arbeitete er? Die Rote Frau?"

„Mag sein. Falls sie überhaupt die eigentliche Auftraggeberin ist. Oh! Was ist das?"

Beim Durchklicken war er auf die Wiedergabe eines Schriftstücks gestoßen. Der Briefkopf eines Kunsthistorikers, Sachverständiger, Spezialist für neuere Malerei und so weiter. Ein längerer Text, ein angeheftetes Schwarzweißfoto. Kein Zweifel: Die Datei zeigte das gesuchte Gutachten über das verschwundene Bild!

Wortlos strahlten sich Martin und Clara an und klatschten ab. Und beim Vergrößern des Bildschirms zeigte sich sogar, dass Sinéad ein gutes Gedächtnis bewiesen hatte. Obwohl nur eine Reproduktion eines kleinen Schwarzweißfotos, sahen sie tatsächlich eine Landschaft mit einer jungen Frau, die ein kleines Pferd führte. Wie auf dem Bild von Mme Hertzberger, nur in einer Fassung als impressionistisches Gemälde.

Martin schaute andächtig auf das Bild.

„Das wäre dann also ein noch unentdeckter van Gogh!"

Clara lachte:

„Seit eben ist es dann ein entdeckter van Gogh. Aber ob das wirklich so ist, muss erst noch geklärt werden."

„Zweifelst du an dem Gutachten?"

„Die Methoden, so etwas zu untersuchen, sind heute viel feiner. Aber natürlich ist es möglich, und ich kann eine gewisse Erregung bei dem Gedanken nicht verhehlen."

Sie grinste verschmitzt bei dieser mit Sicherheit krass untertriebenen Äußerung. Nur ihre professionelle Zurückhaltung ließ sie nicht gleich in ekstatischen Jubel ausbrechen.

„Zu klären wäre zum Beispiel, warum auf der Skizze von Mme Hertzberger ein anderer Name stand."

Das musste Martin einräumen.

„Vielleicht hat van Gogh hier mit einem Pseudonym signiert? Oder wir haben uns einfach verlesen?"

„Kaum. Das wäre mir bekannt. Ich könnte mir vorstellen, dass die Skizze gar keine Vorzeichnung zum Gemälde war, sondern nur eine schnelle Kopie des Bildes. Angefertigt zum Beispiel von jemandem, der beim Verkauf des Gemäldes ein Stück zur Erinnerung behalten wollte."

Martins Handy summte. Sinéad hatte im Archiv alles wieder ordentlich verräumt und kündigte an, dass sie ebenfalls herunterkäme.

Wenig später saßen sie zu dritt am Tisch, die Irin bestellte sich einen Kaffee.

„Oder habt ihr etwas gefunden, das eine Runde Sekt zum Anstoßen rechtfertigt?"

Martin und Clara sahen sich ertappt an.

„Wie kommst du darauf?" fragte Martin vorsichtig, eher neugierig, ohne den ernsthaften Vorsatz zur Verschleierung. Sinéads Gesicht strahlte in unverhohlen detektivischer Freude:

„Den aufgeklappten Laptop neben Euren Brötchen konnte ich vom Fenster sehen, und wenig später hörte ich die Festplatte unter Blooms Tisch anspringen. Keine Sorge," schob sie gleich nach, „van Dreema hat nichts mitbekommen. Muss er auch nicht."

Martin fühlte sich peinlich berührt.

„Wir wollten dich nicht in Gewissensnöte bringen. Immerhin bist du Mitarbeiterin des Groeningemuseums, und wir sind schließlich in einen nichtöffentlichen Bereich vorgedrungen ..."

„War ja für einen guten Zweck. Woher hattet ihr das Passwort?"

„Das hängt ganz offen an Blooms Pinnwand. Zwischen den Telefonnummern."

„Chapeau. Da hätten wir auch drauf kommen können."

„Wir sind auch tatsächlich fündig geworden. Schau her!"

Martin drehte den Bildschirm mit dem Gutachten zu Sinéad, die anerkennend und bestätigend nickte.

Für die unterschiedlichen Signaturen auf dem Gemälde und der Skizze hatte aber auch sie keine überzeugende Erklärung.

„Das kriegen wir schon noch raus. Irgendwie kommt mir ja der Name van Dyssel bekannt vor, mir ist, als habe ich den schon mal gehört – aber ich kann nicht sagen, wo ich ihn jetzt einordnen soll."

„Ich denke, wir sollten uns jetzt auf Béatrice LaCroix konzentrieren", schlug Clara vor.

„... alias Cora Jensen", ergänzte Martin.

„Als Sekretärin einer Galerie könnte sie deinen Artikel über die getarnten Bilder in die Hände bekommen haben. Wahrscheinlich hat sie daraufhin die Idee gehabt, nach weiteren Informationen über die verschollenen Kunstwerke zu suchen, sich dann an Bloom herangemacht, ihn Kopien von den wichtigen Dokumenten anfertigen lassen und ihn dann – um Spuren zu verwischen – umgebracht."

„Warum hat sie dann auch noch das Gutachten entwendet?"

„Ich kann mir nur vorstellen, dass sie damit Informationen zu dem Bild und seiner Geschichte aus dem Weg schaffen wollte. Wenn sie mit einem unentdeckten van Gogh an die Öffentlichkeit geht, muss sie fürchten, dass jemand aus der Provenienzforschung genau hinschaut. Es ist purer Zufall, dass wir von der Existenz des Gutachtens im Archiv wussten. Sonst wäre das in hundert Jahren niemandem aufgefallen."

„Dann sollten wir wohl jetzt nach Enkhuizen fahren und LaCroix aufsuchen, oder?"

Claras Blick mahnte zur Besonnenheit.

„Aber was dann? Zu ihr gehen und die Herausgabe des Bildes verlangen? Sie wird doch niemals zugeben, dass es sich um das gleiche Bild handelt, das in Frauenaurach entwendet worden ist."

„Kommt darauf an. Wenn das Bild noch die Windmühlen zeigt, lässt es sich leicht identifizieren. Wenn bereits das Original freigelegt worden ist, wird es schwierig."

„Umso mehr sollten wir uns beeilen, oder?"

„Aber wenn du keinen Hausdurchsuchungsbeschluss hast, wird sie nicht einmal zugeben, im Besitz des Bildes zu sein. Nee, das läuft nicht. Und ich weiß auch nicht, ob man der Dame, die schon einen Mord auf dem Gewissen haben könnte, so einfach auf den Leib rücken sollte."

„Dann brauchen wir an dieser Stelle die Hilfe der Polizei."

„Und zwar schnell, bevor sie die verräterischen Spuren der Übermalung beseitigen kann."

※

Van Dreema ließ seine Kontakte in die Niederlande spielen und versuchte, der dortigen Polizei die Lage zu erklären. Sinéad war auf eine Verlängerung ihrer Reise nicht eingestellt, wollte sich den Showdown um einen möglicherweise bedeutenden Kunstfund aber nicht entgehen lassen. Sie stockte den Inhalt ihres Koffers noch schnell um ein paar Sachen zum Wechseln auf. Clara ging zum Hotel, um ihre Sachen zu packen und die Rechnung zu bezahlen. Martin besorgte derweil am Bahnhof Tickets nach Enkhuizen. Eine freundliche Dame am Schalter hatte eine Verbindung über Gent, Antwerpen und Amsterdam („einfacher kommen Sie da leider nicht hin") herausgesucht. Sehr gut. Dreimal bitte.

Er tippte die PIN seiner EC-Karte ein, nahm die Tickets entgegen, klemmte sich das Telefon ans Ohr und rief Clara an, die schon auf dem Sprung zum Bahnhof war. Kurz vor eins standen sie alle am Bahnsteig, und die Ansage eines einfahrenden Zuges übertönte fast das Klingeln von Martins Handy.

Die Nummer auf dem Display erschien ihm fast wie aus einer anderen Welt.

„Hallo Rolf, was gibt's?"

„Mann, was ist denn bei dir los?"

„Wir stehen am Bahnhof. Was gibt's denn?"

Zum Plaudern hatte Martin jetzt weder die Ruhe noch die Nerven, aber die dünne Hoffnung keimte in ihm auf, Rolf könnte verkünden, dass er eine Wohnung gefunden hatte. Die Hoffnung wurde enttäuscht.

„Ja, hör mal ... ist awäng scheiße, aber ich denk, ich sag's dir lieber gleich. Heute Nacht hat hier einer dein Haus beschmiert."

„Wie – beschmiert?"

„Naja, so mit irgendwas beworfen. Rote Farbe oder so. Ich weiß ja auch nicht. Ich hab schon versucht, das abzuwaschen, so mit dem Gartenschlauch und Bürste, aber das geht nicht richtig runter."

Er klang ziemlich zerknirscht, aber davon konnte sich Martin jetzt auch nichts kaufen. Musste das jetzt sein? Die Sache mit den eingeworfenen Fenstern im letzten Jahr hatte ihm eigentlich gereicht. Und er hatte geglaubt, das wär's jetzt gewesen. Offensichtlich lebten in Mittelfranken doch noch die wilden Bergvölker, die sich seine Freunde in Friesland vorgestellt hatten. Ein übler Verdacht stieg in ihm auf.

„Sag mal, kann es sein, dass das der Freund von deiner Bekki war?"
„Der Ralf-Dieter? Wieso denn der? Warum sollte der dein Haus mit Farbe bewerfen?"
„Vielleicht weil er sauer ist, dass du mit seiner Freundin geschlafen hast? Und weil du deiner Bekki meine Adresse gegeben hast?"
Martin war lauter geworden als beabsichtigt, von Rolf hörte man dafür erstmal gar nichts. Dann kam ein leises: „Du meinst ... der hat ... nee ... ach du Scheiße!"
Die Stimme erstarb.
„Der hat doch schon neulich die Briefe geschrieben und mich am Telefon angemacht. Ich hatte erst gar nicht begriffen, wen er meint und wer seine Rebekka ist."
„Briefe? Was? Anrufe? Davon weiß ich ja gar nichts ..."
Stimmt. Auch Mist. Martin hatte Rolf gar nichts davon gesagt, und als er nach Frankreich gefahren war, war ihm die blöde Geschichte völlig aus dem Blick verschwunden. Mit mühsam bezähmtem Zorn presste er ins Handy: „Jetzt sieh bitte zu, dass du den Kerl davon in Kenntnis setzt, dass das Haus im Mühlgarten mir gehört, bevor er es einäschert. Wenn er ein Hühnchen mit dir zu rupfen hat, dann macht das bitte unter euch aus."
Das Ende des Telefonats war auf Rolfs Seite gebührend kleinlaut. Erst nachdem Martin das Gespräch ausgeklickt hatte, schaute er in die irritierten Gesichter von Clara und Sinéad. Und dann fiel Martin plötzlich ein, was er Rolf schon im ersten Satz hätte fragen sollen. Nämlich, was im Brief von seinen Eltern stand.

*

Gegen halb sechs rollte der IC aus Amsterdam in Enkhuizen ein. Die Gleise endeten an einem rot gezieglten Bahnhofsgebäude, aussteigende Fahrgäste waren rundherum von Hafenbecken umgeben. Nur fünfzig Meter weiter würde der Zug im Ijsselmeer landen.
Auf der Fahrt hatten sie ihr Vorgehen besprochen. Clara und Martin würden versuchen, die Rote Frau in ihrer Wohnung in Hoorn zu erreichen, Sinéad sollte die Galerie im Meeuwenlaan 92 aufsuchen. Auf einen Anruf verzichteten sie, um den Überraschungsvorteil zu behalten. Sie waren übereingekommen, Béatrice LaCroix vor die

Wahl zu stellen, entweder mit offenen Karten zu spielen oder sich der Untersuchung durch die Polizei zu stellen.

Schnell verabschiedeten sie sich vor dem Bahnhof und bestiegen Taxis in unterschiedliche Richtungen.

Hoorn lag 20 Kilometer von Enkhuizen entfernt, eine gute Viertelstunde später standen sie vor einer frisch hergerichteten, aber unzweifelhaft der Bauhaus-Ära entstammenden kleinen Villa. Auf dem Klingelschild stand „B. LaCroix". Sie waren richtig.

„Ganz schön vornehm für eine alleinstehende Sekretärin", fand Clara.

„Stimmt. Vielleicht hat sie das Haus ja geerbt? Auf geht's!"
Martin drückte den Klingelknopf.

Eine Katze schlich über das Grundstück und veranlasste eine Schar Spatzen, laut schimpfend aufzufliegen. An dem Sommerflieder neben der Gartenpforte tummelten sich Tagpfauenaugen, zwei Taubenschwänzchen und ein paar andere Schmetterlinge, die Martin nicht kannte.

„War wohl nichts," vermutete Martin.

„Wahrscheinlich ist sie noch in der Galerie, dann hat sie Sinéad sicher erwischt."

Clara wählte Sinéads Nummer und hatte die Irin gleich am Apparat.

„Wie, du auch nicht? ... nein, hier ist niemand. Vielleicht ist sie noch unterw... wie? Oh! Das ist ja seltsam. ... Ja, okay, wir schauen mal."

Clara steckte das Handy wieder ein.

„Sinéad hatte auch kein Glück. LaCroix ist heute nicht zur Arbeit erschienen. In der Galerie war man zwar nicht groß in Sorge, aber doch verwundert. Offenbar ist die Dame sonst sehr zuverlässig."

„Das ist schon eigenartig. Vielleicht ist sie krank?"

Auch erneutes Klingeln half nicht. Schließlich entschlossen sie sich, eine Runde um das Haus zu gehen. Richtig legal war das wahrscheinlich nicht, aber neben der Garageneinfahrt war das Grundstück frei zugänglich.

Der Rasen war frisch gemäht, auch die Beete machten einen ausgesprochen gepflegten Eindruck. Eine automatische Bewässerungsanlage – unauffällig, aber von Nahem erkennbar – sorgte offenbar für regelmäßige Erfrischung. Blumen und Gras waren trotz der Trockenheit der letzten Tage frisch und saftig. Béatrice LaCroix schien einen ausgesprochen grünen Daumen zu haben oder einen guten Gärtner. In jedem Falle zeugte das Anwesen vom Wohlstand seiner Besitzerin.

Martin wollte nicht heimlichtuerisch herumschleichen und machte sich daher laut bemerkbar, doch das Gelände war – bis auf ein paar Kohlmeisen – verlassen.

Hinter dem Haus lag ein Garten von beträchtlichen Ausmaßen, umgeben von hohen Bäumen und Büschen. Von der Terrasse aus führten flache Stufen auf den englischen Rasen, gesäumt von abermals üppigen Blumen. Mitten im Grün lag ein hellblauer Pool, daneben eine Teakholzliege. Die Fenster und Türen des Hauses waren geschlossen, nichts deutete darauf hin, dass jemand zu Hause war. Clara und Martin schauten kurz in die Runde und zuckten die Schultern. Anscheinend brachte sie die Inspektion des Gartens auch nicht weiter.

„Gehen wir wieder!", forderte Clara auf.

„Versuchen wir es morgen nochmal ... Moment, was ist das?"

Martin ging neugierig spähend ein paar Schritte auf den Pool zu. Was durch die Spiegelung der Abendsonne auf der Oberfläche zunächst nicht sichtbar war, wurde beim Näherkommen klarer. Irgendetwas trieb auf dem Wasser. Ein Zweig? Ein Handtuch?

„O Gott!" Clara prallte zurück und schlug die Hand vor das Gesicht, genau so, wie man es in der Dramaturgie eines Drehbuchs erwartet hätte. Martin schaute an ihrem Blick entlang, zum Pool hin. Im Wasser trieb ein Mensch. Regungslos. Eine Leiche.

22. Kapitel

Sinéad stand schon auf der Straße, als ihr noch etwas einfiel. Die Tür der Galerie war gerade hinter ihr ins Schloss gefallen, als sie sich umdrehte und erneut die Klingel drückte. Es war natürlich längst geschlossen, doch war schließlich bis eben noch der Chef höchstpersönlich im Büro. Der Summer ertönte, die Tür sprang auf. Sie trat abermals ein, und von gegenüber betrat der Galerist die Eingangshalle.

„Entschuldigen Sie, Herr van de Bilt, mir ist gerade noch eine Sache eingefallen ..."

Van de Bilt bemühte sich um professionelle Freundlichkeit und schaute interessiert, betont fragend, abwartend. Sinéad erkundigte sich:

„Vielleicht gibt es ja noch eine andere Adresse, wo sich Mme LaCroix aufhalten könnte. Ich denke an ein Wochenendhaus, eine Freundin, ihre Eltern ...?"

Van de Bilt konnte nicht restlos verbergen, dass er Sinéad am liebsten mit Schwung vor die Tür gesetzt hätte, doch riss er sich am Riemen. Mit etwas mühsam beherrschter Stimme verkündete er:

„Davon weiß ich nichts, Mrs O'Brian. Meine Angestellten müssen mir nicht erzählen, ..."

„Das meinte ich auch nicht," beeilte sich Sinéad richtigzustellen, „aber es hätte ja sein können, dass Ihnen zufällig bekannt ist ..."

„Ich kann Ihnen da nicht weiterhelfen," unterbrach sie van de Bilt recht barsch. „Ich gehe davon aus, dass Mme LaCroix morgen wieder ganz normal zur Arbeit erscheint."

Sinéad lenkte ein.

„Sie haben sicher recht. Ich kann ja nochmal versuchen, sie telefonisch zu erreichen."

„Machen Sie das. Und jetzt würde ich gerne Feierabend machen, wenn Sie nichts dagegen haben."

„Selbstverständlich, verzeihen Sie meine Beharrlichkeit."

Im Gehen zog Sinéad das Handy hervor und klickte die Mobilnummer an, die Martin und Clara über Ela Koch bekommen hatten. Noch bevor sie das Gerät an ihr Ohr hielt, hörte sie einen Klingelton. Van de Bilt, der noch in der Tür stand, zog sein Handy hervor, stellte fest, dass es nicht die Quelle des Ruftons war und kramte in einer anderen Tasche nach einem anderen Gerät. Sinéad war irritiert, zum einen, weil das Rufzeichen just abbrach, als van de Bilt das Gespräch wegklickte, zum zweiten, weil er ein Gerät in der Hand hielt, das mit pinkfarbener, mit Strass besetzter Hülle sichtlich einer Frau gehörte. In diesem Moment bemerkte wohl auch van de Bilt, dass er einen Bock geschossen hatte. Sinéad fiel wie Schuppen von den Augen, dass hier etwas oberfaul war. Van de Bilts Gesichtszüge entglitten ihm, changierten von ertappt über ratlos nach zornig, als ihm klar wurde, dass Sinéad alles klar geworden war. Wie idiotisch war es auch, dass er noch immer das Handy bei sich trug. Wie idiotisch, dass er das Handy nicht ausgeschaltet hatte. Aber das war nun auch egal. Sinéad stand keine zwei Meter vom Ausgang entfernt. Bis zu diesem Moment hätte Sinéad sicher eine Chance gehabt, doch sie reagierte einen Augenblick zu spät.

※

Clara und Martin standen wie angewurzelt neben dem Pool und schauten auf Béatrice LaCroix, die leblos auf dem Wasser trieb. Dass sie es war, daran bestand kein Zweifel. Martin erkannte sie sofort wieder. Auch ohne ihren roten Mantel. Ihre schwarzen, langen Haare schwebten schwerelos im Pool. Auf dem dunkelblauen Kleid war der blutrote Fleck, der auf der Brust das kleine Einschussloch umgab, kaum zu sehen.

Er ertappte sich bei dem Gedanken, dass sie eine ausgesprochen schöne Frau war, selbst jetzt noch, pfiff seine unpassenden Gefühle aber sogleich ärgerlich zurück. Nerven behalten. Was war jetzt zu tun? Natürlich, Polizei. Er zitterte das Handy hervor.

※

Sinéad spürte die Waffe im Rücken, während sie auf der Treppe in den Keller ging. In irgendwelchen Krimis war es immer ein kapitaler Fehler, das Opfer die Position der Waffe spüren zu lassen. Was für ein Unsinn, dachte sie, niemals würde sie sich trauen, van de Bilt die Waffe aus der Hand winden zu wollen. Was ritt sie überhaupt, in dieser Situation an irgendwelche Kriminalfilme zu denken? Ihr Herz schickte Stoßwellen in immer schnellerem Takt durch ihren Körper. In ihre nackte Angst mischte sich Kopfschütteln über ihre abwegigen Assoziationen, fast lachte sie über sich selbst, ein irres Lachen, tief in ihr drin, das nicht bis zu ihren Lippen kam. Vergeblich versuchte sie, einen klaren Gedanken zu fassen.

Sie stiegen Stufe für Stufe hinunter, und in ihrem Hirn raste es. War es nicht Unsinn, willig in den Keller zu gehen? Mit jedem Schritt wuchs die Erkenntnis, dass ihre Chancen hier unten immer geringer wurden. Hier konnte van de Bilt mit ihr unbemerkt tun, was er wollte – und das konnte nichts Gutes sein, schließlich war sie ihm auf die Spur gekommen, konnte ihn identifizieren. Zumindest war das in seinen Augen so. Was aber war wirklich? Van de Bilt hatte das Handy von Béatrice LaCroix in der Tasche. Hielt er sie gefangen? Hatte er sie umgebracht? Wenn es eine harmlose Erklärung gäbe, würde er ja kaum die Pistole zücken.

✳

„Bis jetzt war die LaCroix unsere Hauptverdächtige, und jetzt wird sie selber ermordet!"

Martin und Clara saßen vor dem Haus auf einer Bank und warteten auf das Eintreffen der Polizei. Sie nahmen an, dass sie hier vorne keine wertvollen Spuren zerstören würden. Clara entgegnete:

„Trotzdem könnte sie das Bild gestohlen und auch den Archivar auf dem Gewissen haben."

„Vielleicht ist ihr jemand auf die Schliche gekommen und hat ihr das Bild wieder abgenommen?"

„Und sie dabei gleich ermordet?"

„Warum nicht? Schließlich wäre sie eine ständige Gefahr für den Täter."

„Was macht eigentlich Sinéad? Die Meeuwenlaan ist in Enkhuizen gleich um die Ecke gewesen. Sie müsste längst dort sein und sollte erfahren haben, dass LaCroix nicht in der Galerie ist."

Martin zuckte die Schultern.

„Ich kann ja mal anrufen. Immerhin haben wir ja auch Neuigkeiten zu vermelden."

Noch während er darauf wartete, dass Sinéad das Gespräch annahm, rollte ein Konvoi Einsatzfahrzeuge mit Blaulicht vor dem Haus an. Er steckte das Handy wieder ein.

※

„Geradeaus – und da rein!" kommandierte der Galerist.

In diesem Moment klingelte Sinéads Handy.

In Stresssituationen reagieren viele Menschen irrational. Sinéad blieb unwillkürlich stehen, van de Bilt fragte unsinnigerweise, wer da anriefe.

„Die Polizei," sagte sie.

Die Antwort war so dämlich wie die Frage, aber in diesem Moment schien sie ihr strategisch geschickt, und der Mann hinter ihr war schon so nervös, dass er sich davon tatsächlich ins Bockshorn jagen ließ. Wütend brüllte er: „Geben Sie mir das Handy, aber keine falsche Bewegung!"

Sinéad zog es vorsichtig aus der Tasche und gab es ihm. Panisch, als könne er dadurch Informationen nach außen verhindern, nahm er es, warf es auf den Boden und trampelte darauf herum. Jetzt oder nie: Sinéad glaubte ihre Chance zu sehen und packte den Arm, der die Pistole hielt. Vor langer Zeit hatte sie einen Selbstverteidigungskurs gemacht, doch jetzt ließ sie sich nur von ihren Instinkten leiten. Sie versuchte, irgendeinen Hebel zu finden, um den Arm wegzudrehen, ihn zum Öffnen der Hand zu zwingen, vor allem aber, um die Mündung der Pistole von sich weg zu bewegen. Aussichtslos. Van de Bilt war wohltrainiert, und er hatte Angst, die Kontrolle über die Situation zu verlieren. Mit einer schnellen Bewegung beugte sie sich hinunter und biss zu. Sie hörte ihn unterdrückt schreien, spürte eine Woge Energie, die ihr der kleine Vorteil verschaffte, biss kräftiger zu – und spürte plötzlich einen Schlag auf den Kopf.

※

Die Beamten schwärmten routiniert über das Gelände aus, telefonierten, zogen Absperrbänder, notierten, fotografierten. Ein Polizist bat Martin und Clara in einen der Kleinbusse und nahm ihre Aussagen auf. Unwillkürlich ertappte sich Martin dabei, wie er Details der Polizeiarbeit abspeicherte. Dinge, die er in seinen Romanen eher aus dem Ärmel schüttelte oder einfach so beschrieb, wie es jeder aus den einschlägigen Krimis kennt. Der verbreiteten Vorstellung entgegen machte sich die Realität enttäuschend profan aus. Andererseits konnte er nicht viel mehr erwarten, schließlich hatten sie außer dem Auffinden der Leiche nicht viel beizutragen.

Mittlerweile war es halb neun geworden, und trotz der Jahreszeit neigte sich der Tag deutlich seinem Ende zu. Von Sinéad war immer noch keine Nachricht gekommen, und langsam erfüllte sie das mit Sorge. Natürlich wäre es möglich, dass der Akku ihres Handys leer war oder dass sie es versehentlich ausgeschaltet hatte. Das konnte erklären, warum sie nicht erreichbar war, nicht aber, warum sie sich nicht von sich aus meldete.

„Wenn ihr Handy leer ist, kann sie uns vielleicht gar nicht mehr kontaktieren, weil sie unsere Nummern nicht auswendig weiß," mutmaßte Martin.

„Möglich ... aber irgendwie gefällt mir das trotzdem nicht. Wir sollten ..."

In diesem Moment klingelte Martins Telefon. Mit echter Erleichterung nahm er das Gespräch an.

„Hallo, Sinéad! Ist alles ... wie? Oh, sorry! Hallo Rolf. Was gibt's?"

Clara konnte dem wechselnden Minenspiel in Martins Gesicht nicht so recht entnehmen, ob Rolf gute oder schlechte Nachrichten hatte. Nach längerem Schweigen, das er nur ab und an mit einem bestätigenden „hm" unterbrach, resümierte er:

„Eigenartig, sehr eigenartig. Aber auf jeden Fall danke für die Nachricht. ... wie? Nein, das war völlig okay. ... alles klar, bis dann! Ciao!"

Klick. Und wieder hatte er vergessen, nach dem Brief von seinen Eltern zu fragen. Doch so blitzartig wie ihm diese Erkenntnis kam, so schnell war sie wieder auf die Seite gelegt.

Clara erkundigte sich mit fragendem Blick nach dem Inhalt des Gesprächs.

„Heute hat bei Rolf eine Frau angerufen. Sie wollte ihren Namen nicht nennen und erkundigte sich nach mir. Sie habe einen ausländischen Akzent gehabt, aber Rolf konnte nicht einordnen, welchen.

Naja, Fremdsprachen sind nicht unbedingt sein Ding. Meine Frauenauracher Nummer muss sie von Frau Koch bekommen haben. Rolf war sich nicht sicher, ob das richtig war, aber er hat ihr meine Handynummer gegeben. Also der unbekannten Frau."

„Klingt danach, dass LaCroix dich kontaktieren wollte. Vielleicht ahnte sie, dass sie in Gefahr war?"

„Dann wird sie von meiner Nummer jedenfalls keinen Gebrauch mehr machen können."

„Schade. Wäre interessant gewesen, was sie wollte. Vielleicht wollte sie uns ja das gestohlene Gemälde gegen Lösegeld anbieten?"

„Riskant. Immerhin kennen wir ihre Identität."

„Wusste sie das denn?"

„Auch wieder wahr. Kann also sein. Wer weiß, welche krummen Dinge sie noch drehte. Ihre Tätigkeit in einer Galerie ermöglichte ihr natürlich, allerlei Informationen für Kunstkriminalität zu sammeln."

„Ob ihr Arbeitgeber etwas davon mitbekommen hat?"

„Der Galerist? Van de Bilt?"

„Klar. Oder er steckt überhaupt mit drin."

Clara und Martin schauten sich an. Sinéad war zu van de Bilt gefahren und seither verschwunden. Diese Möglichkeit hatten sie noch gar nicht in Betracht gezogen – und sie lag doch so offen auf der Hand!

*

Als sie wiederum kurze Zeit später aus dem Taxi stiegen, hatten sie – dank der Segnungen der modernen Handys – bereits van de Bilts Telefonnummer herausbekommen. Hier war allerdings auch niemand erreichbar, was nach Feierabend nicht weiter verwunderte. Martin bezahlte die Taxifahrt, während Clara die Fassade der Galerie betrachtete. Klein, aber exklusiv. Durch die Scheiben konnte man ausgewählte Werke bewundern, Ölgemälde, Radierungen, Stiche, deren Preise sämtlich weit jenseits von Claras Gehaltsklasse lagen. Mit professionellem Blick und anerkennendem Nicken bestätigte sie Martin, der nun hinzutrat, dass hier kein Ramsch vertickt wurde. Ein Schild wies auf Öffnungszeiten „nach Vereinbarung" hin, was den exklusiven Anstrich noch verstärkte. Auf Laufkundschaft war man hier nicht angewiesen – oder man tat zumindest so.

Die Bilder im Fenster waren durch kleine Spots beleuchtet, das Innere der Galerie lag im Dunkel. Entschlossen drückte Martin auf den Klingelknopf.

„Glaubst du im Ernst, dass jetzt noch jemand da ist?"

Martin zuckte die Schultern.

„Glaube nicht an Wunder, rechne fest mit ihnen," zitierte er David Ben-Gurion. Ein nettes Bonmot, das aber auch nichts daran änderte, dass niemand öffnete.

*

Die Schmerzen im Hinterkopf wären erträglicher gewesen, wenn Sinéad nicht an einen Stuhl gefesselt gewesen wäre. Die Seile schnitten ihr in die Hand- und Fußgelenke, und unabhängig von der allgemein prekären Situation hätte sie gerne wenigstens ihren Hinterkopf betastet. Seit sie vor einer halben Stunde das Bewusstsein einigermaßen wieder erlangt hatte, versuchte sie, sich in dem finsteren Raum zu orientieren. Ohne Fenster gab es keinen Hinweis auf die Tageszeit, die feucht-muffige Luft verriet immerhin Noten von Kartoffeln, staubigem Holz und Mäusepisse. Keller halt. Ihre Hände tasteten nach dem Holz, auf dem sie saß. Ein roher Holzstuhl, der sicher schon längere Zeit hier ein unbeachtetes Dasein fristete. Sie überlegte, ob es Sinn hätte, um Hilfe zu schreien, entschied sich aber, dass van de Bilt sie sicher geknebelt hätte, wenn sie auf diese Weise Chancen gehabt hätte, auf sich aufmerksam zu machen.

Der Stuhl wirkte schmal, nicht übermäßig massiv. Vielleicht konnte sie ihn durch ruckartige Bewegungen von der Stelle bringen? Andererseits könnte sie dabei auch umfallen und – wer weiß, wie schmerzhaft – auf irgendwelchen Gegenständen landen, oder einfach mit dem Kopf auf dem Boden. Und der Kopf war nun weiß Gott schon genug lädiert. Immerhin blieb ihr wohl genug Zeit, ihr weiteres Handeln gründlich zu überdenken. Falls das schmerzende Hirn vernünftig arbeiten sollte.

Clara und Martin meldeten auf der Enkhuizer Polizei Sinéads Verschwinden. Üblicherweise, wurden sie beschieden, nähme man Vermisstenmeldungen nach so kurzer Zeit gar nicht an, da die Gesuchten in aller Regel kurze Zeit später putzmunter von selber wieder auftauchten. Doch angesichts der Ereignisse in Hoorn und des dringenden Verdachts, der auf den Galeristen van de Bilt fiel, willigten sie ein, sofort aktiv zu werden. Gefahr im Verzug.

※

Zuerst versuchten sie es unter van de Bilts Privatadresse. Im Vergleich zu seiner Sekretärin wohnte der Galerist recht einfach. Trotzdem hatte der Altbau ein paar Straßen von der Galerie entfernt einen eleganten Charme, und wenngleich die Bausubstanz alt war, sah man die liebevolle und kostspielige Renovierung an allen Details.

Van de Bilt war nicht zuhause, zumindest öffnete niemand. Die Bewohnerin der Nachbarwohnung entpuppte sich gleichzeitig als Haushälterin, was ein Aufbrechen des Schlosses unnötig machte. Martin und Clara warteten unten mit zwei Polizeibeamten, bis aus der Wohnung die Meldung kam, dass tatsächlich niemand zugegen war.

Martin kam nicht umhin zu bedauern, dass er den Einsatz nicht aus erster Hand miterleben durfte, aber die niederländische Polizei sah in seiner Fortbildung als Krimiautor keinen hinreichenden Grund, von ihren Vorschriften abzuweichen.

Als die Wagenkolonne mit Blaulicht, aber ohne Martinshorn bei der Galerie vorfuhr, war die Dämmerung schon gänzlich vorbei, und die Einsatzfahrzeuge tauchten die Straße in die aus einschlägigen Krimis bekannten Blinklichteffekte.

Hier gab es keine Angestellten, die das Türschloss retten konnten. Die Einsatzkräfte umstellten das Haus, drangen ein und kämmten sich durch drei Etagen nach oben. Schon aus den verrauschten Funksprüchen der Einsatzleitung konnten Martin und Clara entnehmen, dass irgendetwas oben gefunden worden war. Und wenige Minuten später auch im Keller.

23. Kapitel

Drei Tage später saßen Clara und Martin im Zug von Düsseldorf nach Nürnberg. In Utrecht waren sie zum ersten Mal umgestiegen und hatten sich von Sinéad verabschiedet, die von dort aus erst nach Brügge fahren und dann noch zwei Wochen in der Einsamkeit von Minard die Ereignisse der letzten Tage verdauen wollte. Als die Polizei sie aus van de Bilts Keller befreit hatte, hatte sie zunächst erstaunlich gefasst gewirkt, doch als ihr immer wieder Alpträume zu schaffen machten, sah sie ein, dass es noch etwas Zeit brauchen würde, bis sie diese Episode endgültig würde abhaken können.

Clara versprach ihr, sie zu informieren, wenn es Neuigkeiten über das Bild gab.

Ein wohlbeleibter Mitarbeiter des Bordbistrots balancierte ein Tablett mit Kaffeebechern durch den Wagen und schnaufte dabei seine routinierte Frage nach potentieller Kundschaft. Clara erwarb zwei Becher gegen das Versprechen, noch weitere Milchdöschen zu bekommen.

Die vorbeiziehende Landschaft schien ihnen immer deutscher, ohne dass sie hätten sagen können, ob das an der Verschlechterung des Wetters, dem Wissen um die Fahrtroute oder tatsächlich existierenden Eigentümlichkeiten lag. Vielleicht war es die Nähe zur Heimat, die Martin siedendheiß den Brief seiner Eltern in Erinnerung rief. Um es nicht abermals zu verschieben und vergessen, zog er das Handy aus der Tasche und rief Rolf an.

Der war glücklicherweise bereits zu Hause und machte sich gleich auf, unter einem dicken Stapel angesammelter Post nach dem besagten Stück zu suchen.

„Mann, ist das ein Haufen Zeug ... wie heißt deine Mutter?"
„Thormann."
„Ach ja."
Martin verdrehte die Augen, ergänzte dann aber noch „Dörte."
Rolf fand den Brief nach einigem Blättern.
„Und den soll ich jetzt aufmachen?"
„Ja doch!" Martin war ungeduldig, kam aber auch nicht umhin, Rolfs Scheu, fremde Post zu öffnen, ehrenwert zu finden. Papier raschelte.

„Und jetzt vorlesen? ... Ja, klar. Also: Mein lieber Martin, ..."

Dörte Thormann war in ihren Briefen sachlich und knapp. Sie kam gleich zur Sache, so stand immerhin schnell fest, dass Martins Eltern, da sie nichts mehr gehört hatten, beschlossen hatten, erst auf dem Rückweg von der Toskana zu kommen. Martin solle ihnen das nachsehen (Martin machte gedanklich drei Kreuze), aber er habe es sich ja auch selber zuzuschreiben, wenn er sich nie meldet. Okay, damit konnte er jetzt leben.

Martin beendete das Gespräch, dankte Rolf und ließ sich erleichtert aufatmend in den ICE-Sessel fließen.

24. Kapitel

Das erste gelbe Blatt, am Apfelbaum verendet und malerisch vor dem Liegestuhl auf den grünen Rasen gefallen, verkündete Martin das nahende Ende des Sommers und verleitete ihn, Rückschau zu halten. Die ganze Geschichte hatte Ostern begonnen, mit der Ausstellung in der Klostermühle und dem Diebstahl eines Bildes. Landschaft mit Windmühlen von Friedrich Weedemeyer. Drittklassige Kunst, jahrzehntelang keiner Erwähnung über den Familienkreis der Besitzer hinaus wert gewesen.

Wochenlang waren sie dann dem Werk und seiner Geschichte auf der Spur, bis nach Brügge, in die hinterste Bretagne, nach Enkhuizen und wieder zurück nach Frauenaurach. Drei Menschen hatten dabei ihr Leben verloren; der Archivmitarbeiter Bloom, die Sekretärin Béatrice LaCroix, und zuletzt hatte die Polizei die Leiche des Galeristen Hendrik van de Bilt gefunden. Nun war das Bild wieder da, die Schwester des Galeristen hatte es ihnen übergeben, aber was an dem Bild so wertvoll war, wussten sie immer noch nicht. Möglicherweise verbarg sich der wahre Wert unter dem obersten Farbauftrag, möglicherweise war das Bild tatsächlich wertvoll, und die kühnsten Spekulationen brachten sogar den Namen van Gogh ins Spiel. Clara hatte es mit Frau Kochs Einverständnis ins Museum mitgenommen, und nun hofften sie auf neue Erkenntnisse.

In den letzten zwei Wochen hatte Martin von Clara nicht viel gesehen, und auch abends hatte sie sich in geheimnisvolles Schweigen gehüllt. Schließlich verkündete sie, nachdem sich schon niemand mehr nachzufragen traute, eines Tages beim Frühstück: „Ich glaube, wir sind jetzt soweit."

Rolf und Martin schauten sich irritiert an und unterbrachen in einer fast filmreifen Szene synchron die Halbierung ihrer Brötchen.

„Du meinst ... die Heimlichtuerei hat ein Ende?"

Clara lachte laut auf.

„Ja, den Spaß müsst ihr mir schon lassen. Am Ende einer Kriminalgeschichte gibt es immer eine spannende Enthüllung der Zusammenhänge. Gib zu, Martin, du hast das auch genossen, letztes Jahr im Keller der Brauerei. Jetzt bin ich dran."

Dem Argument war nichts entgegenzusetzen. Clara bat für den nächsten Montag alle in ihre Werkstatt in Nürnberg. Rolf, Martin, Frau Koch, ihre Tochter Ela, Sinéad und van Dreema („sie wissen Bescheid und haben schon einen Flug gebucht"), außerdem natürlich die Mitarbeiter und Direktoren der beiden Museen.

Mehr war aus ihr bis zu diesem Termin aber nicht herauszukriegen.

*

Rolf hatte Martin, Frau Koch und Ela im Auto mitgenommen. Er freute sich, sich für die WG ein wenig nützlich machen zu können. Das Museum hatte seine Pforten bereits geschlossen, doch ein Mitarbeiter erwartete sie an einer Seitenpforte und führte sie in die Restauratorenwerkstatt.

Als sie eintraten, stand Clara schon im weißen Kittel bereit, begrüßte die Ankommenden und strahlte vor diebischer Freude. Hinter ihr stand auf einer Staffelei ein von einem weißen Tuch verhülltes Bild. Ein Mitarbeiter verdrehte die Lamellen der Jalousien und dunkelte den Raum etwas ab, bis das an die Wand projizierte Bild des Beamers kontrastreich genug war.

Rolf beugte sich zu Martin und flüsterte.

„Das ist jetzt wie beim James Bond, wenn der Dr. No seine Pläne erläutert."

Martin musste lachen. Der Vergleich war gar nicht so schlecht.

Die Chefs des Stadtmuseums und des Nationalmuseums begrüßten einander, Sinéad und van Dreema standen bereits im Hintergrund und nickten Martin freundlich zu. Sie waren am Nachmittag aus Brügge angereist. Bald waren alle beisammen, die ohnehin leisen Gespräche verstummten erwartungsvoll. Clara räusperte sich und begrüßte alle Anwesenden.

„Ich freue mich wirklich, dass Sie alle der Einladung folgen konnten. Verzeihen Sie mir die Inszenierung, ich konnte der Versuchung nicht widerstehen, allen, die in der Angelegenheit eine Rolle spielen, im Rahmen dieses Abends die ganze Geschichte gemeinsam zu enthüllen."

Sie machte eine kleine Pause, um dem erwartungsvollen Gemurmel Raum zu geben. Dann ergriff sie wieder das Wort.

„Einige unter Ihnen kennen Teile der Wahrheit, doch spätestens das Finale wird alle überraschen. Fangen wir aber dort an, wo die Sache für uns" – sie wies auf Martin – „begonnen hat. Bei der Hobbykünstlerausstellung in Frauenaurach, die auch in diesem Jahr um Ostern herum stattfand. Unter anderem hatte dort Frau Koch – danke, dass auch Sie gekommen sind – ein Bild ausgestellt, das sich seit Jahrzehnten in ihrem Familienbesitz befand und von dem bislang nur bekannt war, dass es von ihrem Großvater gemalt und aus dem Krieg mitgebracht worden war. Obwohl kunsthistorisch von ... sagen wir: geringem Wert, bekam Frau Koch ein aberwitzig lukratives Gebot für das Bild. Frau Koch wurde nun selber stutzig und hatte den wachsenden Verdacht, dass das Bild tatsächlich von erheblichem Wert sein könnte und ihr Großvater es im Krieg vielleicht auf nicht legalem Weg in seinen Besitz gebracht hatte. So zog sie das Bild aus der Ausstellung zurück. Wenige Tage später wurde es ihr gestohlen."

Clara nickte Martin zu, er fuhr fort: „Aus verschiedenen Gründen begannen wir, nachzuforschen. Eine Belgierin mit rotem Mantel, die in Frauenaurach aufgetaucht war, erregte unseren Verdacht, vermutlich hatte sie das besagte Gebot abgegeben und – als Frau Koch abgelehnt hatte – das Bild gestohlen. Nach Belgien führten auch weitere Spuren, und zwar zum Groeningemuseum in Brügge. Wir setzten uns mit Frau Dr. Sinéad O'Brian in Verbindung, Mitarbeiterin am Groeninge und Spezialistin für die Geschichte während der deutschen Besatzung in Belgien. Mit ihrer Hilfe haben wir die Ereignisse weitgehend rekonstruieren können: Friedrich Weedemeyer, Frau Kochs Großvater, war im Krieg als Mitarbeiter des Sonderauftrags Linz in Brügge eingesetzt ..."

Rolf entfuhr die irritierte Rückfrage:

„Was für ein Auftrag? Linz in Brügge?"

Clara präzisierte: „Hitler plante für die Zeit nach dem Krieg die Einrichtung eines Führermuseums in Linz, das die gesamte Geschichte der Kunst – zumindest aus NS-Sicht – darstellen sollte. Dafür waren in den besetzten Gebieten Ankäufer unterwegs, die, koordiniert von Reichsleiter Rosenberg, riesige Mengen von Kunstwerken beschlagnahmten oder unter Zwang aufkauften und in Deutschland einlagerten. Wenn den jüdischen Besitzern überhaupt für die Bilder etwas bezahlt wurde, kam das Geld meist auf Sperrkonten, auf die die Verkäufer nie Zugriff bekommen haben."

Martin übernahm wieder.

„Weedemeyer war einer dieser Leute. Allerdings arbeitete er außerdem für den Widerstand und sicherte einige Werke vor dem Zugriff der Nazis. Irgendwie kam er dabei an mindestens ein Bild, das er wohl beschloss, für sich selber behalten zu können. Um es sicher auf die Seite zu schaffen, bediente er sich eines Verfahrens, das Mrs O'Brian im Archiv des Groeningemuseums vor kurzem wiederentdeckt hat. Die Bilder wurden mit Farben einer speziellen Rezeptur übermalt und dadurch getarnt. Normale Ölfarben wären kaum mit vertretbarem Aufwand vom Originalbild wieder zu entfernen gewesen. Bei der von Künstlern der Brügger Widerstandsgruppe erfundenen Mischung geht das aber relativ einfach. Durch diese Tarnung konnte man selbst weltberühmte Bilder als Kunst von geringem Wert tarnen und außer Landes schaffen."

Die knisternde Stille ließ erahnen, dass sich die Anwesenden von den spannenden Zusammenhängen gefangennehmen ließen. Die meisten begannen wohl zu erahnen, wie die Geschichte nun weiterginge.

„Weedemeyer glaubte, mit seiner Beute ausgesorgt zu haben, desertierte und schlug sich in Erwartung eines schnellen Sieges der Alliierten Ende 1944 nach Köln durch. Nach Kriegsende kehrte er zu seiner Familie nach Frauenaurach zurück, wo er allerdings kurz darauf starb, ohne dass jemand ahnte, welchen Schatz er aus Belgien mitgebracht hatte."

„Weedemeyer hatte seinen Verwandten eingeschärft, das Bild sei von hohem Wert – andererseits wollte er es nicht sofort zu Geld machen. Die Spuren waren zu heiß, und man hätte damals, Ende der 40er Jahre, nur allzuleicht die Spur zu den wirklichen Eigentümern zurückverfolgen können."

Jemand aus der Runde, den Martin nicht kannte, wagte die Zwischenfrage: „Ist denn sicher, dass das Bild unrechtmäßig in seine Hände gekommen ist?"

Clara entgegnete: „Wenn man den Kontext betrachtet, ja. Ich sehe keinen plausiblen Weg, auf dem er moralisch einwandfrei an das Bild gekommen sein könnte. Formal hat er es aber offensichtlich gekauft. Allerdings wussten wir zunächst nicht, wem es ursprünglich gehört hatte."

Ein Murmeln bewies, dass niemandem die Feinheit „zunächst" entgangen war. Anscheinend war es sogar gelungen, die Vorbesitzer auszumachen. Doch Clara erläuterte zunächst, wie es mit dem Bild weiterging.

„Vor ein paar Jahren fand Dr. Sinéad O'Brian im Rahmen ihrer Recherche zur Besatzungszeit im Archiv ihres Museums Unterlagen über den Widerstand und auch das Rezept für die Bildertarnung. Sie veröffentlichte ihre Ergebnisse 2005 in den ECCO-reports," – wissendes Nicken bei den Fachleuten im Raum – „einer Fachzeitschrift für Restauratoren. Diesen Text wiederum hatte Hendrik van de Bilt, ein niederländischer Galerist aus Enkhuizen, mit Interesse gelesen und messerscharf geschlossen, dass es irgendwo noch Bilder geben könnte, die seither getarnt ihrer Wiederentdeckung harrten. Um an vollständige und weitere Informationen zu gelangen, hat er einen Mitarbeiter des Archivs in Brügge bestochen, der ihm die komplette Akte der Widerstandszeit ablichtete. Dort waren die Namen der Mitarbeiter des Sonderauftrags Linz genannt, Namen des Widerstands, Namen der Bestohlenen, teilweise auch der Verbleib der Bilder. Einige Namen waren vielversprechende Fährten, allen voran der Deutsche Friedrich Weedemeyer, dessen einzigartiger Name – in dieser Schreibung ist er wie ein Fingerabdruck – die Nachfahren auffindbar machen konnte. Außerdem war Weedemeyer mit dem Abtransport von Bildern beauftragt und seit Herbst 1944 selbst spurlos verschwunden.

Das Internetzeitalter macht so eine Suche nun viel einfacher, und die Mitteilsamkeit der Menschen in sozialen Netzwerken erst recht. Kaum hatte Anfang des Jahres Frau Koch auf ihrer Facebookseite freimütig von ihrem Großvater Friedrich Weedemeyer erzählt, dass er als Widerstandskämpfer in Belgien gewesen war und schon damals als Hobbykünstler tätig, dass er ein Bild aus dem Krieg mitgebracht hatte und die Familie es seither wie einen Schatz hütete – da hatten bei van de Bilt bereits die Alarmglocken geläutet. Er schickte seine Sekretärin, Béatrice LaCroix, mit dem Auftrag nach Frauenaurach, das Bild zu erwerben. Da Frau Koch auf das sensationelle Angebot nicht eingehen wollte, stahl es die ambitionierte Mitarbeiterin kurzerhand und brachte es auf Umwegen nach Enkhuizen."

Rolf hatte bisher versucht, der Erzählung zu folgen. Kunst und Geschichte waren beides nicht seine Welten. Er schüttelte den Kopf und fragte: „Also ... vielleicht ist das ja eine blöde Frage, aber so ein Bild erkennt doch jeder wieder? Da weiß doch jeder, der das bei dem Dingsbums in der Galerie sieht, dass das eigentlich der Frau Koch gehört?"

„Das ist an sich richtig, aber in diesem Fall kennt ja jeder nur das Bild als Windmühlenlandschaft von Friedrich Weedemeyer. Wenn van de Bilt nun die oberste Schicht entfernt, hat er das eigentliche, wertvolle Stück, das aber deshalb niemand identifizieren kann, weil es kaum noch lebende Personen geben dürfte, die es je zu Gesicht bekommen hatten. Und auf welchen verschlungenen Pfaden es in die Galerie gekommen sein mag: Mit Frauenaurach könnte es selbst Frau Koch nicht in Verbindung bringen, weil auch sie selber nichts davon ahnte.

Die einzigen, die van de Bilt jetzt noch als Mitwisser gefährlich werden konnten, waren seine Schwester, seine Sekretärin und der Archivmitarbeiter in Brügge. Letzteren lockte er unter einem Vorwand in ein stillgelegtes wallonisches Bergwerk und erschoss ihn dort. Hätten nicht zufällig einige Wochen später ein paar junge Hobbyforscher das Stollensystem erkundet, hätte die Leiche dort noch Jahrzehnte unentdeckt liegen können."

„Béatrice LaCroix scheiterte an ihrer Gier. Sie gewann die Überzeugung, dass sie fast das gesamte Täterrisiko trug und verlangte daher einen höheren Anteil. Van de Bilt war mit dieser Situation überfordert, fühlte sich andererseits durch seinen perfekten Plan inzwischen derartig auf der Siegerspur, dass er sie in ihrem eigenen Garten erschoss.

Frau Rienecker und ich fanden die Leiche, weil wir das Opfer unsererseits wegen des Diebstahls zur Rede stellen wollten. Zeitgleich versuchte Dr. O'Brian, sie an ihrem Arbeitsplatz zu treffen, wo sie aber auf den Galeristen stieß, der sich unbedacht verriet und dann keinen Ausweg sah, als sie in den Keller zu sperren.

Der zweite Mord und die Entführung von Dr. O'Brian waren nicht geplant, und er konnte sie seiner Schwester nicht verheimlichen. Diese wollte damit nichts zu tun haben. Die beiden gerieten in einen heftigen Streit, und vielleicht hätte van de Bilt sogar seine Schwester noch getötet, wenn er nicht bei dem Handgemenge gestolpert und mit dem Kopf gegen die Kante einer Bronzestatue gefallen wäre."

„Ist das alles denn bewiesen? Ich meine, dass van de Bilt beide ermordet hat?"

Clara nickte.

„Beide Kugeln, hat die Polizei festgestellt, stammten aus der selben, nicht registrierten Waffe, die aber bisher nicht auffindbar war. 9 mm, ein sehr weit verbreitetes Kaliber. Und wir haben die Aussage der Schwester, die den Unfall ihres Bruders meldete."

Martin erklärte weiter: „Mette van de Bilt wusste, dass die Ermittlungen über kurz oder lang bis zu ihrer Beteiligung am Diebstahl des Weedemeyerbildes führen würden und bemühte sich nun um Schadensbegrenzung. Schließlich war sie mindestens Mitwisserin. Erst versuchte sie, uns über Frau Koch zu erreichen. Sie war es, Rolf, die bei dir nach der Handynummer gefragt hatte, doch da dachten wir noch, die Anruferin sei die Sekretärin gewesen. Mette kontaktierte uns schließlich erfolgreich, als wir noch in Enkhuizen waren und gab das Bild mit der Bitte zurück, auch weiterhin in der Sache keine Anzeige zu erstatten."

Martin sah zu Frau Koch, die Blicke der Anwesenden folgten. Frau Koch nickte einverstanden, wie sie es bereits im Vorfeld erklärt hatte.

Clara trat in den Lichtstrahl des Beamers wie auf eine Bühne, worauf das Gemurmel im Raum verstummte. Jeder ahnte: nun würden sie auch noch erfahren, wer oder was hinter dem Weedemeyerbild wirklich steckte.

„Nun werden Sie gespannt sein, welche Geschichte das Bild vor 1944 hatte. Gehen wir rückwärts."

Clara projizierte eine Wiedergabe des Bildes mit den Windmühlen, wie es vor einem halben Jahr in der Ausstellung zu sehen gewesen war.

„Frau Koch gab ihr Einverständnis, die oberste Farbschicht zu entfernen. Wir haben natürlich die Arbeit gut dokumentiert und werden ihr eine originalgetreue Wiedergabe herstellen. Darunter erschien – dieses hier!"

Sie wechselte das Bild, die staunenden Anwesenden sahen eine faszinierend lichtdurchflutete Landschaft im impressionistischen Stil, im Vordergrund eine junge Frau im weißen Kleid, die ein grauweiß geschecktes Pferd am Halfter hielt. Niemand konnte sich der Faszination des Gemäldes entziehen, woran die Kunstfertigkeit der Darstellung ebenso Anteil gehabt haben dürfte wie die mit wenigen Pinselstrichen dargestellte, liebevolle Zuwendung des Mädchens zu ihrem Tier. Das i-Tüpfelchen war aber natürlich die Signatur: „Vincent".

Clara wartete, bis sich die Woge des erregten Aufatmens ein wenig gelegt hatte. Natürlich war den Anwesenden klar, dass die schiere Namensnennung noch kein Beweis war, insofern war alles gespannt auf ihre weiteren Ausführungen. Doch schon die schiere Möglichkeit versetzte das Blut der Fachwelt in Wallung.

„In den Akten des Groeninge-Archivs fand sich ein Gutachten aus dem Jahr 1940, das sich eindeutig auf dieses Bild bezieht und die Urheberschaft des großen Meisters bestätigt. Ein wenig muss ich Sie nun aber enttäuschen, die Unterschrift ist nämlich nicht echt – doch bitte behalten Sie in Erinnerung, dass es eigentlich nicht auf die Signatur und die Urheberschaft ankommt, sondern auf die Schönheit des Bildes. Und das bleibt uns in jedem Fall.

Natürlich wäre ein echter van Gogh von besonderem Interesse gewesen, doch hat sich schon nach kurzer Analyse ergeben, dass die Signatur Titanoxid als Pigment enthält, obwohl der Künstler konsequent Bleiweiß verwendet hat. Wer Kunst restauriert und sich in der Chemie der Malmittel auskennt, weiß: Zu van Goghs Lebzeiten war Titanoxid als Pigment praktisch noch nicht in Gebrauch.

Es war also davon auszugehen, dass der Name des Künstlers nachträglich geändert worden ist, um den Wert des Bildes zu steigern. Dazu später mehr.

Diese Schicht ließ sich jedoch nicht entfernen, da es sich um klassische Ölfarbe handelte. Ein Röntgenbild brachte dennoch die darunterliegende, erste Signatur zum Vorschein."

Im nächsten Bild erschien an der Wand die vergrößerte linke untere Bildecke in schwarzweiß, wobei unter dem Namenszug „Vincent" noch die Unterschrift „van Ryssel" zu sehen war.

„Denjenigen, die nicht damit vertraut sind", – Clara vermied den Begriff Laien – „sei erläutert, dass mit diesem Namen Dr. Paul Gachet aus Auvers-sur-Oise seine Bilder signierte. Das Pseudonym deutete auf die Herkunft seiner Familie in der nordfranzösischen Stadt Lille hin, die auch unter dem Namen Ryssel bekannt war. Gachet war ein wirklich talentierter Hobbykünstler, im Hauptberuf allerdings Arzt. Bekannt wurde er vor allem durch einen seiner Patienten, Vincent van Gogh.

Auf einen Tip eines Veteranen der belgischen Résistance hin besuchten wir die inzwischen hochbetagte Rosemarie Hertzberger im bretonischen Ort Huelgoat, von der wir dann den Rest der Geschichte erfahren haben. Später stellte sich heraus, dass sie eine Urenkelin von Paul Gachet ist.

Irgendwann in den 80er Jahren des 19. Jahrhunderts skizzierte Gachet seine Tochter Marguerite mit Pferd. Die Skizze hängt heute bei Frau Hertzberger an der Wand. Später fertigte er nach dieser Skizze das besagte Ölgemälde und signierte es wie gewohnt mit van Ryssel. Marguerite schenkte es 1921 wiederum ihrer Tochter, die das Bild sehr liebte, zur Hochzeit. Das Paar – der Ehemann war ein niederländischer Jude namens Hertzberger – musste nach der Besatzung durch Nazideutschland überstürzt seinen Besitz zu Geld machen und nach Schweden fliehen. Um das Bild möglichst teuer verkaufen zu können, ließ wohl Hertzberger die Signatur fälschen und die Echtheit des Bildes zertifizieren. Zumindest stammt die falsche Signatur aus diesem kleinen Zeitfenster. Ob vielleicht sogar der

Gutachter persönlich bekannt und in die Fälschung eingeweiht war, lässt sich heute nicht mehr feststellen. Jedenfalls kam ihm zugute, dass das Bild den Stil van Goghs hervorragend imitierte, und sogar das Motiv passte: Während der bereits schwer gemütskranke Maler bei Gachet in Behandlung war, verliebte er sich in dessen Tochter und fertigte sogar ein paar bekannte Bilder von ihr an. Marguerite mit Pferd passte sehr glaubwürdig zu Marguerite im Garten und Marguerite am Klavier.

Sie verkauften das Bild über einen Mittelsmann des Widerstands: Friedrich Weedemeyer. Weedemeyer war so vorausschauend, sich den Besitz bestätigen zu lassen. Er verbarg die Quittung über den Kauf, unterschrieben von David Hertzberger, zwischen Leinwand und Keilrahmen des Bildes. Wir fanden das Dokument bei der Restaurierung. Es sieht so aus, als habe Weedemeyer zwar auch nicht viel mehr bezahlt als die Ankäufer des Sonderauftrags, aber er hat bar bezahlt. Damit gehörte David Hertzberger zu den wenigen, die je bares Geld von den Deutschen für ihren Besitz gesehen haben.

Elaine Hertzberger rettete wenigstens die Skizze des von ihr so geliebten Bildes über alle Kriegswirren und vererbte sie an ihre Tochter Rosemarie. Als ich die Signatur „van Ryssel" sah, hatte ich erstmalig den Verdacht, dass es da einen Zusammenhang gab."

Es dauerte eine Weile, bis die Anwesenden das eben Gehörte verdaut hatten. Natürlich gab es das Bedauern, dass letztlich kein echter van Gogh aufgetaucht war. Doch hatte die Geschichte des Gachet-Bildes fast etwas noch Spannenderes.

„Meine Damen und Herren," ließ sich nun der Leiter des Museums vernehmen, „wer möchte angesichts dieser Geschichte noch behaupten, dass Provenienzforschung trocken und langweilig sei? Ihnen, Frau Rienecker, und auch Herrn Thormann und Frau Dr. O'Brian sei von Herzen gratuliert und gedankt! Wenn nun am Ende auch nicht die Weltsensation für unser Museum herausspringt, so freuen wir uns doch über einen spannenden Kunstkrimi und ein trotz allem herausragendes impressionistisches Werk. Lassen Sie uns darauf anstoßen!"

Erst jetzt sah Martin die auf einem Tisch an der linken Wand aufgereihten Gläser, in die zwei Mitarbeiter nun eilfertig Sekt und Orangensaft verteilten.

Mit dem Glas in der Hand bildeten sich rasch Grüppchen Neugieriger, die Näheres über die Suche wissen wollten. Ela Koch trat zu Clara und bedankte sich für die schöne Reproduktion des unwiederbringlich verlorenen Weedemeyer-Bildes.

„Das war doch selbstverständlich. Wir sind Ihrer Mutter sehr dankbar, dass sie so unkompliziert und schnell der Freilegung zugestimmt hat. Irgendetwas muss ja wieder am alten Platz in der Wohnung hängen."

Ela lachte.

„Ja, auch wenn das Bild jetzt mit ganz anderen Augen gesehen wird. Manche Legende um meinen Urgroßvater wird man nun umschreiben müssen. Ich glaube, meine Mutter weiß noch nicht recht, ob sie ihn jetzt als Widerstandshelden oder als Kriegsverbrecher sehen soll."

„Ich denke, keines von beiden. Zweifelsohne hat er das Bild nach damaliger Sicht der Dinge unrechtmäßig unterschlagen. Er hat schließlich für den Sonderauftrag gearbeitet. Er hat an den Verbrechen der Nazis aktiv mitgewirkt. Aber ebenso sicher war er auch für den Widerstand tätig, hat viele Kunstwerke dem deutschen Zugriff entzogen, hat Opferfamilien vorgewarnt und mindestens der Familie Hertzberger geholfen, die Flucht finanziell vorzubereiten. Es war damals schwer, eine reine Weste zu behalten. Es gab wenige, die wir heute mit gutem Gewissen als Helden betrachten – und viele von denen haben das mit dem Leben bezahlt. Es ist in gewisser Weise nachvollziehbar, dass Weedemeyer versucht hat, im zusammenbrechenden Europa zu überleben und für seine daheimgebliebene Familie zu sorgen. Nicht alles lässt sich in eine klare Schublade stecken, Menschen eigentlich nie."

Ela nickte langsam.

„Sie haben sicher recht. Es ist halt so verlockend, die Welt in gut und böse zu unterteilen."

„Schon als Deserteur passt er in keine Schublade. Ja, er hat sich dem Naziapparat entzogen und unter Lebensgefahr die letzten Kriegsmonate untergetaucht verbracht. Aber er hat es vor allem für sich getan, nicht für seine politische Überzeugung. Er wollte schlichtweg seinen Schatz über das Kriegsende retten. Wie wollen Sie das jetzt bewerten?"

Ela nickte, ohne die Frage beantworten zu können. Stattdessen erkundigte sie sich: „Wie ist denn das jetzt eigentlich? Wem gehört das Bild nun?"

„Das ist eine schwierige Frage. Moralisch hat sicher Rosemarie Hertzberger einen gewissen Anspruch darauf. Ihre Familie sah sich zum Verkauf gezwungen, um der Verfolgung durch die Deutschen zu entgehen. Aber sie ist nicht enteignet worden. Vermutlich ist der eigentliche Verkauf rechtlich einwandfrei, aus freien Stücken gelaufen. Es sieht so aus, als sei die Quittung echt, dann gehört das Bild Ihrer Mutter, als rechtmäßiger Erbin ihres Großvaters."

Ela blickte lange in ihr Glas. Dann schaute sie Clara fest in die Augen.

„Ich glaube, ich habe eine Idee."

25. Kapitel

Viel hatte Martin in diesem Sommer nicht zu Papier gebracht. Dem Verlag hatte er erzählt, er stecke mitten in der Arbeit für den nächsten Johansen-Band. In Wirklichkeit hatte er nur ein paar erste Skizzen und den Vorsatz, das Buch lieber gar nicht zu schreiben. Im September würde er sehen, wie er aus der Sache herauskam. Sein anderer Verlag hatte sich damit zufriedengeben müssen, dass Martin nur halb so viel geschafft hatte wie im gleichen Zeitraum sonst üblich. Das fand man jetzt nicht wirklich dramatisch, denn somit mussten sie auch nur halb soviel bezahlen. Martin selber tröstete sich damit, dass die Bilderstory eine wunderbare Fortsetzung seines „Requiems an der Aurach" abgeben würde. Verlag Nummer drei würde profitieren.

Auf den ersten paar hundert Kilometern hatte es noch einiges zu erzählen gegeben, doch jetzt hing jeder schon seit Stunden seinen Gedanken nach, während sie über die D787 von Guingamp nach Carhaix-Plouguer fuhren. Clara saß am Steuer. Sie hatte nach der letzten Kaffeepause Sinéad abgelöst. Martin und Ela saßen auf dem Rücksitz und schauten in die Weite der bretonischen Landschaft.

Sie hatten in Huelgoat Zimmer für die Nacht reserviert und hofften, noch bei Tageslicht dort anzukommen. Mit einem Anruf in *Les Cérisiers* hatten sie sich für den nächsten Vormittag angekündigt, nicht aber den Grund ihres Besuchs genannt.

Bei Cosquer zweigte die D97 ab. Noch etwa 20 Kilometer bis zum Ziel.

※

Gleich nach dem Frühstück fuhren sie nach *Les Cérisiers*. Die Straße war heute nicht so leer wie beim letzten Mal, anscheinend hatten sich ein paar Touristen zur *roche tremblante* aufgemacht und ihre Autos am Eingang des Spazierwegs geparkt. Martin sah mehrere Kennzeichen aus anderen Départements, sogar ein niederländisches Fahrzeug.

Die Morgensonne versprach einen schönen Tag, wenngleich es durch die Nähe des Waldes jetzt noch etwas frisch war.

„Oh, Fau Heesbege abe' eute viel Besuk!", strahlte Linda geschäftig im Sopran, als die vier Gäste hereinkamen.

„Kome mit, kome mit!"

Sie folgten der Pflegekraft in das Zimmer, das Martin und Clara schon kannten. Rosemarie Hertzberger saß auch heute in ihrem Sessel mit Blick auf den Garten. Linda räumte das Tablett mit dem Frühstücksgeschirr ab und machte sich im Hintergrund reinigend nützlich.

Clara begrüßte die alte Frau, der man deutlich ansah, dass sie sich nicht gleich an den Besuch vor ein paar Wochen erinnerte. Aber sie freute sich sichtlich über die Abwechslung und hieß ihre vier Gäste mit neugierig erwartungsvollem, freundlichem Kopfnicken willkommen.

Clara fand schnell ein Thema und plauderte mit der Dame eine ganze Zeit über dieses und jenes. Sobald das Gespräch auf lange Vergangenes kam, war ihre Erinnerung sehr klar. Clara führte das Gespräch im Wesentlichen alleine, um sie nicht unnötig zu verwirren.

„Als Sie 1944 nach Schweden geflohen sind, hatten Sie doch Ihre Bilder verkauft, nicht?"

„Ja, das mussten wir. Wir konnten ja fast nichts mitnehmen. Die Zeichnung da an der Wand, die habe ich damals aufgehoben."

Sie zeigte auf die Skizze, die mit van Ryssel signiert war.

„Sie ist wunderschön ... wer ist eigentlich die junge Dame mit dem Pferd?"

Die Augen der alten Frau begannen in der Erinnerung zu lächeln.

„Das war meine Großmutter, als junges Mädchen. Sie liebte Pferde."

„Wissen Sie, wer das gezeichnet hat?"

„Ja natürlich. Das war ihr Vater, Paul Gachet. Meine Oma war doch eine geborene Gachet. Marguerite Gachet. Aber was rede ich, Sie können sie ja nicht kennen."

Clara versuchte, innerlich ruhig zu bleiben. Die alte Frau servierte ihr hier die direkten Informationen aus dem 19. Jahrhundert aus erster Hand.

„Kann es sein, dass Paul Gachet dieses Bild noch ein zweites Mal gemalt hat? Als Ölgemälde?"

Alle vier hielten unwillkürlich den Atem an, um kein Wort zu verpassen, das Rosemarie Hertzberger nun sagen würde. Erinnerte sie sich tatsächlich an alles? Waren die Theorien über die Herkunft des Bildes richtig? Würde ihnen Frau Hertzberger bestätigen, was sie sich aus allen Indizien zusammengereimt hatten?

„ 'Osmaïe, b'auchen no' äwas?" erkundigte sich Linda just in diesem Moment mit laut quäkendem Singsang von hinten. Martin hätte sie gerne spontan erwürgt. Clara behielt die Nerven und schüttelte mit beherrschter Freundlichkeit den Kopf.

„Danke, es ist alles da!"

Linda nickte und verließ das Zimmer. Clara fragte nochmals und hoffte inständig, Frau Hertzbergers Gehirnwindungen mit den Erinnerungen an 1944 mochten noch intakt sein. Die alte Dame nickte langsam, fast feierlich. Alle hielten den Atem an und schauten auf die Urenkelin des van-Gogh-Arztes.

„Ja, er hat ein wunderschönes Bild davon gemalt. Es hing bei uns im Esszimmer. Meine Eltern bekamen es zur Hochzeit. Ich habe als Kind immer davon geträumt, so ein Pferd wie meine Oma zu haben. Immer wenn ich es angeschaut habe, träumte ich von dem Sommer auf dem Lande bei Auvers. Ich habe dieses Bild so sehr geliebt!"

Clara öffnete ihre Tasche und zog eine Leinwand auf einem Keilrahmen in einem schlichten, goldenen Rahmen hervor. Die Reproduktion des Gachet-Gemäldes war hervorragend gelungen.

„Ist es dieses?"

Alle schauten erwartungsvoll auf Rosemarie Hertzberger. Die alte Frau sagte zunächst nichts. Sie starrte auf das Bild, begann zu zittern, ihre Augen füllten sich mit Tränen.

„Das ist es!" flüsterte sie schließlich. Und wieder: „Das ist es!"

Clara gab es ihr.

„Es ist nur eine Kopie, aber ich denke, Sie freuen sich trotzdem darüber."

Das mit der Kopie schien sie gar nicht registriert zu haben. Lange sah sie liebevoll das Bild an, das sie vor über sechzig Jahren weggeben musste, um mit ihrer Familie aus ihrer Heimat fliehen zu können.

Nach langer, langer Zeit schaute sie auf und fragte:

„Wo war es? Wo war das Bild so lange? Wo haben Sie es gefunden? Wir hatten es doch verkauft?"

„Ja, Ihr Vater hatte es an einen Deutschen namens Friedrich Weedemeyer verkauft. Und seine Enkelin hat es erst jetzt wieder entdeckt."

Clara war nicht sicher, ob sich Frau Hertzberger für die Details interessierte. Und ob sie sie verstehen würde. Vermutlich verblassten alle weiteren Fragen vor der Tatsache, dass sie das Bild aus ihrer Kindheit noch einmal sehen durfte.

Plötzlich erhob sie sich, dynamischer, als man es ihr zugetraut hätte, aus ihrem Sessel, ging zum Kühlschrank und holte eine Flasche Weißwein heraus.

Verschmitzt grinsend erklärte sie ihren Gästen: „Darauf stoßen wir jetzt an. Champagner habe ich hier nicht. Aber ein guter Wein ist immer da. Da kann Dr. Martinet sagen, was er will. Holen Sie doch mal bitte die Gläser … Wo hatte ich nur die Gläser? Nun, Sie werden schon etwas finden. Und das hier, junger Mann, machen Sie das bitte, Sie können das."

Sie drückte die Flasche zusammen mit einem Korkenzieher Martin in die Hand. Ein paar Gläser fanden sich auch, wenn auch nicht alle ursprünglich für Wein vorgesehen waren.

Dann stießen sie darauf an, das Bild von Marguerite mit ihrem Pferd gleich aufzuhängen.

Sinéad holte Linda und bat sie, einen Hammer und einen Nagel zu besorgen. Doch die Pflegerin zeigte sich ratlos: „amme? Was ist amme? Nikt ve'stehe amme ..."

Als pantomimische Erklärungen nicht weiterhalfen, kam Linda auf den glorreichen Gedanken, die Chefin des Hauses zu holen. Madame Breton kam und schien über den feiernden Menschenauflauf zunächst kritisch irritiert, ließ sich dann aber über den Anlass ins Bild setzen und versprach, Hammer und Nagel zu organisieren.

Clara nahm die alte Dame beiseite und fragte, wohin das Bild denn am besten passen würde. Frau Hertzberger schaute etwas suchend an der Wand entlang, wirkte plötzlich vor einer freien Stelle etwas ratlos. Clara schlug vor: „Hier wäre es vielleicht schön? Da sehen Sie es vom Bett aus und es ist schön im Licht. Und da ist ja sogar schon ein Nagel in der Wand."

„Ja ... aber da war doch immer ein anderes Bild? Wo ist das denn hingekommen? Oder habe ich schon wieder etwas vergessen? Kann man sich so täuschen?"

„Ein anderes Bild? Was denn für ein Bild? Haben Sie das vielleicht woanders hin gehängt?"

„Ach, ich weiß nicht, ich weiß nicht, wahrscheinlich ... aber da war ein Bild ... das ist schon komisch, wenn man sich nicht mehr an alles erinnern kann ... Aber doch, ich bin sicher, da hing immer ein Bild."

Linda und Mme Breton kamen wieder herein und brachten einen Werkzeugkasten mit.

„Dort an die Wand?", fragte die Leiterin und stutzte nun ihrerseits, „Haben Sie den van Gogh dafür abgenommen?"

„Richtig!", fiel nun Mme Hertzberger ein, „Das war es. Da hing der van Gogh, wusste ich's doch!"

Linda wandte mit unerwarteter Selbstverständlichkeit ein: „Abe' 'Osmaïe, Bild hat dok F'au Nikte mihgenomen! Eute mo'gen! Wollte in We'kstat b'ingen, sum ... wie sagte? 'ehtauin ... ih weis nikt ... sum wide chön mahen."

Schon bei der Nennung des großen Künstlers waren alle ein wenig zusammengezuckt. Lindas Erklärung jedoch, dass jemand das

Bild mitgenommen hatte, ließ endgültig alle Alarmglocken klingeln. Aller Blicke richteten sich nun auf Frau Hertzberger, doch die war kopfschüttelnd überfordert.

„War das so? Ach herrje, ich weiß nicht mehr ... hatte sie das Bild mitgenommen? Jaja, sie sagte, man müsse es mal restaurieren."

Linda nickte eifrig und sprang beipflichtend bei: „Jaja, so wa'. Nikte sagte, Bild chmussig, muh man 'einigen. Hat dann mihgenomen."

Allen fuhr der Schreck in die Glieder. Just in diesem Moment summte das Handy in Martins Tasche. Ärgerlich ob der Störung wandte er sich von der Runde ab und nahm das Gespräch mit unterdrückter Stimme an. Eine fröhliche, verrauchte Stimme meldete sich.

„Hi Martin, hier ist der Rolf. Gute Neuigkeiten!"

Martin nahm sich nicht einmal die Zeit, die Augen zu verdrehen. Bitte nicht jetzt!

„Ja, hi. Ist jetzt ganz schlecht. Ist es sehr wichtig?"

Überflüssige Frage, denn gute Neuigkeiten konnten keine Katastrophen bedeuten, also hatten sie auch sicher Zeit.

„Naja ich denke schon. Horch, du bist mich wieder los. Ich hab' ne Wohnung!"

„Super, ehrlich, Glückwunsch. Ich kann jetzt trotzdem nicht, sorry!"

Er legte auf, ohne Rolfs Antwort abzuwarten.

Clara versuchte gerade, erst einmal die neuen Erkenntnisse zu ordnen: „Darf ich fragen, um welches Bild es sich dabei handelte? Hing da tatsächlich ein van Gogh?"

Madame Breton war es sichtlich unangenehm, schließlich zeichnete sich ab, dass in ihrem Hause etwas an ihrer Aufsicht vorbei geschehen war. Mit beherrschter Stimme und betonter Sachlichkeit gab sie Auskunft: „Mme Hertzberger besaß ... besitzt tatsächlich ein Bild, das mit ziemlicher Sicherheit ein echter van Gogh ist. Ein kleines Tableau nur, eine Ansicht des Hauses in Auvers-sur-Oise. Sie hat es von ihrem Urgroßvater geerbt, der dort van Goghs Arzt gewesen ist und mehrere Werke des großen Künstlers gekauft hatte. Ihre Eltern konnten es bei der Emigration nach Schweden retten. Ich habe sie immer wieder beschworen, es nicht hier so ungesichert aufzuhängen."

„Wer ist die Frau, von der Linda spricht? Die das Bild mitgenommen hat?"

„Ihre Nichte. Sie war heute früh zu Besuch, aber dass sie etwas mitgenommen hat, habe ich nicht mitbekommen."

„Können Sie die Nichte beschreiben? Wie sah sie aus?" fragte Clara in wachsender Erregung. Martin kannte sie und sah ihr an, dass sie gedanklich auf einer heißen Spur war, konnte aber nicht erraten, auf welcher. Mme Breton legte die Stirn in Falten:

„Groß, vielleicht so um einsachtzig, sportlich, elegant gekleidet, fast schwarze, lockige Haare, die bis über die Schulter reichten, blaue Augen, eine sehr extravagante Brille mit türkisfarbenem Gestell, …"

Clara nickte bei dieser Beschreibung.

„Das ist sie. Van de Bilts Schwester Mette."

„Mette? Nein, nein, sie nannte einen anderen Namen."

„Natürlich. Hat sie sich denn ausgewiesen? Sie konnte jeden Namen nennen. Jetzt brauchen wir die Polizei. Mette van de Bilt ist mit einem gestohlenen van Gogh irgendwo auf dem Weg nach Enkhuizen."

※

Clara saß am Steuer und trat das Gaspedal durch. Martin hatte Schwierigkeiten, sich auf dem Beifahrersitz wirklich zu entspannen und überlegte, ab wann relativistische Effekte für Autofahrer spürbar wurden.

„Mette muss das Haus verlassen haben, als wir gekommen sind. Es ist schierer Zufall, dass wir ihr nicht begegnet sind. Das niederländische Auto vor der Tür – erinnert ihr euch? – das muss sie gewesen sein."

„Woher wissen Sie, welchen Weg sie jetzt nimmt?" fragte Ela von hinten.

„Sicher wissen tu' ich das nicht, aber wenn sie ein Navi benutzt, könnte es dieselbe Strecke sein, die auch uns unser Gerät vorschlägt."

„Aber wenn es nun wirklich eine Nichte von Frau Hertzberger war? Wäre das nicht möglich?"

„Frau Hertzberger hatte keine Geschwister, das hatte sie schon bei ihrem ersten Besuch erwähnt. Ich glaube auch nicht, dass sie je verheiratet war – schließlich trägt sie noch ihren Mädchennamen. Ich hätte schon beim ersten Besuch stutzig werden müssen, als Linda etwas von einem Enkel erzählte, der zu Besuch gekommen sei. Jede Wette, dass das Hendrik van de Bilt war, der ebenfalls durch seine Recherchen auf die alte Dame gekommen war."

Die Landschaft flog vorbei. Martin erinnerte sich plötzlich an Rolfs Anruf. Die Nachricht klang ja wirklich gut, und jetzt hatte er die Zeit, nochmal zurückzurufen, und vielleicht würde es ihn von der Aufregung um das Bild und Claras Fahrweise ablenken. Rolf ging auch gleich ans Telefon.

„Ich wollte nicht stören, ihr scheint gerade im Stress zu sein ...?"

„Schon okay, wir erzählen dir alles, wenn wir wieder da sind. Du sagst, du hast eine Wohnung? Das ist ja prima. Wie hast du das geschafft?"

„Naja, du hast ja das mit Ralf-Dieter mitgekriegt, dem Macker von der Bekki?"

Martin bestätigte. Besonders die Farbattacke auf sein Haus war ihm in Erinnerung. Darüber würde er mit Ralf-Dieter noch reden müssen.

„Die beiden haben sich ziemlich gezofft. Der Bekki war das mit deinem Haus richtig peinlich, und überhaupt, wie er sich aufgeführt hat."

Martin schwante, was nun kam:

„Naja, das Ende vom Lied: Sie hat ihn vor die Tür gesetzt. Und nachdem ihre Bude groß genug ist ... und sie die Miete nicht alleine zahlen wollte ..."

Bekki schien in ihrer Beziehungskiste ähnlich spontan wie Rolf, aber vielleicht passten sie ja dadurch gut zusammen. Martin hütete sich, ihm die Sache auszureden. Sollten sie glücklich werden!

In Scrignac bremste Clara auf moderate 60 Stundenkilometer herunter, um hinter dem Ortsschild gleich wieder zu beschleunigen. Glücklicherweise waren die Straßen heute Morgen ziemlich leer.

„Ich schätze, dass sie jetzt schon hinter Saint-Brieuc ist. Aber da sie nicht ahnt, dass wir schon auf ihrer Spur sind, hat sie keinen Grund, sich zu beeilen. Das ist unser Vorteil."

„Außerdem können wir hoffen, dass sie unterwegs der Polizei ins Netz geht."

„Bis Enkhuizen sind es über tausend Kilometer, wahrscheinlich wird sie die sowieso nicht bis heute Abend ..."

„Halt!" schrie plötzlich Sinéad von hinten. „Das Auto, da hinten!"

Clara stieg in die Bremse. Vier Automatikgurte rasteten ein und schnürten sich in die Körper der Fahrgäste. Sinéad zeigte aufgeregt auf den Parkplatz eines kleinen Hauses mit bunten Sonnenschirmen. ‚Bar-Café-Restaurant La Garenne' stand auf dem Schild, das die Reisenden zur Rast einlud. Auf dem Parkplatz standen nur drei Autos, eines davon hatte ein niederländisches Kennzeichen.

Die Nummer hatte sich heute Morgen niemand gemerkt, doch den auffälligen türkisblauen Opel Vectra erkannten sie sofort wieder. Clara wendete in einen Feldweg hinein und fuhr die hundert Meter zur Parkplatzeinfahrt zurück.

Die Plätze unter den Sonnenschirmen waren zum größten Teil unbesetzt. Eine junge Familie saß mit Kaffee und Sandwiches rechts neben dem Eingang zum Café. Die zwei kleinen Kinder, unverkennbar Zwillinge, hatten andere Bedürfnisse und wühlten mit den Händen im feinen Kies, der den ganzen Platz bedeckte. Ein grauhaariger Mann mit Sonnenbrille saß neben seinem Pastis in die *Ouest-France* vertieft. Der ganze Platz war spätsommerlicher Frieden. Eine Frau um die vierzig saß alleine im Schatten einer Kiefer. Sie beendete eben ihre Mahlzeit, schob Teller und Besteck auf die gegenüberliegende Tischseite und zog das Glas Rotwein an deren Platz. Sie tupfte sich mit der Papierserviette den Mund ab und sah in Richtung der Gruppe, die eben vom Parkplatz herüberkam. Plötzlich stutzte sie, schaute nochmals, schob ihre Sonnenbrille aus dem Gesicht in ihre schwarzen Haare und konnte ihren Schrecken nicht verbergen. Rasch verbarg sie ihre Augen wieder hinter den dunklen Gläsern. Hektisch trank sie ihr Glas in einem Zug aus, packte ihre Tasche, die sie neben dem Stuhl abgestellt hatte und drehte ihr Gesicht zur Seite, während sie nervös um Gleichmut bemüht ihre Jacke nahm und versuchte, ihren Platz unauffällig zu verlassen.

Die Gruppe kam trotzdem auf sie zu und beschleunigte ihre Schritte. Martin ging voran und merkte, dass Mette van de Bilt sie erkannt hatte.

„Warten Sie, Mette!" rief er völlig überflüssigerweise, denn die Angerufene hatte schon auf schnellen Laufschritt beschleunigt und sich, da der Rückweg zum Parkplatz abgeschnitten war, zwischen den Sträuchern hindurch auf die hinter dem Haus liegenden Felder abgesetzt.

Die vier reagierten prompt und nahmen die Verfolgung auf. Wenn es eine harmlose Erklärung für ihr Hiersein gegeben hätte, hätte sie Mette durch ihre Flucht selber unglaubwürdig gemacht. Und ihr schien auch klar zu sein, dass Martin, Clara, Sinéad und die andere Frau, die sie nicht kannte, alle richtigen Schlüsse gezogen hatten.

Das bereits abgeerntete Kornfeld bot einen festen Untergrund für die Flüchtende, aber auch für ihre Verfolger. Der Abstand betrug kaum hundert Meter, aber Mette van de Bilt erwies sich als ungemein sportlich und die Panik verlieh ihr zusätzlich Flügel.

Das Feld war höchstens zweihundert Meter breit, dahinter zog sich ein Graben, den sie mit erstaunlicher Leichtigkeit übersprang, um weiter in die sich anschließende Heidelandschaft zu flüchten.

Vor ihnen lag jetzt eine weite grauviolette Landschaft, deren sanfte Hügel von Besenheide und vereinzelten Sträuchern bewachsen war. In einiger Entfernung ging die Vegetation in Wald über, und in der Einsamkeit dieser Gegend konnte es nur einer jener verwunschenen, dichten Wälder sein, zwischen deren Eichen und Buchen sich Trolle, Geister und Druiden tummelten.

Auf diesen Wald rannte Mette zu. Der Abstand hatte sich ein wenig verringert, bis auch die Verfolger die Weite mit den rosa blühenden Zwergsträuchern erreicht hatten und erkennen mussten, dass diese den schnellen Lauf deutlich bremsten. Wo in der Dämmerung zwischen weißen Nebelschwaden der *Ankou* seinen Karren langsam von Dorf zu Dorf bewegte, um diejenigen mitzunehmen, denen ihre Stunde in dieser Welt geschlagen hatte, brannte nun die Sonne vom blauen Himmel und brachte die Läufer zum Schwitzen. Die trockene Luft roch fast mediterran würzig nach den vereinzelt dazwischen stehenden Terebinthen.

Plötzlich hielt Mette inne. Irgendetwas hatte ihren Lauf gebremst, sie bog nach rechts ab. Als ihre Verfolger an die Stelle kamen, merkten sie, wie der Boden in der Senke schnell feucht und bald sogar sumpfig zu werden begann. Hier änderte sich auch die Vegetation, mehr und mehr Binsen durchsetzten die Heide. Wenige Meter entfernt konnte man schon eine Fläche stehenden Wassers sehen. Als Mette ihren Lauf abermals verlangsamte, konnte man schon von ferne an den Sumpfpflanzen erkennen: Hier ging es endgültig nicht weiter. Hastig kramte sie in ihrer Tasche und zog einen Gegenstand heraus, den sie auf die Gruppe ihrer Verfolger richtete. Mit greller Stimme schrie sie:

„Halt! Bleiben Sie stehen, oder ich drücke ab!"

Mette würde das tun, daran hatten zumindest Martin und Clara keinen Zweifel. Unbeweglich standen die Parteien in der bretonischen Heidelandschaft einander gegenüber. Martin war plötzlich klar: Es war die Pistole, durch die auch der Archivar und die Sekretärin gestorben waren. Kaliber 9 mm. Vielleicht ließ Mette sich wenigstens durch Reden vorerst aufhalten.

„So, wie Sie auch den Archivar getötet haben? Und Béatrice LaCroix?"

Sie zögerte kurz, sortierte ihre Gedanken während der Verschnaufpause, die ihr die Waffe beschert hatte.

„Ich musste es tun. Hendrik war zu schwach dafür."

„Und Ihr Bruder? Warum musste er sterben?"

„Sein Tod war wirklich ein Unfall. Das wollte ich nicht."

„Aber es kam Ihnen zupass, und Sie konnten ihm die anderen Taten bequem in die Schuhe schieben."

„Die Wahrheit hätte ihn auch nicht mehr lebendig gemacht."

Martin überlief es eiskalt bei diesem Beweis ihrer Gefühlskälte. Kein Zweifel: Es war nur eine Frage kurzer Zeit, bis sie sich besann, nun auch noch die letzten Zeugen zum Schweigen bringen zu müssen.

„Jetzt verstehe ich auch, warum Hendrik van de Bilt Mrs. O'Brian nicht gleich getötet, sondern in den Keller gesperrt hat. Er war einfach kein Mörder."

Martin sagte es fast mehr zu sich selber.

„Er war noch nie konsequent. Als er bei der alten Hertzberger das Bild entdeckt hatte, hätte er sie auch gleich zum Schweigen bringen müssen. Sie kannte noch die ganze Geschichte und war fit genug, sie zu erzählen. Und das Bild hätte er obendrein gehabt. Hendrik konnte niemanden töten, das war sein Fehler. Aber ich habe ihm gesagt, dass ich nicht ins Gefängnis gehen würde. Als er erfuhr, dass ich seine Sekretärin kaltgestellt hatte, rastete er aus. Der Schlag mit der Statue war reine Notwehr."

Also doch.

„Und mit drei Leichen ist Ihnen die Sache mit dem Weedemeyerbild dann doch zu heiß geworden. Ihre Geschichte war gut, ich habe sie zuerst selber geglaubt. Bis Sie dann in Huelgoat aufgetaucht sind. Hendrik hatte sich hier als Enkel ausgegeben, nicht wahr? Und Sie als Nichte. Dabei hatte Mme Hertzberger keine Nachkommen."

„Das wusste ich nicht. Aber die Alte hat meine Geschichte dann doch geschluckt. Und ich konnte sie überreden, mir das Bild zum Restaurieren anzuvertrauen. Und die naive Pflegerin hat auch mitgespielt. Mit dem echten van Gogh ist die Sache noch immer rentabel. Pech nur für euch, dass ihr jetzt alles wisst."

Martin hatte gehofft, Mette lange genug in ein Gespräch verwickeln zu können, um Zeit zu gewinnen. Zeit, in der irgendein Wunder passieren konnte. Okay, er hatte auch keine Ahnung, wie sie sich aus dieser Situation befreien konnten. Es war verrückt gewesen, Mette einfach unbewaffnet in die Wildnis zu verfolgen. Sie hätten wissen müssen, dass Mette die Waffe hatte. Zumindest ahnen. Noch während ihres letzten Satzes riss sie den Revolver, den sie bei den letzten Sätzen etwas hatte sinken lassen, wieder hoch und drückte ab.

Noch während sich Martin auf den Boden fallen ließ, brüllte er „runter!", hoffte inständig, seine Freunde würden schnell genug reagieren. Clara vor allem. Angst ergriff ihn. Er hörte erschrockene Schreie, hörte, wie sich Körper schwer in die Sträucher fallen ließen. Völlig undenkbar, dass sie rechtzeitig in Deckung kämen, völlig undenkbar, dass nicht sie alle spätestens von den folgenden Schüssen getroffen würden, die Ebene bot ihnen keinerlei Deckung, keinen Schutz vor Kugeln. In Martins Kopf rasten die Gedanken, auf diesen zehn Metern mitten im Niemandsland überschlugen sich die Ereignisse, während in der Heidelandschaft um sie herum die Zeit mit der gleichen einsamen Gemächlichkeit verstrich wie seit Jahrhunderten. Martin glaubte, sein Hirn zittern zu fühlen, was natürlich Unsinn war. Aber was war mit der Zeit? Der Schuss, wo blieb der Schuss? Mette hatte die Pistole hochgerissen und abgedrückt.

War er schon tot? Hörte man den Schuss, der einen tötet, gar nicht mehr? Waren sie alle schon tot? Würde seine Seele jetzt gleich friedlich über die Wiesen steigen, gelassen auf die sterblichen Hüllen der Irdischen herabschauen, während aus dem Wald die hagere Gestalt des *Ankou* treten und ihre Körper auf seinen Karren laden würde? Martin wartete, dass irgendetwas davon geschähe, doch es blieb still. Er spürte die Zweige der Besenheide in seinem Gesicht, roch den staubigen Sandboden, und alles in allem konnten doch nur Bruchteile einer Sekunde vergangen sein, bis er über sich das metallische Geräusch vernahm.

Und dann sprang sie auf und rannte los.
Clara.

26. Kapitel

„Edz erzählds amål die G'schichd der Reihe nach, dass ich's aa kabier! Und auf deutsch."

In der Feuerschale loderten schon ein paar trockene Buchenscheite, Martin hatte noch einige kalte Bierflaschen aus dem Kühlschrank geholt, dazu Schnapsgläser und eine kleine Auswahl von Verdauungshilfen. Die Handgriffe fühlten sich richtig heimatlich an. Vor allem, wenn er an die schrecklichen Momente in der bretonischen Heidelandschaft zurückdachte.

Sinéad lehnte sich mit dem Glas Williams in der Hand genüsslich zurück und schaute in den Sternenhimmel. Durch ihre Niederländischkenntnisse verstand sie zwar leidlich geschriebenes Deutsch, doch für ein flüssiges Gespräch bediente sie sich lieber einer anderen Sprache. Für Rolf, dessen Fremdsprachenkenntnisse sich auf brauchbares Hochdeutsch und dürftiges Schulenglisch beschränkten, wechselten sie nun auf das heimatliche Idiom.

Sie berichteten von der Fahrt nach Huelgoat, wie sie Frau Hertzberger die Kopie des Bildes übergeben hatten und wie sich die alte Dame gefreut hatte. Wie sie dann erfuhren, dass es noch ein weiteres Bild gab, das tatsächlich von van Gogh stammte, und das kurz vor ihrer Ankunft von Mette van de Bilt gestohlen worden war. Deren Bruder, erzählte Clara, war bei der Recherche nach dem Weedemeyerbild ebenfalls auf Frau Hertzberger gestoßen, hatte sich als ihr Enkel ausgegeben und wollte Näheres über den Verbleib des Kunstwerks erfahren. Dass das Bild in Wirklichkeit von Paul Gachet war, hatte er dabei gar nicht erfahren, aber der echte van Gogh an der Wand war ihm natürlich nicht entgangen.

Mette hatte, als dann in Enkhuizen alle Felle davongeschwommen waren und sie keine Chance sah, heil aus der Sache herauszukommen, die Flucht nach vorne angetreten: Im Streit erschlug sie ihren Bruder, lastete ihm die Morde an und übergab uns das Bild in der Hoffnung, einer unvermeidlichen Anzeige zu entgehen. Schließlich war sie an der Sache mindestens als Mitwisserin beteiligt.

„Und dann hat sie sich das andere Bild quasi als Ersatz holen wollen?" fragte Rolf.

„Richtig. Das zweite Eisen im Feuer. Die Chancen standen gut, dass die alte Dame den Verlust nie anzeigen würde, und selbst wenn, dann hätte es außer einer Personenbeschreibung keine Spur zu ihr gegeben."

„Aber warum kam sie erst jetzt? Das hätte sie doch gleich machen können."

„Die Polizei in Enkhuizen ermittelte noch wegen des Verdachts auf Totschlag an ihrem Bruder. Solange konnte sie nicht weg, ohne dass es aufgefallen wäre."

Rolf nickte.

„Und dann seid Ihr hinterher, um ihr das Bild wieder abzujagen?"

„Sie muss sich sehr sicher gefühlt haben. Schon nach wenigen Kilometern ist sie in einem Touristenlokal an der Straße eingekehrt und hat ohne Eile zu Mittag gegessen. Der Schrecken war dementsprechend gewaltig, als wir plötzlich auftauchten. Sie zählte auch gleich eins und eins zusammen und begriff, dass wir ihr Spiel durchschaut hatten. Von da an war es nur noch eine chancen- und sinnlose Flucht, als sie über die Heidelandschaft rannte. Als sie im sumpfigen Gelände nicht mehr weiterkam, zog sie in ihrer Verzweiflung die Pistole aus der Tasche, mit der sie schon den Archivar und die Sekretärin ihres Bruders getötet hatte. Auch uns hätte sie ohne zu zögern erschossen."

Rolf schien an dieser Stelle nicht sicher, warum er die Vier wirklich lebend und unversehrt vor sich sah.

„Jetzt sagt schon. Warum hat sie denn dann nicht abgedrückt?"

Clara atmete tief ein und sagte:

„Abgedrückt hat sie ja. Aber sie kannte die Waffe nicht gut genug, die sie sich über illegale Wege besorgt hatte. Es war eine Walther P1, und deren Magazin fasst nur acht Patronen, plus eine im Lauf. Mette hatte mal einen Freund beim Militär, der hatte ihr zwar gezeigt, wie man mit einer Pistole umgeht, das war aber wohl eine Heckler & Koch P8. Hat sie später auf der Polizei erzählt. Und so kam sie gar nicht auf die Idee, dass im Magazin weniger als die 15 Schuss stecken könnten."

„Ja, und das hast du so schnell gesehen, dass die eine ... Dingsbums eins in der Hand hielt?"

„Natürlich nicht. Als sie die Pistole herauszog, glaubten wir alle, jetzt ist es aus. Aber als sie abgedrückt hat, hörten wir nur den Schlagbolzen klicken. Ich dachte, sie hat eine Ladehemmung. Das kommt ja mal vor, wenn die Waffe nicht gepflegt ist."

Rolf sah Clara an, als käme sie vom Mars.

„Sag mal, bei was kennst du dich eigentlich nicht aus?" Rolf schüttelte fassungslos den Kopf. Martin wunderte sich schon lange nicht mehr. Clara wiegelte ab.

„Ach was, ich hab da mal was drüber gelesen ..."

„Mann, Mann, Mann", schüttelte Rolf den Kopf zum Himmel, „mal was drüber gelesen. Ich wär' dabei wahrscheinlich gestorben vor Angst. Aber sag mal: neun Schuss hätten ja auch gereicht – warum war die Pistole denn nun leer?"

Clara zählte auf, was die Polizei nach Mettes Geständnis rekonstruiert hatte: „Vier Schuss hatte sie im Wald abgegeben, um die Waffe zu testen, nachdem sie sie gekauft hatte. Vier Kugeln durchsiebten den Archivar im Bergwerk. Und eine tötete Béatrice LaCroix. Als Hendrik van de Bilt sich durch das Handy seiner Sekretärin überführt sah, nahm er ohne nachzudenken die Waffe vom

Tisch, wo Mette sie kurz zuvor abgelegt hatte. Ich weiß nicht, ob er vorher jemals eine Waffe in der Hand gehabt hat. Er verstand wohl überhaupt nichts davon, er hätte wahrscheinlich nicht einmal gemerkt, ob sie gesichert war oder nicht – auf jeden Fall war das Magazin zu jenem Zeitpunkt ohnehin bereits leer gewesen."

„Und warum hat der Typ das Handy seiner Sekretärin gehabt? Ich dachte, die hat seine Schwester auf dem Gewissen?"

„Mette hatte es ihr abgenommen, weil es verräterische Daten enthielt. Hendrik hatte es dann eingesteckt, weil er die Daten löschen und das Teil irgendwo versenken wollte."

Martin ergänzte:

„Die wahre Heldin war dann Clara. Als Mettes Pistole versagte, sprang sie auf um Mette zu überwältigen. Das hättet ihr sehen sollen. Und hören."

Ela lachte laut auf, wie um sich der Gänsehaut der immer noch beklemmenden Erinnerung an den angsterfüllten Moment zu entledigen: „Ja, das war wie der Kampfschrei der Apachen."

Clara grinste.

„Irgendwie habe ich gar nicht gewusst, was ich da jetzt mache. Aber laut brüllen hat einfach gepasst, das kam ganz automatisch. Aus dem Bauch sozusagen."

„Als Clara losgerannt ist, kam ich auch wieder zu mir. Gegen uns alle zusammen hatte sie dann keine Chance."

Rolf bekam noch allerlei Details und Anekdoten erzählt – immer wieder wechselten sie ins Englische, damit Sinéad am Gespräch teilnehmen konnte – während Martin ein paar eisgekühlte Flaschen Cidre herausbrachte und Gläser verteilte.

„Jetzt müssen wir den Abend schon stilecht begehen. *Yec'hed mat!*"

„Auf die Kunst!" antwortete Rolf. Aus seinem Mund klang dieser Trinkspruch einfach nur komisch, und er musste, als ihn alle irritiert ansahen, selber darüber lachen. Wahrscheinlich hatte er schon einiges intus.

Sinéad fragte, ob sie Martins Gitarre holen dürfe, die im Wohnzimmer stand. Sie stimmte sie kurz nach, spielte ein paar Töne und begann zu singen.

„'S gann gun dìrich mi chaoidh
Dh'ionnsaigh frìth àrd a' mhonaidh,
'S gann gun dìrich mi chaoidh.

Fhuair mi litir à Dùn Eideann
nach fhaodainn fhèin nis dol don mhonadh.
'S gann gun dìrich mi chaoidh ..."

Martin fühlte sich an jenen Abend an der Felsküste bei der Pointe de Minard erinnert. Ein wenig sehnsüchtig, ein wenig auch mit gemischten Gefühlen, die sich bei dem Gedanken an jene unzweifelhaft bezaubernd schöne Nacht in Kerminalouët einstellten. Doch, Sinéad war schon eine faszinierende Frau.

Trotzdem.

Er sah zu Clara hin, die versonnen lauschte und ins Feuer blickte. Eine berauschende Welle des Begehrens durchlief ihn ... und dann noch diese Augen! Er musste innerlich über sich grinsen.

Er tastete nach ihrer Hand und drückte sie. Clara lächelte ihn an, und sie nahmen noch einen Schluck. Der Cidre perlte frisch und erdig im Mund, schmeckte nach Möwengeschrei und Granitfelsen, nach schnell ziehenden Wolken, zwischen denen die Sonne auf den Schaumkronen der Brandung glitzert, nach keltischer Harfe und Fischerbooten. Martin schaute in den Sternenhimmel und träumte von dem Land am Ende der Welt, den Feen im Forêt des Carnutes, den Austern am Hafen von Cancale und den Megalithen von Locmariaquer. Es würde ein paar Tage dauern, bis er wieder ganz hier in Frauenaurach angekommen war.

Die anderen sagten auch nichts, wahrscheinlich reisten auch ihre Gedanken noch durch die letzten Wochen, getragen von Sinéads Gesang. Wieviele alte Emotionen und Geschichten hatte dieses jahrzehntelang verborgene Bild freigelegt! Martin dachte an Frau Koch und ihren Großvater, über den sie so vieles erst jetzt erfahren hatte, an Frau Hertzberger und die Flucht ihrer Familie vor den Nazis, an François Le Baher und sein Album voller wohlgehüteter schwarzweißer Schätze aus fernen Tagen.

Sogar Rolf klatschte spontan und mit sichtlich ehrlicher Begeisterung Beifall, als Sinéads letzte Töne verklangen. Wieder erhoben alle ihre Gläser.

Martin fragte: „Sinéad, hast du eigentlich mal François nach dem Bild auf seiner Kommode gefragt? Das Portrait von der jungen Frau?"

„Das Foto von Esther? Esther Edelman? Er spricht nicht gerne darüber ... aber er hat es mir doch einmal an einem langen Abend nach ziemlich viel Wein erzählt. Sie war die Tochter einer jüdischen Familie, vielleicht erinnerst du dich, dass er uns das alte Familienfoto gezeigt hat?"

„Ja, er schien sie persönlich gekannt zu haben, aber er sagte nichts weiter dazu. Mir fiel auf, dass er die Bilder aufgehoben hat und das Foto der jungen Frau sogar auf der Kommode stehen hatte."

„Esther war seine große Liebe. Sie wurde deportiert und starb in Theresienstadt, kurz vor ihrem zweiundzwanzigsten Geburtstag. Über den Verbleib der Eltern ist nichts bekannt. François hat sich sein Leben lang Vorwürfe gemacht, dass er sie nicht schützen konnte. Kurz darauf tauchte er unter und lebte nur noch für die Résistance."

Schweigen breitete sich aus, bis Sinéad die Stille durchbrach.

„Lasst jetzt nicht zu, dass uns das Vergangene beherrscht. Wir sollen uns erinnern, um daraus zu lernen. Aber alles zu seiner Zeit. Nun feiern wir das Heute! *Yec'hed mat!*"

Sie erhoben die Gläser, Clara schenkte nach, Martin legte noch ein paar Scheite in die Feuerschale. Der Rauch trug ihr Lachen in den mittelfränkischen Himmel.

Epilog

Altweibersonne schien auf die Stühle vor der Bäckerei. Martin trat ein und grüßte, wurde gegrüßt, es war alles sehr vertraut und irgendwie wie immer. Heimatgefühl.

Angesichts der frischen Backwaren verwandelte sich die Überzeugung, eigentlich noch vom Vorabend satt zu sein, in ein tiefes Bedürfnis, groß einzukaufen. Martin stand bei Backstein und feierte die Rückkehr in seinen Frauenauracher Alltag mit einer viel zu großen Auswahl an Brötchen und Kuchen. So richtig hatte er sich noch nicht daran gewöhnt, wieder nur für sich alleine zu planen.

Rolf war noch am Abend zu Bekki gefahren. Er hatte darauf bestanden, obwohl Martin ihn selbst auf dem Rad nicht mehr für verkehrstüchtig gehalten hatte. Ela hatte es nicht weit bis zum Geisberg. Clara war über Nacht geblieben, hatte sich heute Morgen verabschiedet und Sinéad, die im Roten Ochsen untergekommen war, zum Bahnhof mitgenommen. Die Irin hatte sie beide zum Abschied herzlich umarmt und eingeladen, sie einmal unter weniger aufregenden Vorzeichen in der Bretagne zu besuchen.

In Martins Haus war es jetzt so ruhig wie lange nicht mehr. Er war sich noch nicht ganz im Klaren darüber, ob er jetzt erleichtert sein sollte. Er tat schließlich, was er immer tat: er kochte sich einen Tee und setzte sich an den Laptop. Als erstes schrieb er einen Brief an seinen Verlag. Es würde keinen sechsten Band um Kommissar Johansen geben. Kurz und sachlich, aus persönlichen Gründen, mit Bitte um Verständnis. Mit freundlichen Grüßen.

Er druckte den Brief aus und hängte ihn an die Pinwand. Man soll ja alles erstmal überschlafen.

Dann setzte er sich wieder und öffnete eine neue Datei: „Kunst an der Aurach".

Statt eines Nachworts

„Die handelnden Personen dieser Geschichte sind frei erfunden, die Orte der Handlung nach realen Vorbildern frei interpretiert ..."
Dies wäre der übliche Nachsatz, doch hier ist es komplizierter – wie es sich für einen Lokalkrimi gehört. Wer mag, kann jetzt noch ein paar Details zu Phantasie und Realität nachlesen.
Denn die Orte der Handlung sind ziemlich authentisch. Darüberhinaus haben sich auch in diese Story wieder einige Details eingeschlichen, deren reale, literarische oder historische Bezüge der eine oder andere vielleicht zufällig erkennt:

Die Idee zu der Rahmenhandlung kam mir während der Hobbykünstlerausstellung in der Schiedermühle 2015, und natürlich spielten der damals publik gewordene „Schwabinger Kunstfund" und später die Ausstellung der Gurlitt-Sammlung in Bonn auch eine Rolle. Die Kunstausstellung in der Klostermühle gab es im Jahr der Handlung noch nicht, und sie hatte auch nie den ganzen Tag geöffnet.

Das in den ersten Kapiteln geschilderte Hochwasser füllte das Aurachtal in Wirklichkeit Mitte Januar 2011.

Die Person „Bruchmüller" in Thormanns Verlag ist natürlich ein Zitat eines running gags aus den Gaston-Comics von Franquin. Auch dort ist er ein hohes Tier der Verlagswelt.

Das Reiseziel des Ehepaars Horn, die Insel Ste Marie, ist eine Erfindung der sehr britischen und sehr sehenswerten Krimiserie „Death in Paradise".

Als ich Martin die Worte in den Mund legte, die Rolf zum Einzug in sein Häuschen einluden, sperrte sich in mir alles. Ich begann, Mitleid mit der von mir erfundenen Figur zu haben, sah aber ein, dass man für eine nicht ganz langweilige Story seine Personen auch mal kräftig reinreiten muss. Und eigentlich ist Martin ja auch selber schuld, wenn er im Whiskyrausch unüberlegte Versprechungen macht.

Der im siebten Kapitel beiläufig verwendete Familienname Iwwerks klingt für fränkische Ohren sehr ungewöhnlich, ist aber keine Erfindung. Der Trickfilmzeichner Ub Iwerks hatte ostfriesische Wurzeln und schrieb sich ursprünglich Ubbe Iwwerks. Er war einer der wichtigsten Mitarbeiter von Walt Disney. Auf dem Pilsumer Friedhof findet man den seltenen Namen auf einem alten Grabstein.

Claras Auto ist ein alter Citroën 2CV, bei uns als „Ente" bekannt. Der französische Spitzname „Deuche" ist eine Kurzform von „deux chevaux" (zwei Pferde) und bezieht sich nicht auf die (weit höhere) Motorleistung, sondern die damalige Kfz-Steuerklasse.

Die Pizzabude „Pizza Heaven" in Brügge ist erfunden und nach dem gleichnamigen Etablissement in der Filmkomödie „Mr Hobbs macht Ferien" von 1962 benannt.

Der Name Weedemeyer ist in dieser Schreibung tatsächlich extrem selten. Über das Internet fand ich nur drei Personen dieses Namens in den Niederlanden bzw. in London, jeweils im 18. Jahrhundert. Das geschilderte Onlineangebot, Nachnamen geographisch zuzuordnen, existiert tatsächlich.

An dieser Stelle viele Grüße an die Frauenauracher Nachtbräu-Gruppe, die wirklich braut – und das ausgesprochen gut. Und „Erwin Roth" ist tatsächlich Vater von einem der Brauer.

Bei *Kilchoman Machir Bay* handelt es sich um einen hervorragenden Islay-Whisky, den es 2007 allerdings noch gar nicht im Handel gegeben hat. Die Brennerei ist erst seit 2005 aktiv und brachte ihre ersten Flaschen vier Jahre später auf den Markt.

Von der Gare de l'Est zur Gare Montparnasse fährt man in der Métro 4 und muss nicht in Châtelet umsteigen. Die Beschreibung dieses verkehrstechnischen Infernos gefiel mir aber zur Charakterisierung der Pariser Unterwelt so gut, dass ich diesen Zwischenstop einfügte.

Die Idee zu Sinéad O'Brian stammt von einer realen Begebenheit: Auf einer Irlandreise im Jahre 1988 war ich an den Cliffs of Moher. Obwohl schon in jener Zeit ein Tourismusmagnet, war es an jenem

Tag recht menschenleer, und die Wege waren damals noch nicht befestigt und gesichert. So war es eine fast unwirklich märchenhaft anmutende Begegnung, als am Rand der Klippe im Gras eine junge Frau mit einer keltischen Harfe saß und spielte.

Die Beschreibung des (durchaus realen!) Ortes Minard ist erfunden; auch das „Kroaz du" existiert nicht. Die Episode mit den drei Chinesen habe ich ganz ähnlich im Chartier in Paris erlebt.

Einen musikalisch ähnlichen Abend wie im *Kroaz du* hatte ich vor vielen Jahren in einem irischen Pub in der Connemara genossen. Im Unterschied zu Martin hatte ich dort aber nur zwei Pints Guinness konsumiert.

Den Namen Le Baher habe ich mir vom Vater eines bretonischen Schreiners ausgeliehen, den ich vor Jahren das Vergnügen hatte kennenzulernen. Mit seinem gesprochenen „h" klingt er einfach wunderbar keltisch.

Joop van Dreema ist ein Charakter aus der Comicserie Largo Winch. Eigentlich ein Sympathieträger, entpuppt er sich in einem späteren Band als Verbrecher. Diese Parallele ist nicht beabsichtigt, ich habe nur seinen herrlich flämischen Namen verwendet.

Die Fakten um van Gogh, seinen Arzt Dr. Gachet und dessen Kinder sowie van Goghs tiefe Zuneigung zu Gachets Tochter Marguerite sind historisch. Van Gogh hat sie auch tatsächlich am Klavier und im Garten gemalt. Gachet bewohnte seit 1873 das erwähnte Haus in Auvers-sur-Oise, er betätigte sich als durchaus talentierter Hobbykünstler und signierte seine Bilder mit Paul van Ryssel, einige auch mit dem Namen von Vincent van Gogh. Das Bild von Marguerite mit dem Fohlen ist erfunden, ebenso die weitere Handlung um das Bild und Gachets Nachfahren.

Historisch sind hingegen die Details des Sonderauftrags Linz, ausgenommen natürlich die Personen und Begebenheiten im Groeningemuseum. General von Stülpnagel ist authentisch, doch er hatte 1943 sicher nicht die Muße, nach Brügge zu reisen.

Den kleinen Ort St. Aubin du Cormier gibt es wirklich, die Beschreibung um Martins Austauschschüler ist ziemlich autobiographisch. Falls Jean-Luc diese Zeilen jemals lesen sollte, grüße ich ihn hiermit und erinnere an die schöne Zeit vor fast vierzig Jahren.

Bei der Beschreibung von Rosemarie Hertzbergers beginnender Demenz musste ich Konzessionen an den Handlungsablauf machen. Gerontologen mögen mir Unstimmigkeiten in der Symptomatik verzeihen.

Der *Ankou* geistert tatsächlich noch heute durch die Bretagne, bewacht die Gräber und sucht die Nähe der Menschen. Er geleitet mit dunklem Mantel, Sense und seinem quietschenden Karren, nachdem er sein Kommen oft vorher angekündigt hat, die Sterbenden in das Totenreich.

Wer wollte daran ernstlich zweifeln?

Yec'hed mat!

Vielen Dank!

... sage ich schließlich Christina Vogel und meiner Frau Cordula, meinen beiden unbestechlichen und unermüdlichen Lektorinnen. Wenn jemand jetzt noch Fehler findet, habe ich sie vermutlich in der Korrekturfahne übersehen oder eigensinnig eine Schreibung beibehalten. Danke auch allen, die nach Erscheinen des „Requiems" immer wieder nach einer Fortsetzung gefragt und damit die Entstehung dieser Geschichte vorangetrieben haben.

Der Autor

Matthias Görtz (geb. 1966 in Karlsruhe) lebt seit seinen Kindertagen in Mittelfranken, davon die letzten 25 Jahre in Frauenaurach. Durch seine ehrenamtliche Tätigkeit in der evangelischen Kirchengemeinde lernte er die Klosterkirche und ihre Geschichte näher kennen, was ihn auf die Idee zu seinem ersten Frauenaurachkrimi brachte.

„Requiem an der Aurach" (2016)

Martin Thormann, Krimiautor aus Friesland, erbt ein Häuschen im mittelfränkischen Frauenaurach. Schnell fühlt er sich wohl in seiner neuen Heimat – doch als er sich auf die Spurensuche nach der Herkunft zweier geheimnisvoller Bücher macht, kann er sich plötzlich nicht mehr sicher sein, wem er vertrauen kann. Und es wird immer deutlicher, dass er nicht nur seiner Familiengeschichte auf die Spur kommt, sondern auch einem Mord aus lange vergangenen Zeiten.

ISBN: 978-3-7450-1057-2

ISBN 978-3-7502-4183-1

www.epubli.de